现代动漫教程

Maya 应用教程

◎ 主　编　房晓溪
◎ 副主编　刘春雷
◎ 编　著　房晓溪　卢　娜
马双梅　黄　莹

印刷工业出版社

内容提要

本书主要讲述游戏制作软件Maya的使用方法和技巧。主要分为以下几个方面：Maya使用基础、Maya项目管理、三维空间的认识、游戏制作常用的菜单命令、多边形建模基础，最后通过两个实例（游戏道具剑、弩的制作）来贯通全书的讲述内容，使读者在学习完前面的基础操作以及建模知识以后能立即进行Maya创作。

本书主要特点是内容全面、实例丰富。作者结合基础操作知识以及工作室的实际maya动画制作，给读者呈现了详细的制作技巧。另外，对工具使用步骤的讲解也很清晰，有相应的图片的指示。本书可作为相关设计院校动画专业的教材选用，还可供对动画感兴趣的人员自学使用。

图书在版编目（CIP）数据

Maya应用教程／房晓溪主编.—北京：印刷工业出版社，2008.11

现代动漫教程

ISBN 978-7-80000-749-1

Ⅰ. M… Ⅱ.①房…②刘… Ⅲ.三维－动画－图形软件，Maya－教材 Ⅳ.TP391.41

中国版本图书馆CIP数据核字（2008）第162529号

Maya应用教程

主　　编：房晓溪

副 主 编：刘春雷

编　　著：房晓溪　卢　娜　马双梅　黄　莹

策　　划：陈媛媛

责任编辑：刘积英

出版发行：印刷工业出版社（北京市翠微路2号　邮编：100036）

经　　销：各地新华书店

印　　刷：三河市国新印装有限公司

开　　本：787mm×1092mm　1/16

字　　数：245千字

印　　张：11.375

印　　数：1～3000

印　　次：2008年10月第1版　2008年10月第1次印刷

定　　价：25.00元

ISBN：978-7-80000-749-1

如发现印装质量问题请与我社发行部联系　发行部电话：010-88275707　88275602

现代动漫教程

编委会名单

现代动漫教程

动画概论

Flash CS3 从基础到应用

3ds Max 应用教程

Maya 应用教程

动漫美术鉴赏教程

Flash MV 制作

Flash 动画实战教程

视觉艺术绘制教程

非线性编辑教程

动漫后期合成教程

After Effects 教程

动画运动规律

视听语言

动画场景

动画角色设计

序

21世纪，以创意经济为核心的新型文化产业已经成为发达国家的经济发展支柱，而在这个产业队伍中，动画产业异军突起，已经成为和通信等高科技产业并行的极具发展潜力和蓬勃朝气的生力军。相比较之下，我国的动画产业存在从业人员数量不足的缺点，尤其是中高级的创作型人才更是奇缺；动画作品缺乏鲜明的民族特色；对宝贵的民族文化资源发掘利用不足；动画、漫画的自主研发和原创能力相对较低。针对目前这一现状，国家在政策、资金等方面对于动漫创意产业加大了扶持力度。不仅推出一批动画产业基地科技园区，还建立了一定数量的民营动画公司大规模参与制作，积极寻找民族化的动画产业振兴之路。全国各地高等院校纷纷成立动画学院、创办动画专业，制订了中长期的人才培养计划，并为国产动画创作培养艺术与技术结合的复合型专业人才。尽管如此，动画理论研究的严重滞后，一定程度上制约了动、漫画作品艺术水平的提高，影响了动、漫画产业化的进程，因此急需一批高质量的动画理论著作进行学理化的规范和对创作实践的指导。

《现代动漫教程》在充分认识动画发展历史的基础上，紧密结合创作实际，对动、漫画的本质特征和创作思维特点进行了深入的探讨和研究，清晰梳理了动、漫画理论体系，对于动、漫画的创作及教学工作具有一定的指导意义和学术价值。

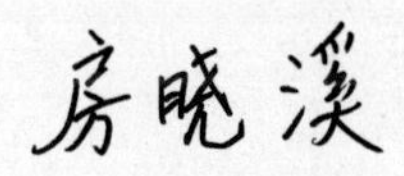

2008年5月

前　言

本书紧紧围绕动画制作这个核心，重点介绍了Maya动画制作中常用命令的功能和操作技巧，详细全面地介绍了Maya软件以及三维动画生产的工艺流程。读者将学习到使用Maya软件作为动画制作手段的基础知识，其中包括基本概念、软件操作以及应用技巧等。从三维动画的应用开始，逐步深入到三维动画制作的各个环节，讨论了关于Maya软件的界面、建模、动画、材质灯光、渲染以及模拟动力学等方面的内容。另外，本书还对Maya中较为高级的特效技术作了简要介绍，为想深入了解的读者提供了更多信息。

本书从建模开始详细介绍了几个完整的角色动画的制作全过程，并按动画制作的流程划分章节，非常便于读者自学与教学参考。本书注重培养读者的实际操作能力，在讲解基础知识和实例制作的过程中穿插介绍作者教学和工作中总结的经验和技巧，可帮助读者快速提升动画制作水平。

本书由于编写时间仓促，书中难免有疏漏，敬请广大读者批评指正。

编　者

2008年11月

目录

contents

第1章

Maya游戏制作概述

本章主要讲解有关三维动画制作软件Maya的特点，以及Maya游戏制作的技巧方法。

●Maya游戏制作的特点。

●能够掌握Maya游戏制作的特点，Maya造型的方法技巧。

Maya 是目前世界上最为优秀的三维动画制作软件之一，它是Alias Wavefront公司在1998年推出的三维制作软件。虽然相对于其他老牌三维制作软件来说Maya的历史还不是很久，但Maya凭借其强大的功能，良好的界面和丰富的视觉效果，一经推出就引起了动画影视界和游戏制作界的广泛关注，成为顶级的三维制作软件之一。

Maya最初主要是为了影视应用而研发的，所以在问世后不久就在《精灵鼠小弟》《恐龙》《冰河世纪》以及《THRU THE MOEBIUS STRIP》等大片中一展身手，如图1-1所示。由于其强大的功能，所以除了在影视方面的应用外，Maya开始在三维动画制作和游戏制作领域崭露头角。目前国内外越来越多的游戏制作公司采用Maya作为内部制作的标准软件，著名的暴雪公司新组建的制作部门就采用了Maya软件。

《精灵鼠小弟》

《冰河世纪》

《恐龙》

《THRU THE MOEBIUS STRIP》

图1-1　使用Maya制作的一些三维影片

在短短的几年中Maya由最初的版本发展到现在的Maya 6.5，同以前的版本相比Maya 6.5有了很大的提高，增加了许多新功能，对原有功能和界面也进行了优化。这些改进使得Maya的动画、渲染和建模的功能得到了很大的提升，同时也增强了Maya的人性化和易操作性，这样使得很多动画制作工作者在制作的时候就可以节约更多的时间，可以更加方便快捷地使用它来完成作品。但相对于我们的游戏制作而言，Maya版本的升级并没有带来太多制作流程上的变化，所以时至今日我们依然可以看到很多游戏制作的一流公司仍然在使用比较老的版本。这一方面说明了在我们的游戏制作中，软件归根结底还是一种工具，而真正起到关键作用的，还是我们的制作者。所以，我们在学习本套书的时候应该抱着一种正确心态，那就是如何去理解并掌握游戏制作中的宏观的概念，并最后将之用软件体现出来，而不应该将视线局限在软件的使用上。

在学习之前还要请大家有个心理认识，因为学习游戏的三维制作，尤其是使用Maya这样的顶级三维制作软件时，很多同学会认为需要花费大量的时间和精力，很难在短时间内完全掌握，这其实是不正确的。因为通过前面的学习，很多同学对Max有了一定的了解，有了空间的感觉，点、线、面的概念。所以在学习Maya时会较轻松一些，毕竟三维制作软件间有许多相通的地方。而且在游戏制作中我们只使用到Maya庞大功能中的一部分，更多的是靠同学通过学习和练习掌握游戏三维制作这门综合了艺术和技术的学科。

工欲善其事，必先利其器。下面将为大家介绍Maya的基本操作知识和各种常用功能的使用方法，目的是使大家能在较短的时间内熟悉和掌握Maya，为后面制作游戏三维模型奠定基础，如图1-2所示。

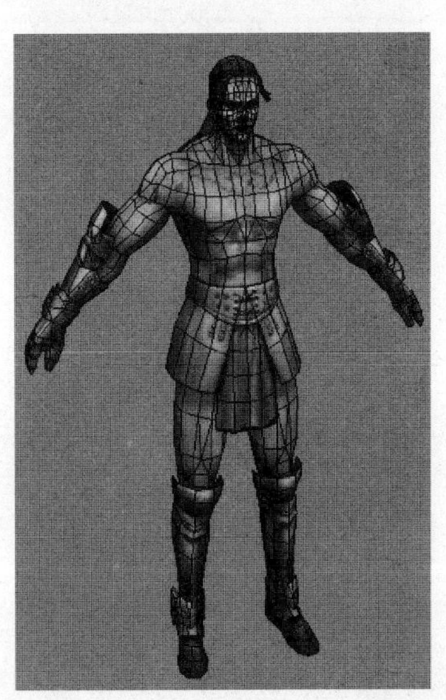

图1-2　游戏角色布线图

思考与练习

一、判断题

1. Maya 是目前世界上最为优秀的三维动画的制作软件之一。（　　）

2. 由于其强大的功能，所以除了在影视方面的应用外，Maya开始在三维动画制作和游戏

制作领域崭露头角。（　　）

3. Maya 6.5有了很大的提高，增加了许多新功能，对原有功能和界面也进行了优化。这些改进使得Maya的动画、渲染和建模的功能得到了很大的提升。（　　）

二、课后讨论

1. 分小组讨论Maya制作游戏的特点。

2. 类举三个Maya制作的影视作品。

第2章 Maya使用基础

本章主要对Maya软件的操作界面进行详细的讲解。

- Maya软件界面的特点。
- Maya基本操作。

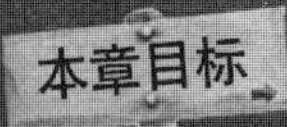

- 能够掌握Maya界面的布局和基本工具的使用。
- 独立完成选择、复制等操作。

2.1 Maya的界面介绍

在这一节中我们来认识一下Maya 6.5的主界面，下图就是Maya 6.5的标准主界面，Maya的界面是一种称为Maya Embedded Language（MEL）的语言版本。我们可以创建自定义的效果，自定义我们的界面。Maya6.5的主界面是由标题栏、菜单栏、状态栏、工具架、常用工具栏、视图区、通道盒、命令栏、时间和范围滑块和帮助栏等部分组成，如图2-1所示。下面我们来了解一下各部分的功能。

图2-1　Maya主界面

2.1.1 标题栏

Maya中的标题栏位于整个窗口的最上方，显示了Maya版本名称以及当前窗口编辑的文件名，如果启动时未指定打开一个文件，那么系统将自动新建一个文件，并临时命名为“无标题”。与大多数软件一样，在标题栏的最右端还有“最小化”、“还原”和“关闭程序”3个按钮，如图2-1 所示。

2.1.2 菜单栏

在学习完Max以后，大家对菜单栏应该比较熟悉，同样这里面是Maya的各种命令。Maya中的菜单被组合成菜单组。每个菜单组对应一个模块，Maya的菜单由4个功能模块组成：动画、建模、动力学和渲染。Maya Unlimited 还有其他模块：Cloth 和 Live。菜单栏的前6项菜单为公用菜单，它们不会因为模块的切换而发生变化，而其余的菜单项会根据模块的不同相应地改变，如图2-2所示。

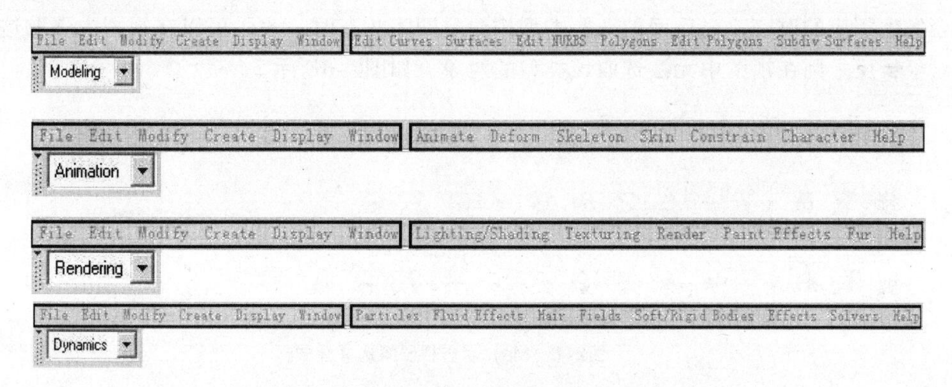

图2-2 Maya默认四个模块菜单栏的比较

2.1.3 状态栏

在状态栏中可以切换到不同的功能模块，里面还有一些常用命令的快捷按钮和工具。这些按钮和工具被分组放置，通过点击状态栏中的箭头可以展开或折叠这些组。状态栏最前面的下拉菜单用来切换不同的模块，在游戏制作中用到的模块是Modeling模块和Animation模块，其他模块的内容我们在后面的学习中作简单的了解就可以了。图2-3为Maya的默认模块，他们切换的快捷键是：F2 （Animation）、F3 （Modeling）、F4 （Dynamics）和 F5 （Rendering），如图2-3所示。

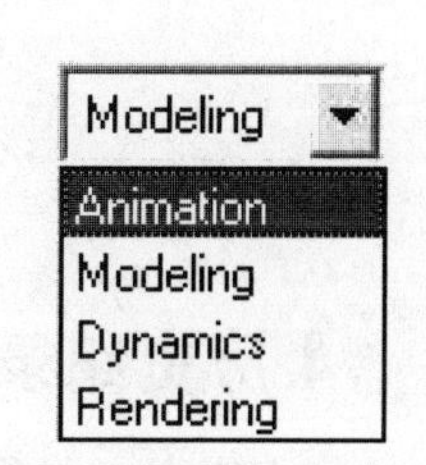

图2-3 Maya的模块选择栏

由于状态栏中的命令比较多，在Maya中没有使用Max中的滚动条，而是分组放置，每组可以单独扩张和收缩，如图2-4所示。

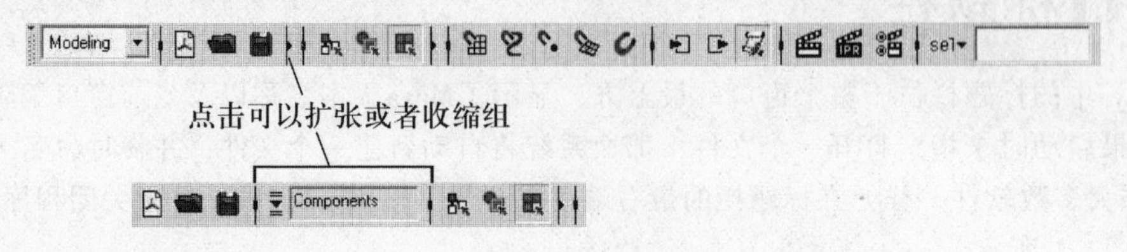

图2-4　状态栏滚动条

1. 场景管理按钮

新建场景、打开场景、保存场景。虽然我们在菜单的文件菜单行里也能找到相对应的命令，但是状态栏中的这些图标可以帮助我们提高效率，如图2-5所示。

图2-5　场景管理按钮

2. 子集选择模式

层级选取方式、物体选取方式、组件选取方式。点击一种选取方式后，后面的选取类型按钮就会发生相应的改变。当后面的选取类型按钮呈凹陷状态时，表示可以在视图中选取这种类型的对象；反之则在视图中无法选取该类型的对象，如图2-6所示。

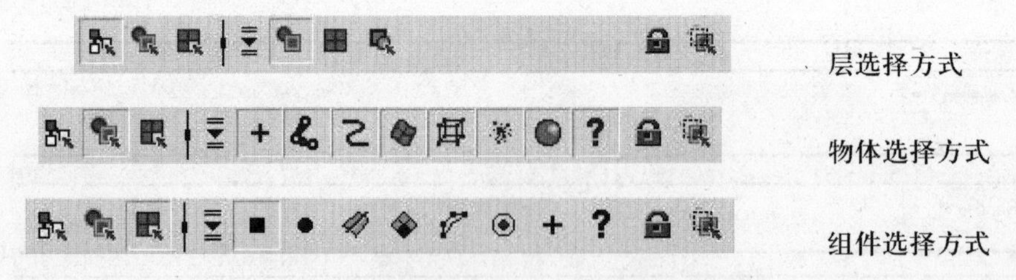

图2-6　Maya状态栏子集选择模式

3. 网格锁定按钮

锁定按钮和高光选择按钮。锁定网格、锁定曲线、锁定点、锁定视图平面、锁定物体表面，如图2-7所示。

图2-7　Maya状态栏网格按钮

4. 历史纪录和渲染设置

选取物体的操作步骤和记录构造历史。渲染场景、IPR渲染、渲染设置，如图2-8所示。

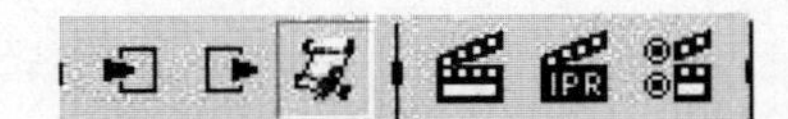

图2-8 Maya状态栏历史记录和渲染选项

5.通道按钮

这三个按钮分别用于将通道箱切换为属性窗口、将通道箱切换为工具设置窗口和通道箱，如图2-9所示。

图2-9 通道面板按钮

2.1.4 工具架

在工具架中是一些命令的快捷按钮，只要点击其中的一个快捷按钮就可以执行一个命令。这样，也可以极大增加我们的工作效率，使操作者不必将时间过多花费在命令菜单中翻找命令，如图2-10所示。

图2-10 Maya中的常用工具架

工具架中的快捷按钮可以按照自己的习惯进行定义，比如要将菜单栏中的一个命令添加到工具架中。只要同时按下Shift和Ctrl键，再使用鼠标左键点击菜单栏中的命令，这样此命令的快捷按钮便出现在工具架中。要想删除一个快捷按钮只要使用鼠标将快捷按钮拖到工具架后面的垃圾桶中即可。单击工具架前面的方块按钮可以将当前的工具架切换到另一个工具架，如图2-11所示。

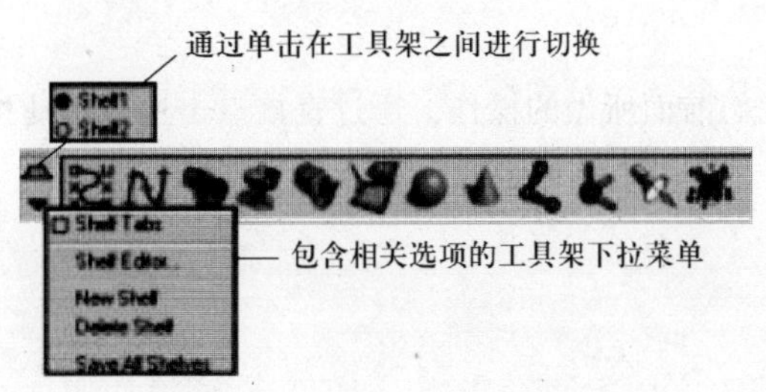

图2-11 Maya中工具架的变化

2.1.5 常用工具栏

作为三维软件，就会有对物体的操作，在Maya中这些工具都放在常用工具栏中，常用工具栏是用于对物体进行选取、移动等操作的快捷工具。这些快捷图标如图2-12所示。

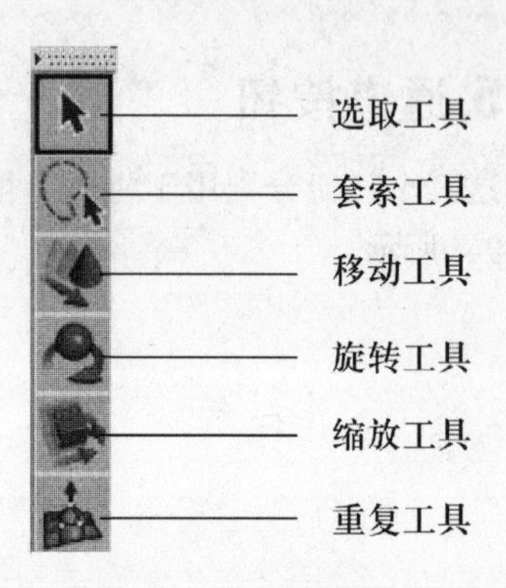

图2-12 Maya中的常用工具栏

1. 选取工具

用于在视图中选取对象，激活选取工具后在视图中用鼠标左键单击物体，物体呈绿色显示，说明此物体被选中。

2. 套索工具

Maya6.5的多项选择工具，绘制不规则的选择框可以选择需要范围内的对象。这样当我们在进行选择的时候可以比较方便地选择我们想要的物体组进行编辑。

3. 移动工具

使用移动工具选取物体后，物体上会出现三个轴向的手柄，拖动一个轴向的手柄，物体便会沿一个方向移动。如果按住三个手柄的中心可以在任意方向移动物体。

4. 旋转工具

使用旋转工具选取物体后，物体上会出现三个大小不一的轴向圆环，拖动一个轴向的圆环，物体便会沿当前所选择圆环方向旋转。如果不按住三个圆环中的任何一个，那么我们可以在任意方向上旋转物体。

5. 缩放工具

使用缩放工具选取物体后拖动其中一个手柄便可以不等比缩放物体；只要按住手柄的中心拖动鼠标就可以等比缩放物体。

6. 重复工具

这个工具可以记录我们前面所做的操作，通过直接点击这个快捷按钮来重复上一步操作。

2.2 视图区

视图区用来显示各种不同的视图，每个视图上方都有自己的视图菜单用于操作者对视图区进行控制，如图2-13所示。

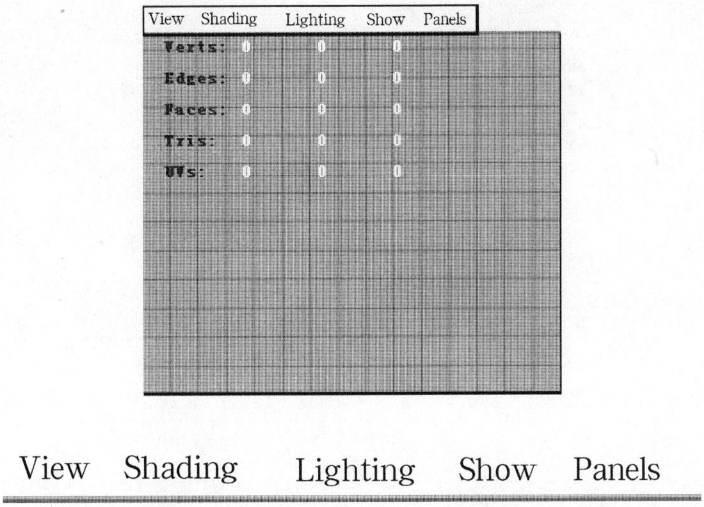

View Shading Lighting Show Panels

Verts: 0 0 0
Edges: 0 0 0
Faces: 0 0 0
Tris: 0 0 0
UVs: 0 0 0

View Shading Lighting Show Panels

图2-13 视图区及视图菜单

1. View菜单

View菜单中的命令可以对视图进行控制，控制视图的显示模式以及对视图进行移动、旋转等操作。

2. Shading菜单

Shading菜单中的命令用于设置阴影参数，并控制视图中物体的显示模式。

3. Lighting菜单

Lighting菜单中的命令可以对场景中的灯光进行设置。

4. Show菜单

Show菜单中的命令可以按照类型显示或隐藏视图中的物体。

5. Panels菜单

Panels菜单中的命令用来定义视图的显示，就是将当前视图切换为其他不同的视图。

2.3 通道盒

Maya大多数界面元素与其他3D软件包是相同的，但通道盒却是唯一的并具有强大的功能。它可使我们直接访问Maya的构成元素：属性和节点，尤其是它可以显示并设置关键帧的属性，称为Channels（通道栏）。通道盒是我们在游戏制作中经常用到的一个面板，因为在Maya中物体的大多数属性都在通道栏中显示，所以我们可以直接在通道栏中修改物体的属性和节点。在通道栏的Shapes项中可以显示物体的节点名称。在通道栏的Inputs项中会显示物体的历史构造，历史构造就是当对一个物体进行修改后，Maya便会把物体的修改过程记录下来，以供日后进行修改，如图2-14所示。

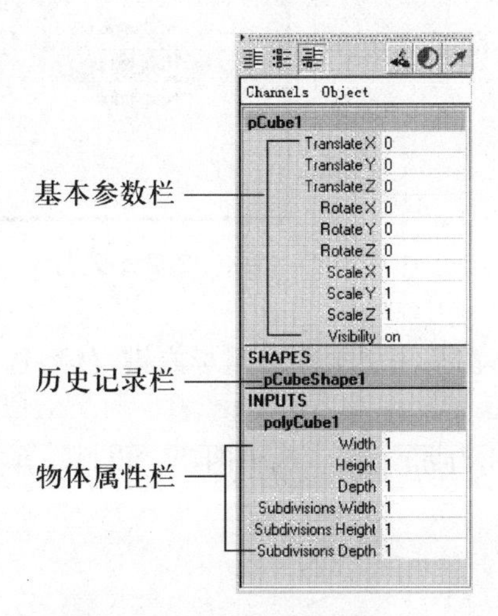

图2-14　Maya的通道盒面板

2.4层级窗口

通道盒下方是层级窗口，层的概念就像Photoshop中的图层。Maya可以将复杂的场景分为几个部分，每一个部分就是一个层。在层级窗口中可以对层进行建立、选择和编辑等操作。使用Maya制作过程中，层是非常重要的概念，层的运用可以非常有效地帮助我们显示或者隐藏物体，提高制作效率，如图2-15所示。

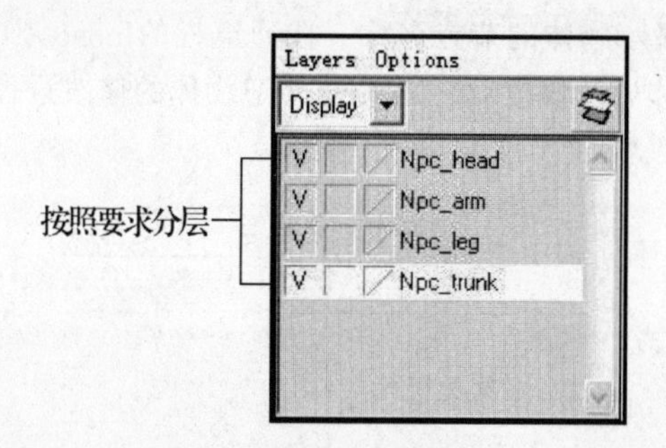

图2-15 Maya中的层面板

选择一个或多个物体，在某一层上单击鼠标右键,然后选择“Add Selected Object(加入选择物体)”命令,即可将物体添加到图层中。

双击某一图层,可以弹出“Edit Layer(编辑图层)”窗口。在这个窗口中,可以对图层进行命名。

2.5 命令栏

MEL命令语言是Maya强大功能。在“Command Line（命令行）”中可以输入任意的MEL命令，然后按Enter键执行命令，并可以在右侧的“Command Feedback（命令反馈栏）”中查看执行结果，如图2–16所示。

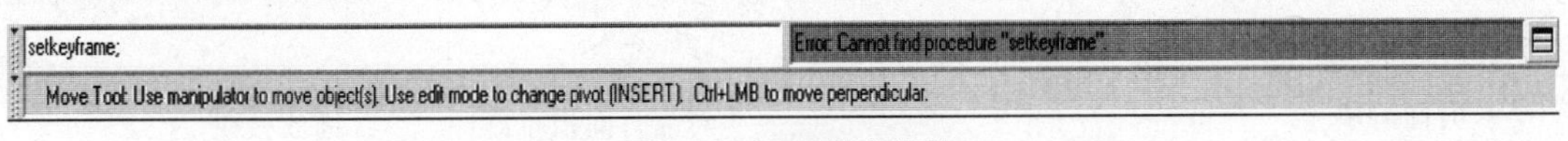

图2–16 Maya的命令栏

语言脚本在Maya中所占的比例是相当高的，很多情况下一些熟练的三维艺术家都喜欢直接使用命令来实现操作。在命令栏中可以输入MEL命令替换我们看到的界面菜单，命令栏分为输入命令栏和回应命令栏两部分。如果输入的命令无效，在命令栏右侧的命令回应框中会显示错误信息。这样工作效率也会更高，但是对操作者的综合能力要求比较高。

如果执行了错误的命令，“Command Feedback（命令反馈栏）”中将会显示“Error（报错）”和“Warning（报警）”。如果要查看详细的操作和报警信息，可以单击最右侧的脚本编辑，打开“Script Editor（脚本编辑器）”窗口。

2.6 时间和范围滑块

这两个滑块在动画中用于控制帧。“Time Slider（时间滑块）”中包括播放按钮（也称为传送控制器）和当前时间指示器；“Range Slider（范围滑块）”中包括开始时间和终止时间、播放的开始时间和结束时间、范围滑块条、自动设置关键帧按钮和动画参数按钮，如图2-17所示。

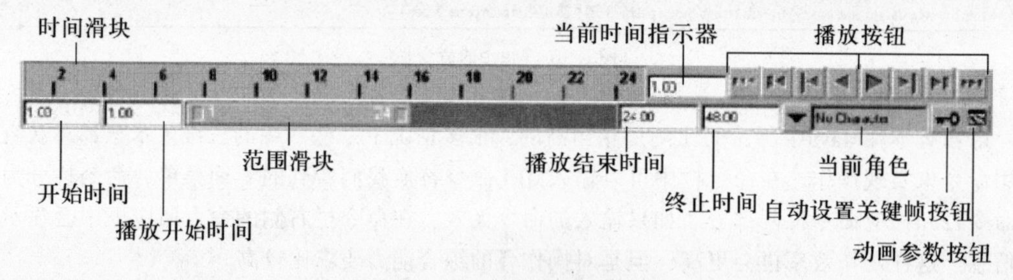

图2-17 Maya的时间和范围滑块

按住K键不放，可以用鼠标左键或鼠标中键在视图的任意位置左右滑动，从改变当前帧，快速预览动画。

按住Shift键，在时间条上拖动鼠标左键，可以选择一部分关键帧，然后对其进行复制、删除等操作。

单击区域两端的箭头，可以缩放区域。双击区域中间的箭头，可以移动区域。如果双击时间滑块，可以选择整个时间滑块的范围。

2.7 帮助栏

“HelpLine（帮助行）”位于Maya工作画面最下端，它可以显示工具、菜单、对象的信息。像弹出式菜单一样，当鼠标光标在图标及项目菜单上时，它会显示相应的描述。当用户选择某个工具时，它会进行相应的介绍。很多时候我们经常可以从中得到各种提示，如图2-18所示。

HelpLine: Displays short help tips for tools and selections

图2-18　Maya帮助栏

2.8 项目管理

项目管理是Maya的一大特色。在学习Max的时候很多同学可能没有太多地注意到文件的模型路径、材质路径等问题，而是一开始的时候就着手开始进行三维制作。在进行正规制作的时候这么做肯定会比较混乱，非常不方便工作的交换。虽然最后可以打包，但这毕竟是一种事后处理的方法。

而在Maya中，则是需要在制作开始前确定好项目的细节。项目是一个或多个场景文件的集合。项目也可包括与场景相关的文件，比如，建模的渲染纹理文件或几何体文件。在引用文件时它为场景数据设置目录并搜寻路径。在制作一个游戏角色的项目时，可创建名为game-npc的目录，它容纳所有与项目相关的文件，包括模型、材质、骨骼和动画等文件。把所有的文件放在一个总目录中可便于管理（包括引用文件）。在游戏公司的制作中，每个制作者分到的任务都是以一个项目的方式来完成的，最后汇总到一起，这样才可以保证整个工作的流程的完整性和统一性。这一部分对于从未接触过Maya的同学来说是一个新的概念，下面我们来介绍项目的设定。

2.8.1 创建项目

在开始制作之前，我们应当首先构造一个项目文件以适应项目的要求，类似建造房子之前搭建一个框架一样。

1. 创建一个新项目

（1）我们首先选择菜单栏下的File > Project > New，打开New Project 视窗，如图2-19所示。

在这个视窗中，几乎包含了我们在制作中所有的字项目信息，所以分类之后我们的资源就会自动被归类了。

（2）在Name 盒中输入新项目的名称。这里的名称输入最好能够统一的按照一定规格来确定，这样对于团队内部合作，公司项目管理都有很大的帮助。例如游戏主要角色前面名称是统一的，后缀当前项目的独立代号或者名称。

（3）在Location 盒中，把路径输入到包括新项目的目录中或进行浏览。游戏制作公司一般会设置数台主服务器，所有的文件资料和项目都储存在服务器内，这样所有制作人员的路径都是统一的，也很方便公司对项目进行管理和统计。

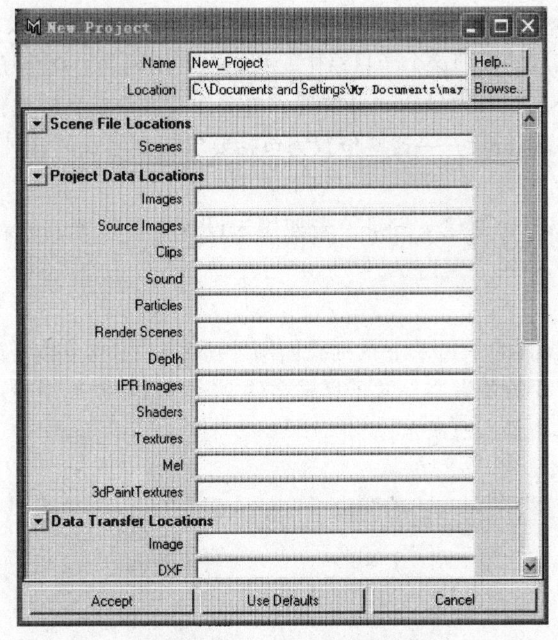

图2-19　Maya中项目创建面板

（4）单击Use Defaults 按钮以使Maya为下列位置设置默认名，或者通过键入位置来明确路径，如图2-20所示。

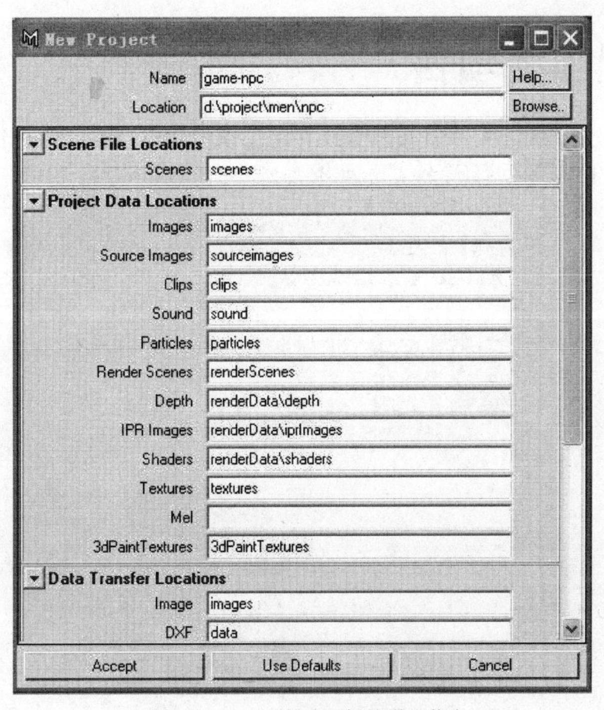

图2-20　Maya创建面板的详细信息

Scene File Locations——设置用于保存场景文件的目录。该目录一般仅包括几何信息，除非命令Maya把所有文件信息放置到这个子目录中。我们也可使用这个盒为场景信息输入搜寻标准。

Project Data Locations——为包括项目纹理、源文件和渲染场景的文件设置目录。

Data Transfer File Locations——这些位置为包括要求转换格式的目录设置路径。

注意：

若留有空白，Maya不会创建子目录。若使用未设置项目设置创建新场景，那么Maya将把信息保存在项目位置目录中。

（5）单击Accept。

（6）我们可以在设置的根目录下找到我们刚才所创建的Maya的项目文件夹，其中包括了我们在三维制作中所需要的所有文件的子目录文件夹，然后在制作中我们将所制作的文件分类存入对应的文件夹中，如图2-21所示。

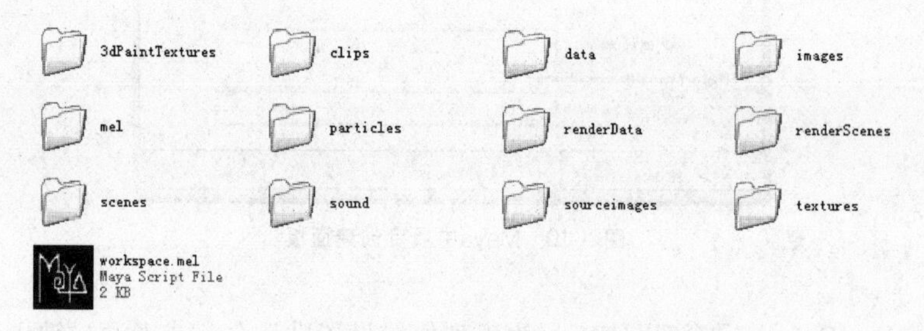

图2-21　设置完成后Maya的文件夹

2.8.2 设置当前项目

如果已经创建了一个项目文件而又想修改它，可以使用Set Project对当前的项目重新设置。

（1）选择File > Project > Set，打开文件浏览器，如图2-22所示。

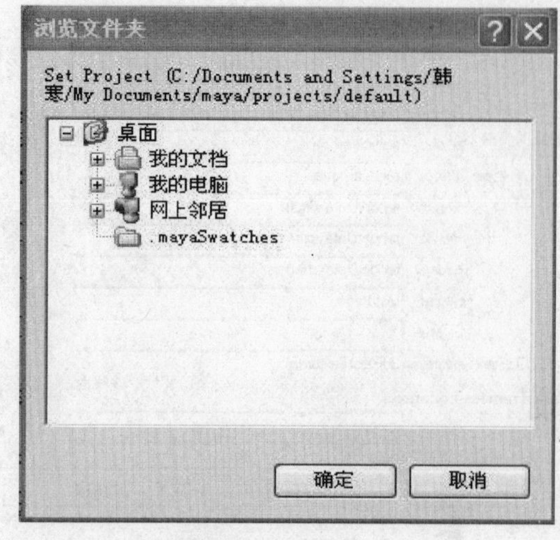

图2-22　项目管理浏览器

（2）选择一个项目，Maya 把路径改为新项目并确定。

（3）单击“确定”。

这样我们就对一个已经设定好的项目文件做了修改，这种修改主要是指路径上的修改。

2.8.3 编辑当前项目

如果文件位置信息发生改变，那么可使用Edit Current 来更新这个目录。比如，把动作文件放置在一个新目录中并确定Maya可查找它们。

注意：

不能改变项目文件的名称和位置。

编辑一个项目的步骤如下。

第一步：选择File > Project > Edit Current 命令，打开编辑视窗。

第二步：在小三角上单击，打开与Scene、Project或Data Transfer 文件位置相关的目录项，如图2-23所示。

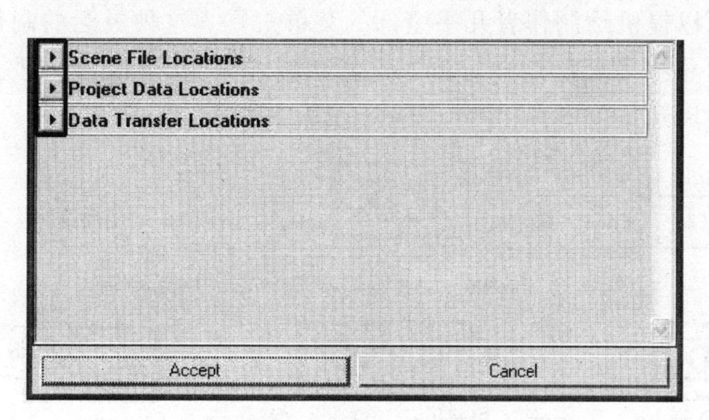

图2-23 编辑项目属性面板

第三步：按需要进行改变，然后单击Accept，Maya 就会自动在项目文件中更新信息。

2.9 热　　盒

热盒（hotbox）菜单是菜单组的自定制集合，按住键盘上的空格键可显示它，可快速地访问要使用的菜单，并可隐藏与工作无关的菜单，以此来提高工作效率。在很多时候制作者为了获得更多的视图观察空间，需要尽可能多地关闭一些不常用的工具栏，但是又很难做到完全无工具栏操作，所以经常要在几个模式间切换。但是在Maya中，很多制作者在制作时采用全屏视图的模式，因为热盒可以提供给制作者几乎全部的菜单工具。这种灵活的制作方式非常适用于三维制作。而且我们可根据需要随时自定制，热盒由斜线分为5个区：北区、南区、东区、西区和中心区，如图2-24所示。

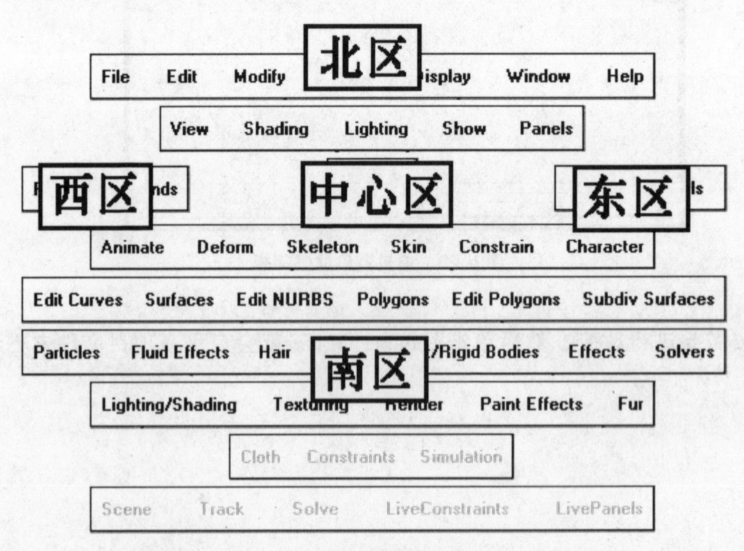

图2-24　热盒的显示

在每个区中都含有标记菜单。使用这些菜单可改变选择遮罩、控制面板是否可见和面板类型。按住空格键。热盒就会显示在鼠标指针所在的位置上，如图2-25所示。默认的热盒外形如图5-2所示，如果是自定制的，那么就可能是不同的。

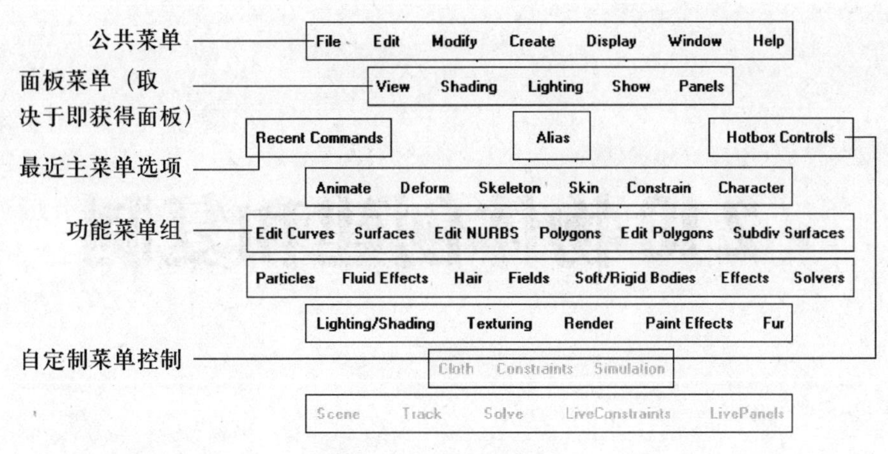

图2-25　热盒菜单的名称

热盒的显示需要按住空格键，所以当我们快速地点击空格键而没有按住它时，Maya会改变视图的数目。例如处在透视图中，快速按空格键，则Maya 将显示四个基本的视图。所以这个操作上的小区别所带来的差别是巨大的，需要我们用心去记住，并在后面的制作中实际使用。

2.10 物体创建和复制

我们在进行游戏三维制作时，总是从创建一个基本实体开始的，但这并不是生成一个所选定的真实几何体。Maya 只是把几何体显示在屏幕上。每一个新被创建出来的实体总是相同的，但是每个实体可以有唯一的转换、缩放和旋转属性。这样一来，单个的实体可做为一个独立物体来选择。我们在后面所做的编辑修改命令都是基于基本实体上的。由于我们在制作中主要使用的是多边形，所以这里我们主要讲解的部分也集中在多边形上。

2.10.1 创建对象

通过在菜单栏中Create>Polygon Primitives>Cube中创建实体对象，然后在视图中央就会产生一个立方体，也可以通过在常用工具架上点击相对应的图标来创建，如图2-26所示。

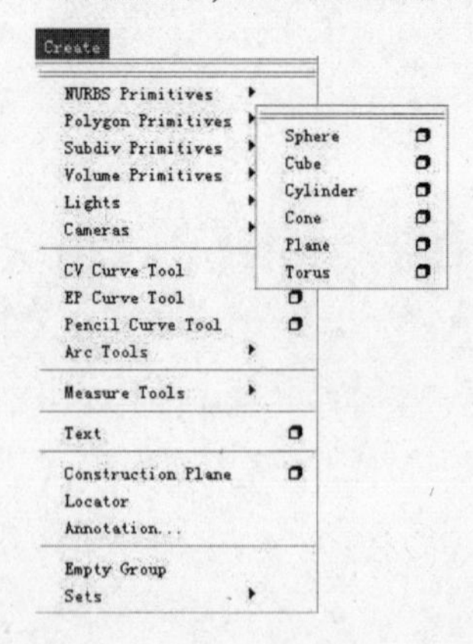

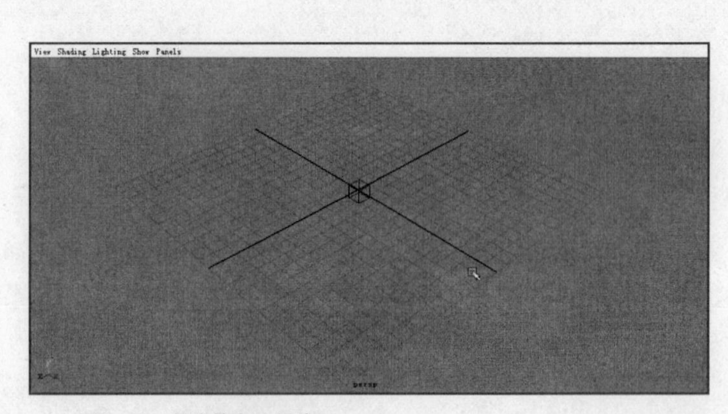

图2-26 创建基本几何体

同样的我们可以按照制作的需要创造出一些基本实体，然后在后面的编辑修改中逐步制作出我们所需要的模型。

2.10.2 复制物体

在游戏场景制作中，经常会有很多重复的物体，比如说房屋、道具等，那么我们再一件一件制作是很不明智的。运用Duplicate 命令可以创建几何体或者模型的复制品。一次可以复制多个物体。复制的次数是无限制的，也就是说，每一次需要一个复制物体时，没有必要再创建一个新的物体。这样可以节约很多的时间。

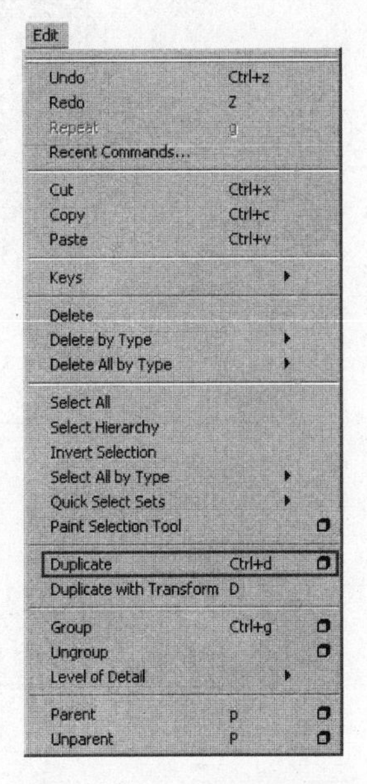

图2-27 Maya的复制面板位置

注意：

若需要同时创建多个复制物体，选取Duplicate 命令进行选项设置。

1. 复制一个物体

（1）选择要复制的物体，可以同时选取多个物体。如果我们想要复制多个物体，在这些物体上单击拖动一个选取框或Shift 选择该物体。

（2）选择Edit > Duplicate 命令，复制后的物体位于原物体后面，移动后才能看到它，如图2-27所示。

（3）从常用工具栏中选择移动工具，移动操纵器显示在复制物体上，或者用快捷键“w”。

（4）用移动工具移动复制物体，然后取消对原物体的选择。

如果创建了多个复制，那么使用移动工具单击原始物体并拖动操纵器，重复此步骤，直到显示所有复制物体，如图2-28所示。

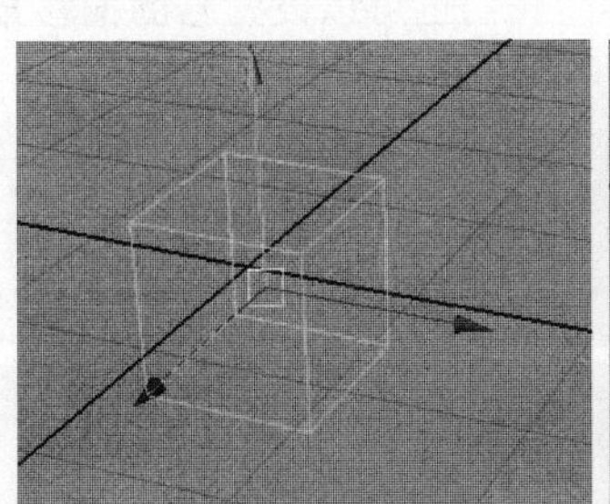
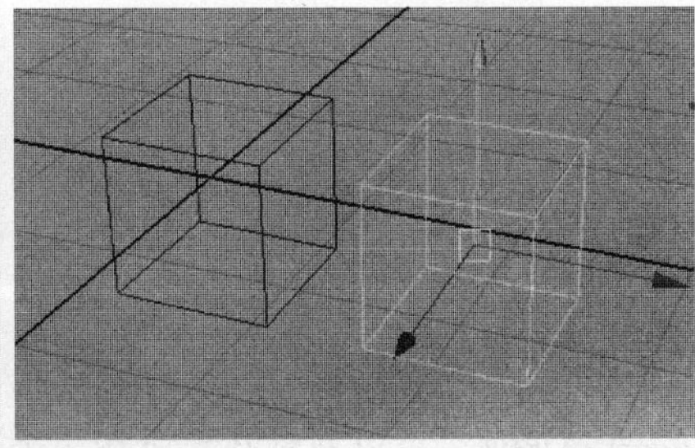

图2-28 多物体复制

2. 设置复制选项

使用复制选项视窗可对所做的拷贝进行移动、缩放和旋转，还可以设置如何创建复制物体。

（1）选取命令Edit > Duplicate，打开Duplicate Options 视窗。

（2）设置Translate， Rotate， Scale选项并单击Save按钮。

设定X、Y、Z 的偏移量，这些参数值用于复制的几何体。当系统复制它们时，我们可以定位、缩放和旋转这些物体，如图2-29所示。

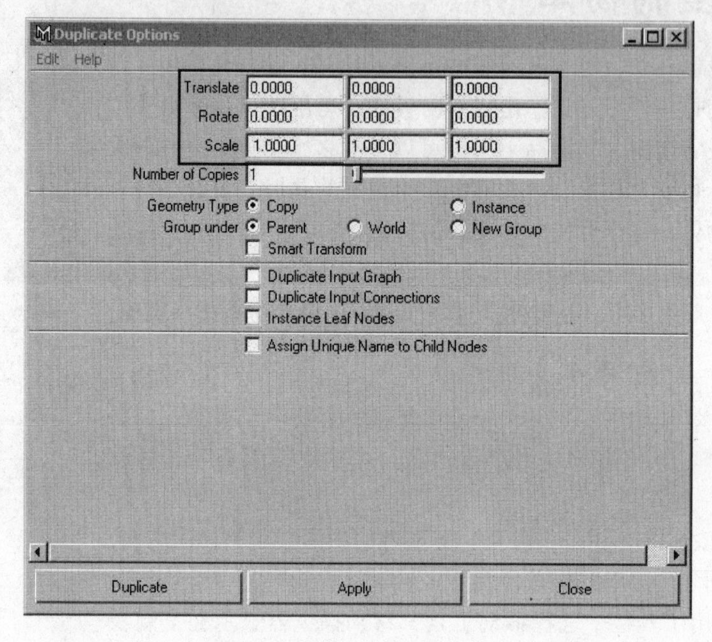

图2-29　复制面板的主要参数

注意：

默认的Translate 和Rotate 是0.0000，默认的Scale 是1.0000。使用默认值时，Maya 在原始几何体的上面放置拷贝。当然，对于拷贝得到的物体，我们也可以设置它的偏移量（正的或者负的浮点数）。

Number of Copies 设置复制品的数目，范围从1 到1000。

Geometry Type 指定所选择的物体怎样被复制。

（1）Copy复制几何体。

（2）Instance仅仅创建所选物体的一个实例。在创建实例时，Maya 并不创建真正的拷贝，而是重新显示被创建的几何体。

Group under选择该项，可以把复制品放在一个新的组节点之下。

Smart Transform 选择此项，当我们变换（移动、旋转和缩放）一个物体的复制品的时候，Maya 会对后面连续复制所产生的所有复制品实施相同的变换。

Duplicate input Graph 选择此项后，可以强迫复制所选物体的所有上游节点。上游节点是与选择节点相连的。

2.11 选择物体

在制作中我们必然需要对物体进行修改，那么就需要能够方便地对物体进行选取，在Maya中提供了下列几种方式可以让我们选择物体。

2.11.1 个别地选择物体

在场景视图中我们可以通过鼠标单击的方式来个别地选择物体，也可以在Outliner（略图）、Hypergraph（超图）中选择物体。物体被选择后，会高亮显示。当然，根据不同的需要，我们也可以重新设置高亮的颜色，如图2-30所示。

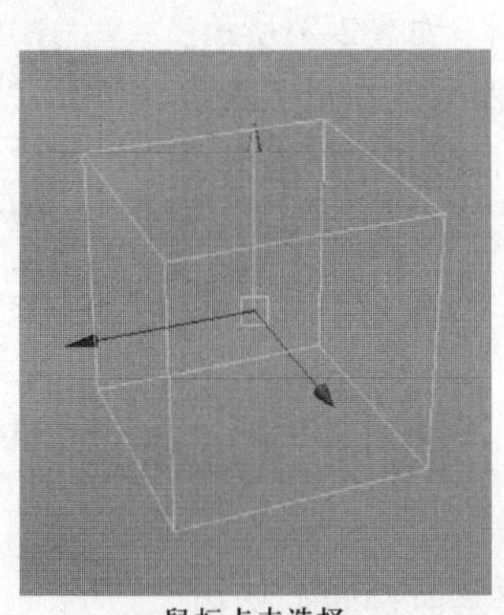

鼠标点击选择

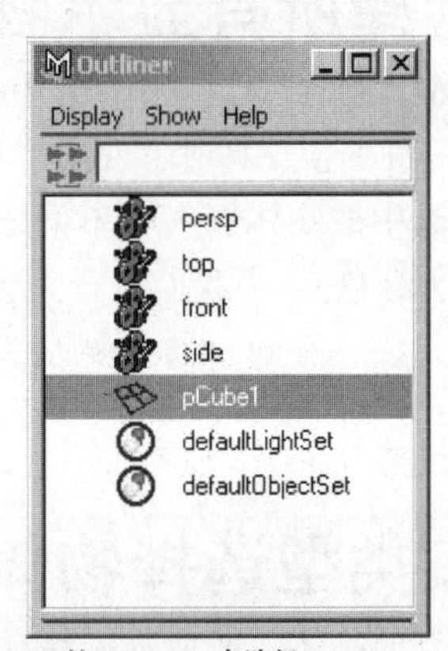

从 Outliner 中选择

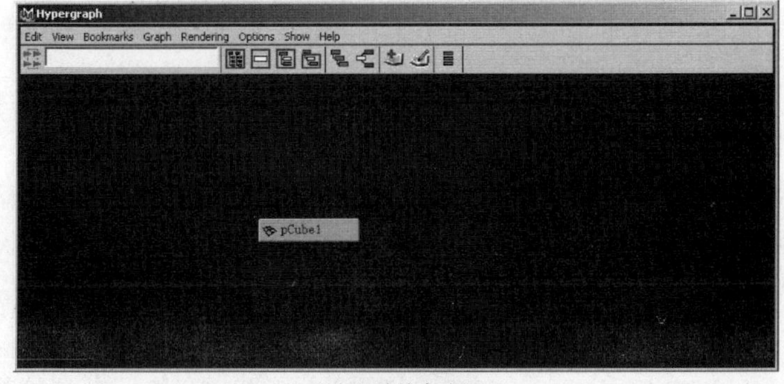

从超级滤镜中选择

图2-30 单一物体的选择

2.11.2 选择一个物体

单击场景中的物体或者单击拖动出选取框来选择它或在Outliner（略图）或者Hypergraph（超图）里，单击物体名称。

2.11.3 选择多个物体

按住Shift 键并单击每个物体，或者选择Edit 菜单中的Select All 命令可以选择场景里的根物体以及所有可见的dependency（从属）节点，这时，我们可以把所有选中的物体当成一个“虚拟组”来对待，而无须对它们进行真正的成组操作。

注意：

若要单独选取几个物体。按住Shift 键并单击每个物体，最后选中的物体以一种不同于其他物体的颜色高亮度显示（默认状态下为绿色）。

2.11.4 选择所有显示物体

选择Edit > Select All 命令，选中场景中的所有物体，如图2-31所示。

当我们选取一种变换工具时，变换工具的操纵器显示在最后选取的物体上（最后选中的物体以一种不同于其他物体的颜色高亮度显示，默认状态下为绿色）。当我们执行某种操作时，所有选取的物体将以一个组的形式统一移动。如果要取消物体选定，单击视图（除物体外）的任意地方均可。

图2-31 选择所有显示物体面板

2.11.5 按类型选择物体

在Maya中所有的物体和辅助物体都有类别，很多时候我们运用Select All By Type 命令选取某一特定类型的物体，可以为我们制作节约很多时间。

在状态栏中通过类型过滤不希望被选择的物体，这样我们就可以在视图中进行框选，只有没有被过滤掉的类型可以被选中，如图2-32所示。

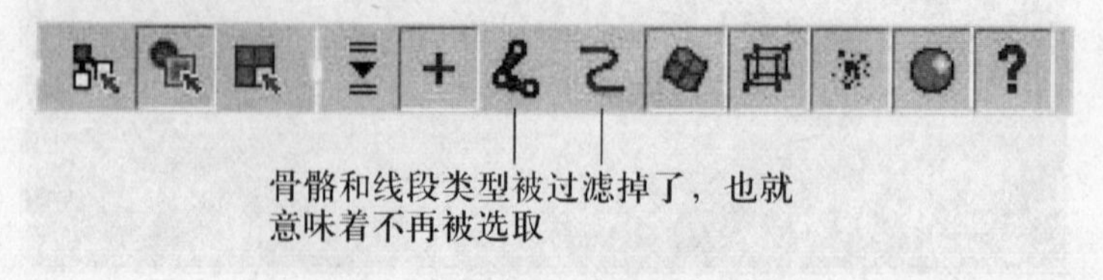
骨骼和线段类型被过滤掉了，也就
意味着不再被选取

图2-32 类型选择过滤

本章小结

本章对Maya的基本操作进行了详细的讲解和介绍。对Maya的界面特点、工具的分布、移动物体、复制物体等操作应多加练习。

思考与练习

1. 制作一个Maya的项目文档。
2. 创建一个Maya文件并且分类保存到项目文档里面。
3. 编辑项目管理文档。
4. 熟悉Maya视图。
5. 创建一个基本物体，并使用多种方法选择这个基础物体。
6. 创建基本几何体，在通道栏修改参数，并比较不同的复制类型之间的区别。
7. 在视图中创建简单模型，并使用热盒进行一些编辑操作。
8. 熟悉并掌握不同的物体轴向的不同。
9. 熟悉状态栏的各项命令。
10. 对Outliner和Hypergraph有一定的基础掌握。

第3章 认识三维空间

本章主要讲解Maya视图显示和坐标系统的设定。

- 三维空间中形态结构的特点。
- Maya视图显示的基本操作。

- 掌握Maya中视图的显示，坐标系统的理念和方法。
- 掌握3D游戏形象制作的特点。

相信大家在有了三维基础的情况下应该对前面的知识了解得比较轻松，在基本上认识了Maya的整个基础界面和操作基础之后，下一步让大家了解整个视图并进行一些具体的操作。

3.1视图认识

视图面板实际上是一个通过虚拟摄像机看到的视图。和大多数三维软件一样，Maya共有4种默认视图：透视图、前视图、侧视图和顶视图。从视图面板菜单中可选取一个视图，相信同学们通过前面Max的学习对这四个视窗不会很陌生，如图3-1所示。

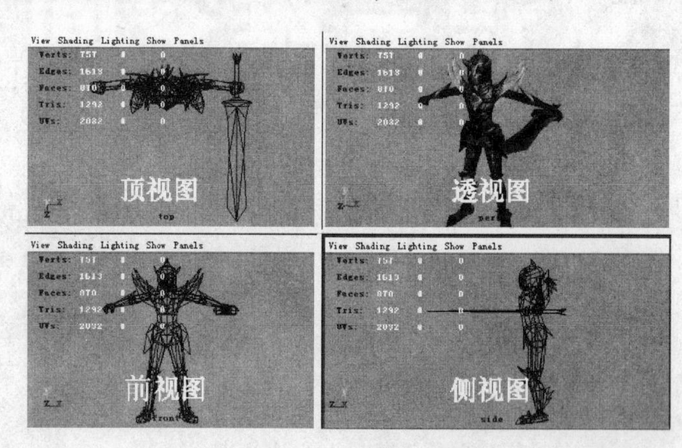

图3-1　Maya的基础视图界面

3.2 视图切换

我们可以通过选择视图中的菜单>Panels>Perspective>persp ，将三视图变化为透视图，或者在Panels>Orthographic>菜单下选择其他的视图显示，如图3-2所示。

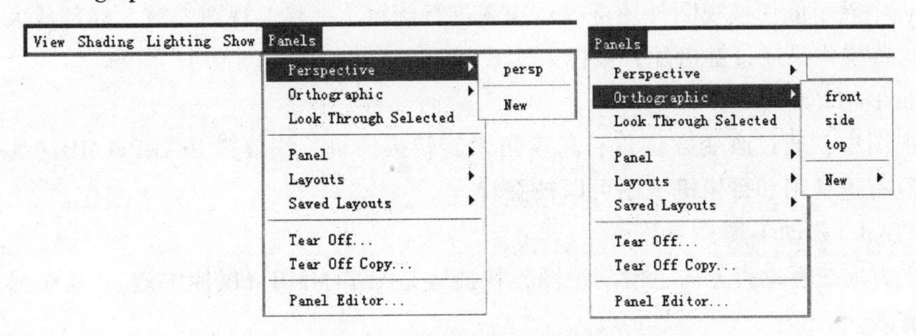

图3-2 Maya视图切换面板

在Maya中为了方便对物体进行更进一步的观察和修改，我们可以通过快速点击空格键来放大当前所选择的视窗到单视窗显示模式，也可以通过一次快速点击空格键来恢复原始视图布局，如图3-3所示。如果长时间按住空格键将会弹出热盒菜单（hotbox），热盒（hotbox）是Maya中非常强大的操作菜单，后面将会有专门讲解，如图3-3所示。

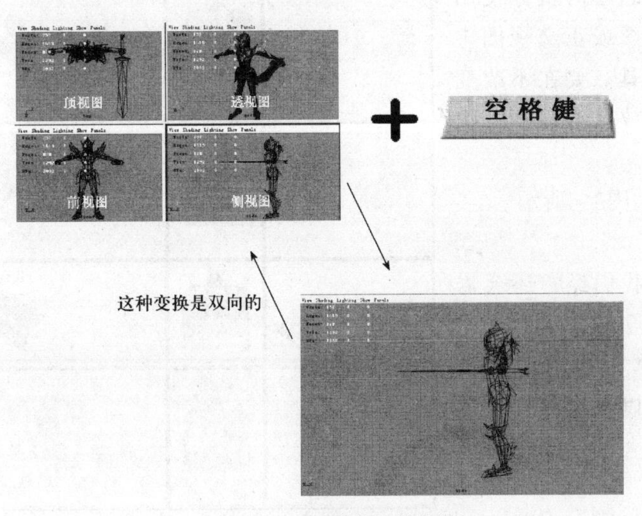

图3-3 Maya中视图的切换

3.3 视图操作

在Maya中除了能切换视图外还可以对视图进行旋转、平移、视图缩放、局部放大等视图的操作，而这些操作是通过键盘配合鼠标来实现的。

Tumble Tool（旋转工具）

在透视图中，通过改变方位角和高度角来旋转摄像机，快捷键是ALT+LMB（鼠标左键）。在Maya中只有透视图和摄像机视图可以被翻转。

Track Tool（移动工具）

在水平方向或者垂直方向上滑动视图，快捷键是ALT+MMB（鼠标中键）。这个操作对所有的视图都有效。

Dolly（推拉工具）

沿视线前后移动摄像机，产生无透视感的放大缩小。快捷键是ALT+LMB+MMB（鼠标左键和中键），在透视图或正交视图中都可以使用推拉工具。

Zoom（缩放工具）

改变摄像机的焦距。放大时就像使用长距镜头，缩小时就像使用广角镜头。在透视图或正交视图中都可以使用缩放工具。要在不改变视图角度的情况下放大或缩小，使用缩放工具。

其具体的操作如图3-4所示。

注意：

在制作过程中我们经常还会需要对单个物体进行全屏放大，选中希望被放大的物体，单击键盘上“F”键，这样就可以在当前视窗内将所选择的物体放大至全屏进行观察和修改。

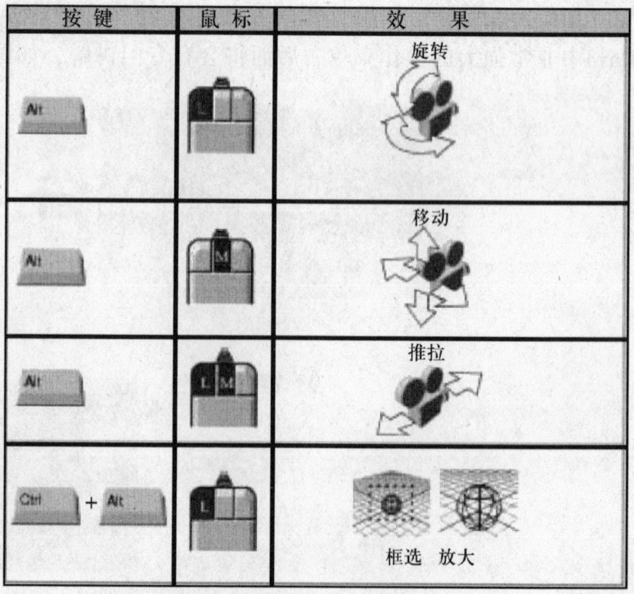

按 键	鼠 标	效 果
Alt	L	旋转
Alt	M	移动
Alt	L M	推拉
Ctrl + Alt	L	框选 放大

图3-4 Maya视图切换按键列表

3.4 多边形视图显示

现实生活中的一切建立在观察的基础上，在三维软件中也是一样，我们要制作自己所需要的模型那么就需要对我们的目标体进行充分的观察，也就是软件的显示问题。由于在游戏制作中主要使用多边形建模方式，所以我们这里所讲的显示内容也以多边形为主要对象。我们常用的物体的显示方式主要有四种。

3.4.1 线框模式

视图中的所有多边形物体均以线框方式将物体每个面的每一条边显示出来。这种显示方式可以最大程度地节约系统资源，提高效率。在游戏制作中，这种显示方式可以更多地帮助我们观察模型的结构和方向。

3.4.2 平滑材质模式

视图中的所有多边形物体以灰色实体显示出来。这种显示方式能够让制作者观察到视图中的模型的全貌，并能够掌握住空间感。

3.4.3 硬件纹理显示模式

视图中的所有多边形模型均以实体显现，并且如果模型已被赋予材质，那么材质也会在视图中显示出来。这种显示在后期调整材质的时候非常重要。

3.4.4 材质灯光显示模式

在游戏制作中，灯光材质显示模式不是我们常用的显示模式，如图3–5所示。

在默认状况下，创建的物体以线框模式显示。要查看材质（shaded）显示的物体，可从视图面板的Shading 菜单中选取一种材质模式，如图3–6所示。

同样的为了提高效率，这些显示也是有热键的，如图3–7所示。

线框模式

平滑材质模式

硬件纹理显示模式

材质灯光显示模式

图3-5　同一模型在不同模式下的显示

View　Shading　Lighting　Show　Panels

Wireframe　4
Smooth Shade All
✔ Smooth Shade Selected Items
Flat Shade All
Flat Shade Selected Items
Bounding Box
Points
Shade Options ▸
Interactive Shading ▸
Dense Wireframe Acceleration
Backface Culling
Smooth Wireframe
✔ Hardware Texturing ❐
Hardware Fog ❐
Apply Current to All

图3-6　视图菜单的显示

4	线框模式
5	平滑材质模式
6	硬件纹理显示模式
7	材质灯光显示模式

图3-7　Maya视图显示快捷键表

3.5 NURBS视图显示

Maya中另外一个强大部分就是NURBS建模工具，但是由于在制作上和早期游戏制作的要求不符，所以很少被运用。但是在技术的进步下，已经开始有少量的公司尝试使用NURBS建模，所以这里我们也对NURBS的显示模式加以简单说明。

NURBS 物体（由NURBS 曲线创建的物体）同样有精细度的区别，可以使用Display > NURBS Smoothness 子菜单中的命令用来控制物体显示的平滑度（只影响显示，不影响渲染），如图3-8所示。

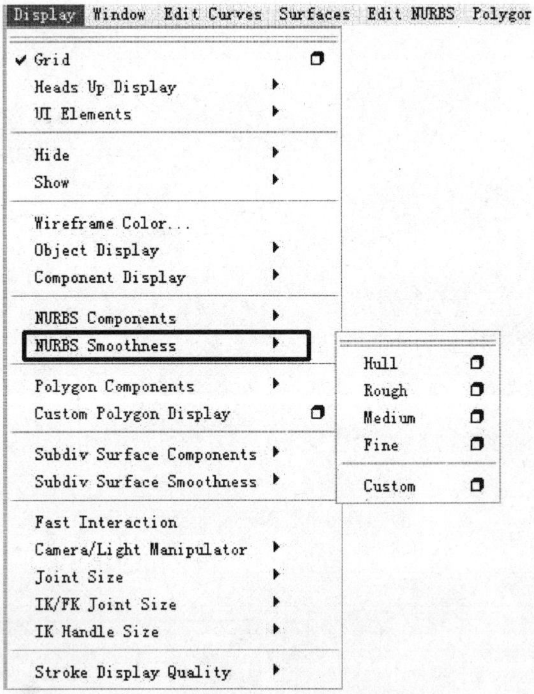

图3-8　Maya中NURBS的视图显示菜单

不同的显示级别会带来不同的计算速度，其具体区别如图3-9所示。

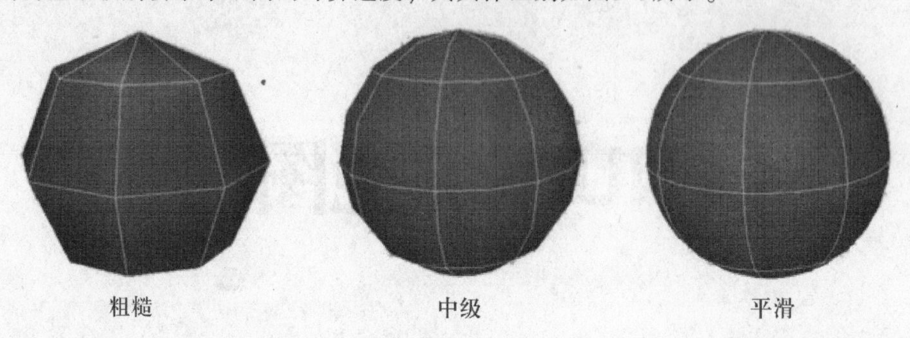

图3-9　NURBS物体在不同级别下的显示

相对应的热键如下所示：

（1）粗糙显示。

（2）中级显示。

（3）平滑显示。

注意：

这里的显示只是在操作视图上进行简化来加快运行速度，并没有对模型进行修改，所以这和我们在通道盒中修改物体属性所带来的改变是不同的。

3.6 XYZ坐标系统的定向

Maya 的三维坐标系统允许我们在空间中使用精确的数值来创建人物和场景。在XYZ 坐标系统中，原点位于坐标系统的中心，坐标为（0，0，0）。空间中所有的点都有唯一的坐标。我们可使XYZ坐标系统Y-up（Y 轴向上）或Z-up（Z 轴向上）。

在一些早期的三维软件制作游戏过程中，由于程序的坐标系统和三维制作中的坐标系统是不完全一样的，在Y轴和Z轴上相反，所以模型和程序的结合需要使用插件来解决。如图3-10所示。

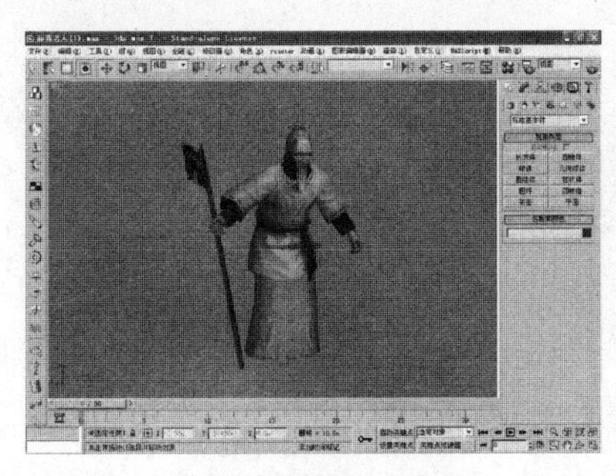

三维软件中的模型

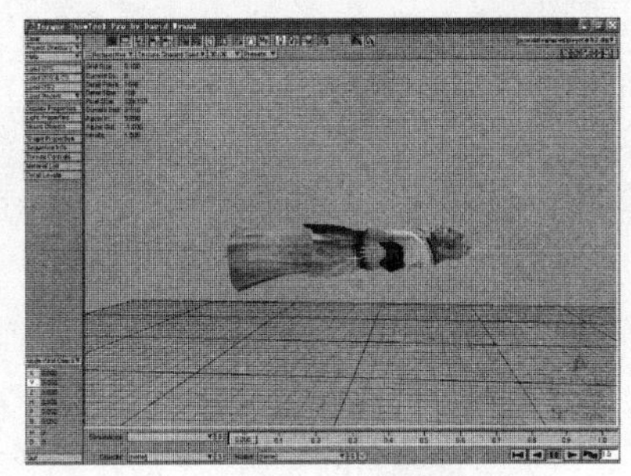

导入程序界面中的模型

图3-10 坐标系统对制作的影响

我们可以看出由于坐标系的不同，导致在Maya中看起来正常的模型进入程序操作中其轴向就不正确了。

Y-up 系统使用X 轴作为水平方向，使用Z 轴来测量场景的深度。有二维动画经验的动画师（和游戏开发者）经常使用这种坐标系统。

Z-up 系统使用X 轴和Y 轴来定义一个工作平面，使用Z 轴来描述顶方向，一般工程设计人员经常使用这种系统，因为使用这种坐标系统可以方便的把平面放置在工作平面上。

由于Maya同样使用的也是Y-up坐标系统，所以使用Maya制作的三维模型在和程序的结合方面比较容易。坐标系统的不同如图3-11所示。

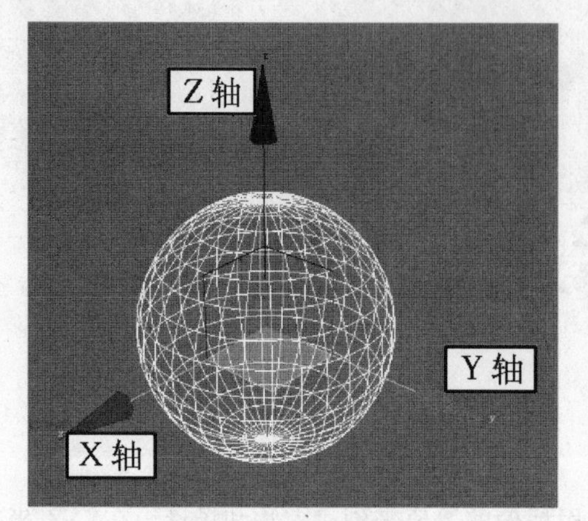

Z-up 坐标系统

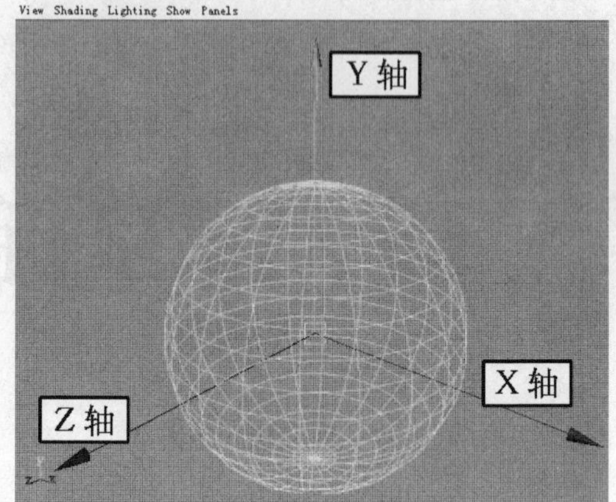

Y-up 坐标系统

图3-11 不同坐标轴向

3.7 常用坐标系统

在我们的三维制作世界中，除了有Y-up和Z-up两种坐标模式外，在进行操作制作时，还有一些常用的操作坐标系统需要我们了解。

3.7.1 世界坐标

世界坐标描绘视图中的空间。当我们移动摄像机时，其实就是在世界坐标中移动。世界坐标系统的中心就是原点。世界空间是以我们定义的单位来描述的，所有的造型物体都是以世界坐标为基础的，例如游戏中的场景模型可在坐标系中以毫米为单位进行定义，因此世界坐标又被称为“建模坐标”，如图3-12所示。

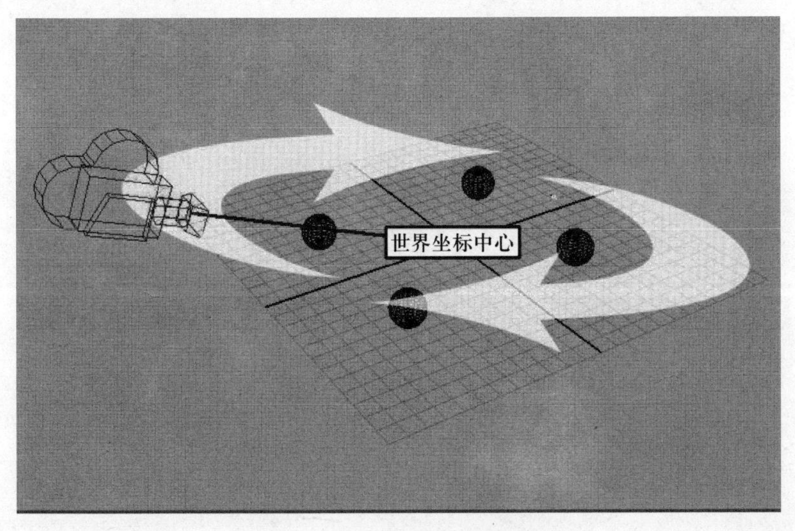

图3-12　世界坐标系下观察的方式

3.7.2 局部坐标

局部坐标描述一个物体周围的空间，局部坐标系统的原点就是物体的中心。为了理解局部坐标，可以假想物体处于一个盒子之中，把盒子的某个角作为“原点”，则物体表面上所有点的坐标都是确定的。如果拿起整个盒子并在房间中移动，则物体相对于盒子的坐标不会改变，而盒子相对于房间的坐标在改变。着重理解这两个不同的描述：物体相对于盒子（物体的局部坐标）和盒子相对于房间（物体坐标系统的位置相对于世界坐标系统），如图3-13所示。

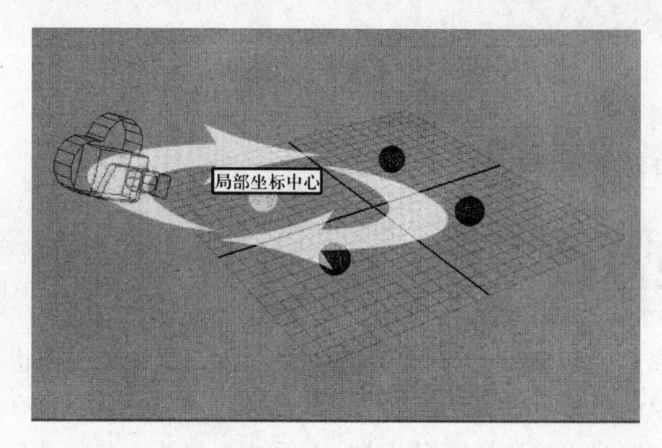

图3-13 局部坐标系下观察的方式

3.8 操纵器

Maya和其他三维软件一样，都需要在三维空间内对物体进行修改编辑，那么当然也少不了对物体修改编辑的操纵器。操纵器提供了一种形象化的、交互式的方法。在工作空间中，我们可以直接通过操纵器对物体进行定位和缩放。

在Maya 中，许多工具都带有操纵器。通常情况下，当我们打开一个工具时，Maya 会为此工具创建操纵器，当我们退出这个工具时，操纵器就会被删除，如图3–14所示。

每个操纵器都有几个手柄，通过移动这些手柄可以改变物体在三维世界中的位置。移动工具操纵器具有一个中心手柄， 三个X、Y 和Z 方向手柄。如果需要，我们可以使用Window > Settings/Preferences > Preferences 命令中的显示参数来改变手柄的尺寸，如图3–15所示。

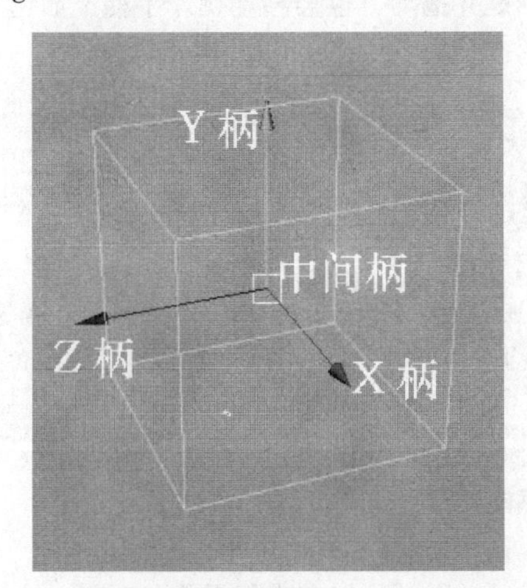

图3–14 Maya中的操纵器

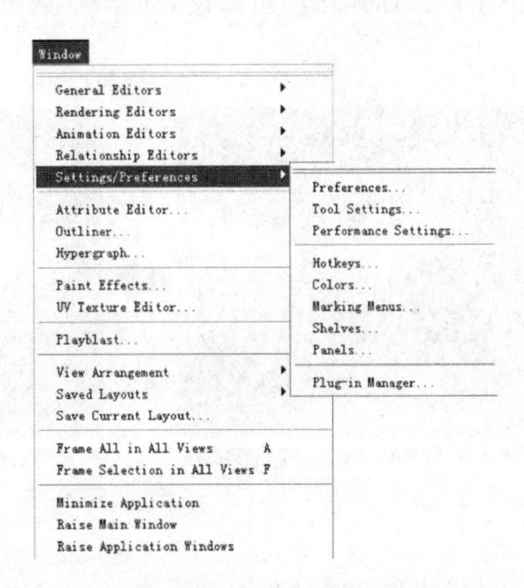

图3–15 Maya操纵器的变换

这样变换的结果是固定的，以后每一次操作都会显示出改变后的操作器尺寸，想要改变就必须重新操作一遍，在操作中这样频繁的变换是不太现实的。所以对于变换操纵器，我们在制作中更多地是使用键盘上的“+”和“–”键来改变手柄的尺寸，如图3–16所示。

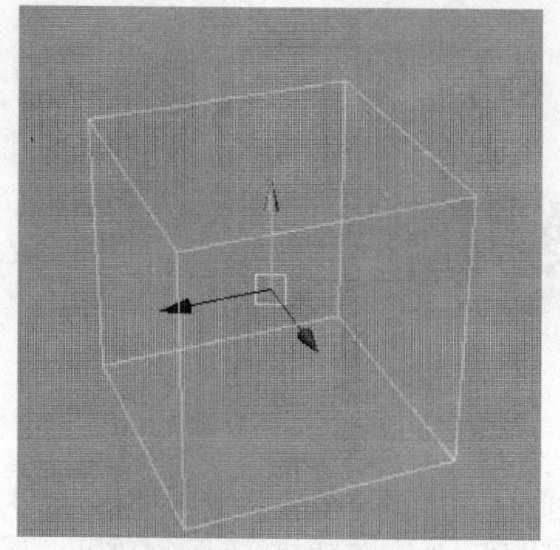

使用键盘“-”键

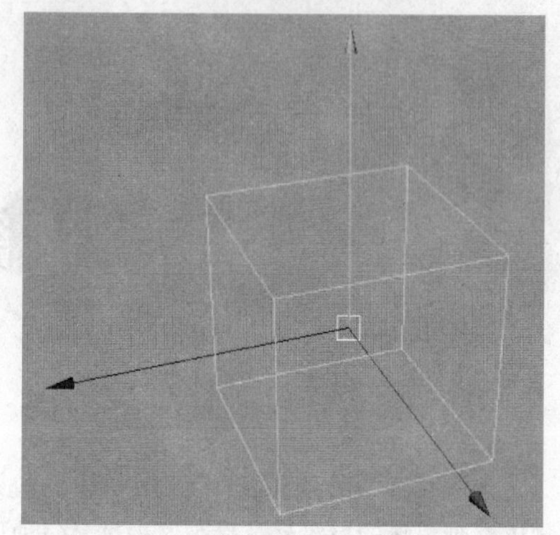

使用键盘“+”键

图3-16　不同大小的操纵器手柄

我们要对视图中的物体进行操作的时候就会需要使用操纵器手柄，当我们单击拖动操纵器的一个手柄时，该手柄被激活，激活手柄的默认颜色是黄色。在我们没有再次点选其他的物体或者操纵器手柄之前，当前被选定的手柄处于一种锁定状态，这意味着我们可使用鼠标移动手柄而不用再去选择它。如果我们远离手柄单击鼠标中键并拖动，也会移动操作手柄，如图3-17所示。

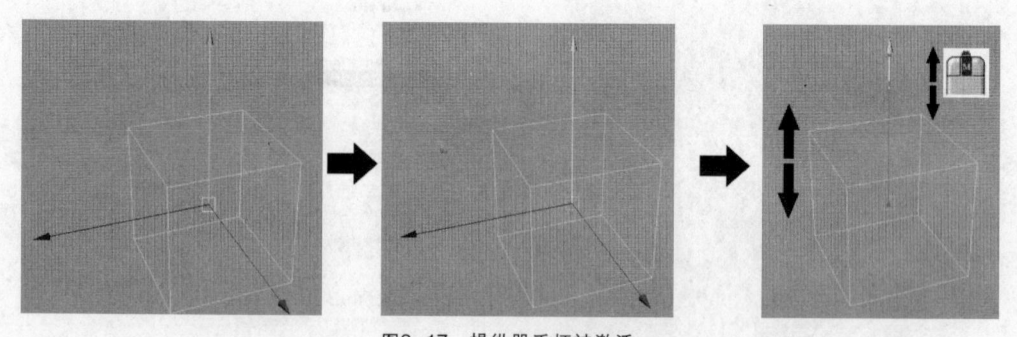

图3-17　操纵器手柄被激活

旋转操纵器和缩放操纵器的激活方式也是同样道理，所以我们在进行操作的时候一定要注意一些小的技巧，这样能够更快地掌握制作工具，做出好的游戏作品。

3.9 移动物体

有了物体也有了操纵器那么我们接下来该考虑的就是如何在视图中对物体进行操作了，下面的步骤描述了如何使用操纵器移动物体。

3.9.1 利用移动工具移动物体

1. 在常用工具架（Minibar）中，单击移动工具。

2. 选择要移动的物体，移动工具操纵器显示出来，它带有三个手柄，一个手柄对应一个轴。并且手柄的颜色和视图左下角的坐标系轴向相同，如图3–18所示。

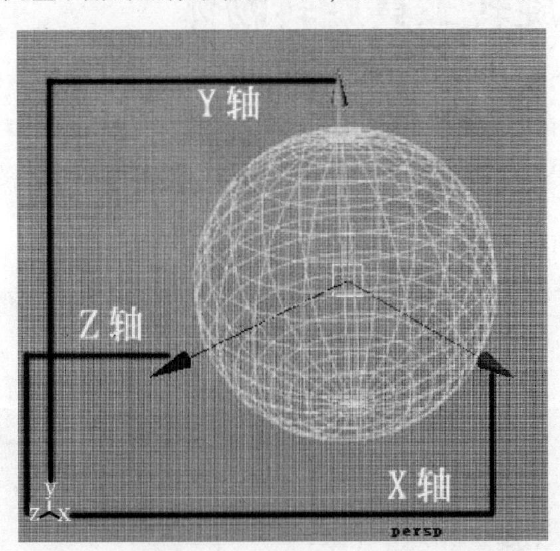

图3–18　物体轴向与坐标走向一致

3. 单击任意的手柄，处于激活状态的手柄呈现黄色，用鼠标左键或者按住中键拖动它便可以移动物体。 如果想沿着某一坐标轴移动物体，单击并拖动该坐标轴的手柄即可。

如果想沿着所有坐标轴自由地移动物体，单击并拖动操纵器中央的手柄即可，如图3–19所示。

技巧：

对于所有的操纵器而言，鼠标中键控制着激活的操纵器手柄。

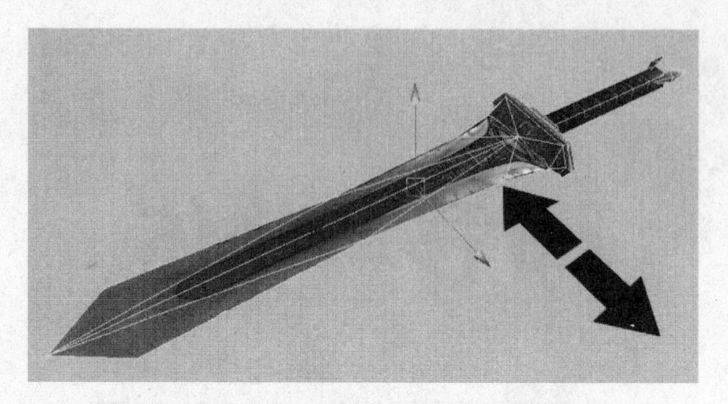

图3-19 物体的移动被锁定在激活的手柄轴向上

默认状况下，移动操纵器沿视图中的某个平面移动物体。在透视图中，可以通过鼠标点击两个轴向之间的拖动使物体在XY，YZ和XZ平面中自由地移动。

要在XZ平面移动，按住Ctrl键，鼠标左键拖动Y手柄移动物体。中心手柄的“当前平面”变为XZ平面。现在，中心手柄在XZ平面上移动物体（使物体的Y值不变）。

要在XY平面移动，按住Ctrl键，鼠标左键拖动Z手柄移动物体。

要在YZ平面移动，按住Ctrl键，鼠标左键拖动X手柄移动物体。

3.9.2 利用旋转工具旋转物体

使用旋转工具可以旋转物体，旋转操纵器包括四个圆环及由它们组成的一个虚拟球。使用X、Y 和Z 圆环可执行限制性旋转，使用外部的圆环相对视图来旋转对象。例如，在前视图中，视图圆环操纵器会在XY 平面内旋转物体。使用虚拟球操纵器可以绕X、Y 和Z 轴旋转物体，如图3-20所示。

1. 在常用工具架中，选择旋转工具 。

2. 选择想要旋转的物体，旋转操纵器显示出来，且旋转轴向和视窗坐标轴向成90°，如图3-21所示。

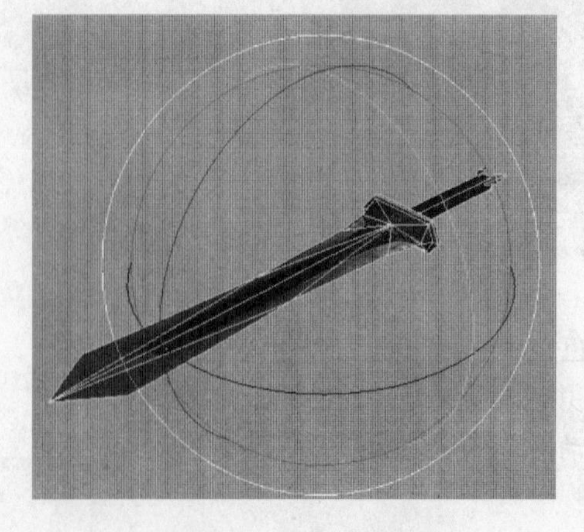

图3-20 物体的旋转轴向

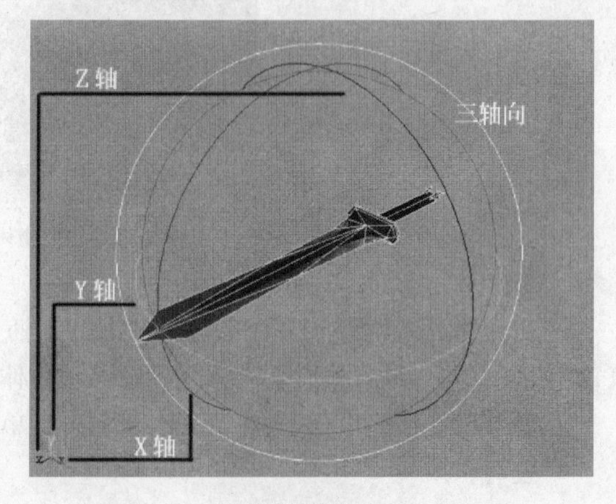

图3-21 旋转坐标轴与视图坐标一致

3. 按鼠标左键选择一个轴向激活，然后拖动轴向来旋转物体。

3.9.3 缩放物体

使用缩放工具，我们可以在三维空间中等比例地改变物体的尺寸；也可以在某个方向上不成比例地缩放物体，如图3-22所示。

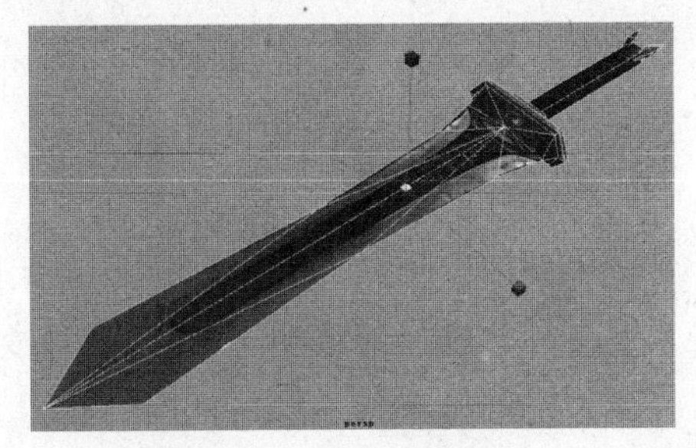

图3-22　物体的缩放轴向

1. 在常用工具架中，选取缩放工具。

2. 选择要缩放的物体，缩放操纵器显示出来，它带有三个操作手柄。手柄的颜色和X、Y和Z 轴相对应，如图3-23所示。

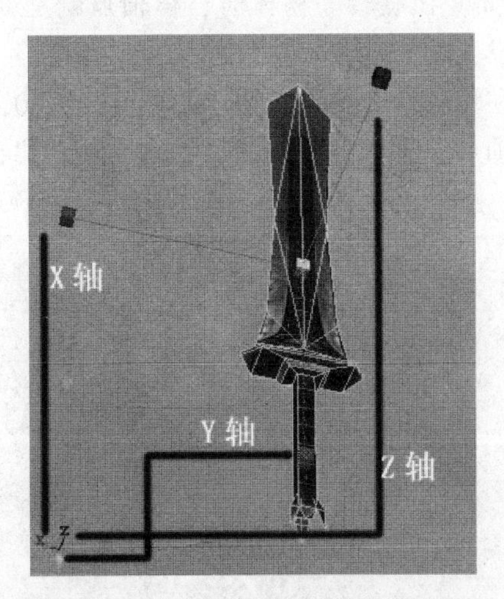

图3-23　物体缩放的轴向与视图坐标一致

3. 单击并拖动手柄可以缩放物体。

技巧：

按住Shift 键，通过鼠标中键在要缩放的方向上移动鼠标就可以对物体进行非比例缩放，这种方法比较快，因为我们不必直接单击操作手柄本身，就可以在X、Y 和Z轴之间自由地进行切换。默认的，所有几何体的初始缩放数值是1。

3.10 使用轴和枢轴点

在游戏制作中，经常会需要对物体进行操作时，要求物体不以自身为中心，这样可以帮助我们更快捷地制作。那么在Maya中可通过多种方法来定义物体变换的位置。使用枢轴点和轴就是其中的一种方法。

3.10.1 什么是枢轴点

Maya根据3D空间中指定的点来变换物体，这个点就是pivot（枢轴点）。通常状况下，这个点是位于物体中心的。例如，在旋转一物体时，枢轴点就是旋转轴的中心。在使用缩放工具时，枢轴点是缩放围绕其发生的固定点。

默认的，物体的旋转和缩放枢轴点位于物体的原点（0，0，0）。物体的原点就是物体的中心。我们可改变物体的枢轴点，也可将其放在固定的位置上，如图3-24所示。

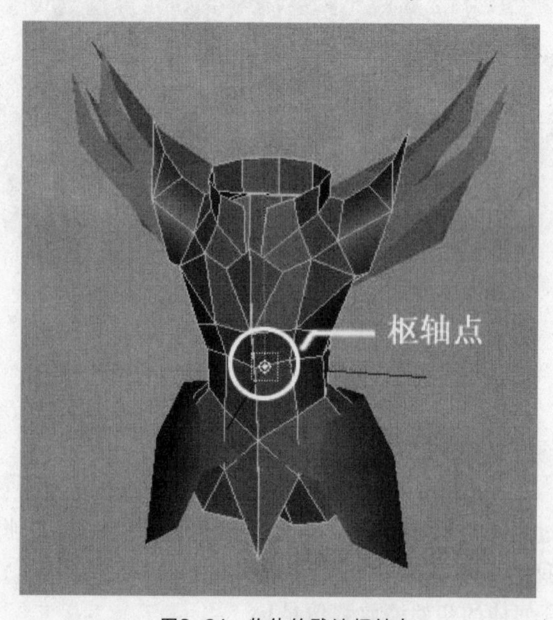

图3-24 物体的默认枢轴点

3.10.2 快速显示物体的枢轴点

1. 选择物体，然后选择变换工具。

2. 按键盘上的Insert键，打开Edit（编辑）模式，在编辑模式中，Maya会显示移动枢轴点的操纵器。

3.10.3 使用属性编辑器显示物体的枢轴点

1. 在Maya中选择一个物体，如图3–25所示。

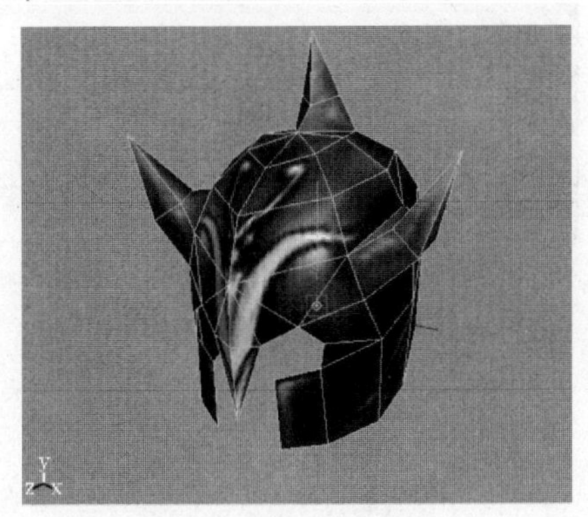

图3–25 选择一个物体

2. 在保持选择物体的状态下打开属性编辑器（Window > Attribute Editor），并单击物体的变换标签。如图3–26所示。

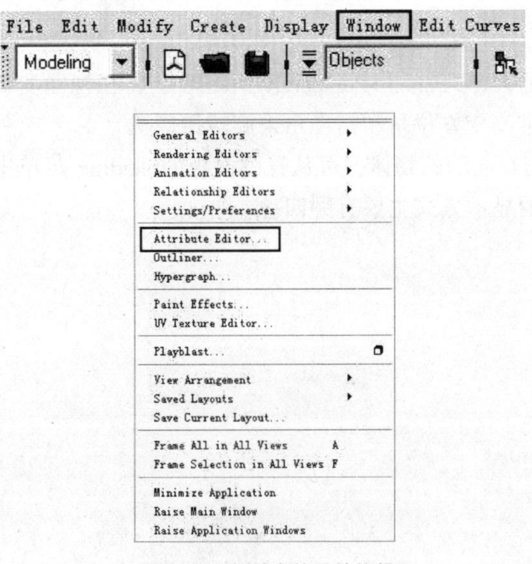

图3–26 枢轴点的属性编辑

3. 扩展Pivots部分，并打开Display Rotate Pivot和Display Scale Pivot项。如图3-27所示。

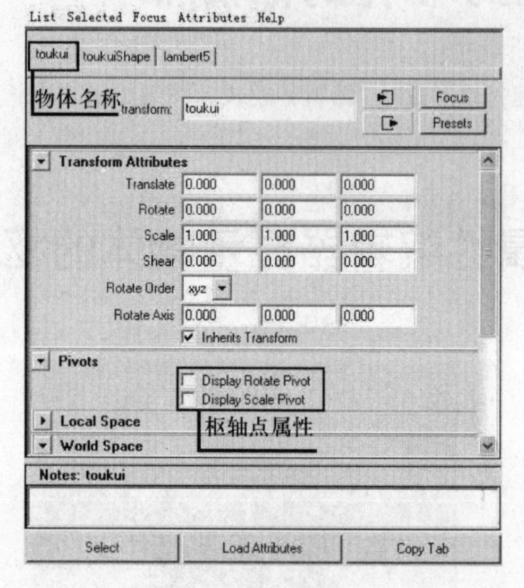

图3-27　枢轴点的属性面板

本章小结

本章详细介绍了Maya不同的视图显示以及各自的特点、坐标系统的操作。本章讲述内容应该熟练掌握，为随后Maya造型操作打下坚实基础。

思考与练习

1. 通过选择视图中的菜单>Panels>Perspective>persp ，将三视图变化为透视图。
2. 在透视图中，通过改变方位角和高度角来旋转摄像机。
3. 查看材质（shaded）显示的物体，可从视图面板的Shading 菜单中选取一种材质模式。
4. 我们常用的物体的显示方式主要有哪四种？

第4章
游戏制作常用的菜单命令

本章对Maya游戏制作中常用的命令、各个功能模块和具体菜单作了详细的讲述。

- Maya游戏制作常用命令。
- NURBS模型、Polygon模型的特点。

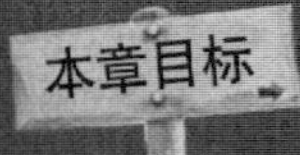

- 能够独立完成几件简单的模型的制作。
- 理解NURBS模型、Polygon模型的特点以及制作技巧。

Maya拥有十分简洁的用户界面，而且条理清晰，在Maya中很多元素都是共享一个编辑器的，这就意味着游戏艺术家只需要学习一部分的操作技巧，然后这些技巧可以很容易地运用到其他部分中去，这样游戏艺术家就可以把精力更集中在概念的掌握和艺术的发挥上，而不是花费大量的时间在学习软件的操作技巧上。

对游戏艺术家来说，熟练地运用自己软件的基本功能，能够极大地简化工作流程。方便游戏的制作。这一章中，主要介绍一下在游戏制作中起到重要作用的一些基础的软件操作命令。熟练地掌握这些命令的用法，能够加快我们的工作流程。

4.1 公用菜单及游戏制作常用参数设定

在Maya安装完成后第一次启动的时候，Maya默认的模块是Animation，这时的菜单如图4-1所示。

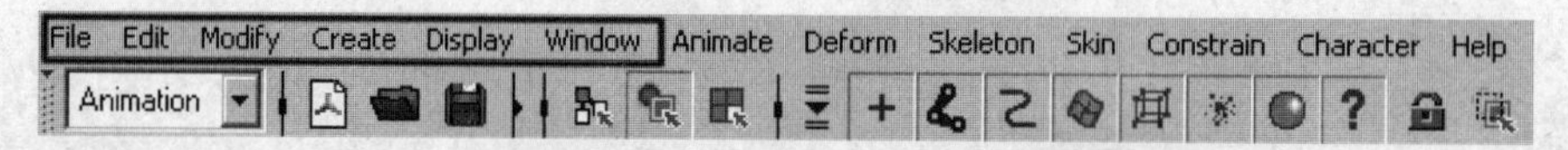

图4-1　Animation模块下的菜单栏

再按快捷键F3，切换到Modeling（建模）模块，这时菜单发生了变换，如图4-2所示。

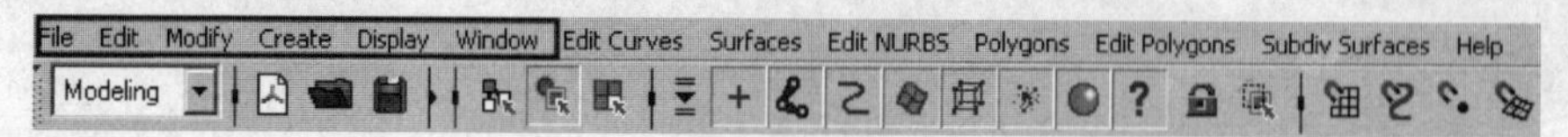

图4-2　Modeling模块下的菜单栏

可以看到，除了File、Edit、Modify、Create、Display、Window这六个菜单之外，其他的菜单都变为了相应模块的菜单。这六个菜单称作通用菜单，也就是说不论在制作游戏时处在什么模块中，这些菜单提供的功能都是通用的，不受所处模块的影响。这样，游戏艺术家就不必花时间去重复学习在不同模块时相同的命令了。

由于通用菜单提供的都是基层的命令，所以，不论是做游戏艺术家中的哪种具体的工作，熟练掌握通用菜单都是必须的。下面我们就来看一下在游戏制作中，常用的一些命令和参数的设定。

4.1.1 File菜单

在文件菜单中，主要是进行一些标准的Windows操作，包括新建、保存等。当然也有一些Maya特有的命令，如Project（工程）等，如图4-3所示。

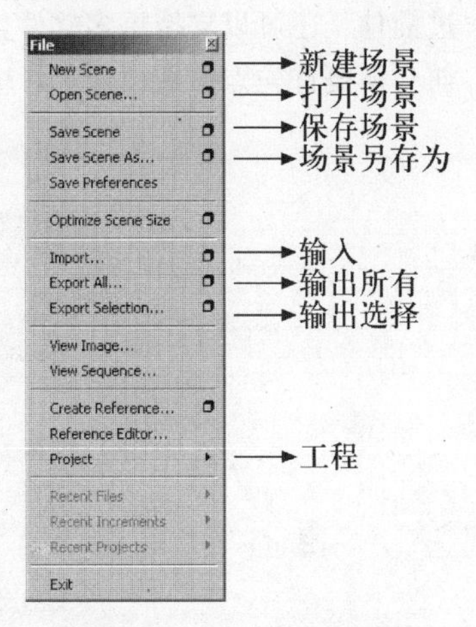

图4-3　File（文件）菜单

New Scene（新建场景）：新建一个空白场景。由于Maya占用系统资源是非常多的，所以在一个Maya的进程里只能同时编辑一个场景。在新建场景和打开场景之前，注意对当前的场景进行保存。

Open Scene（打开场景）：打开一个已有的场景。

Save Scene（保存场景）：对当前Maya中的场景进行保存。选择Save Scene会弹出保存对话框，如图4-4所示。默认的保存路径是工程目录下的Scenes文件夹。在File name处填入场景的名称，单击Save就可以对场景进行保存了。需要注意的是由于Maya没有官方的中文版本，所以对中文的支持不是太好。因此应该尽量不要使用中文名称，尤其是路径中，否则容易出现各种莫名的错误。

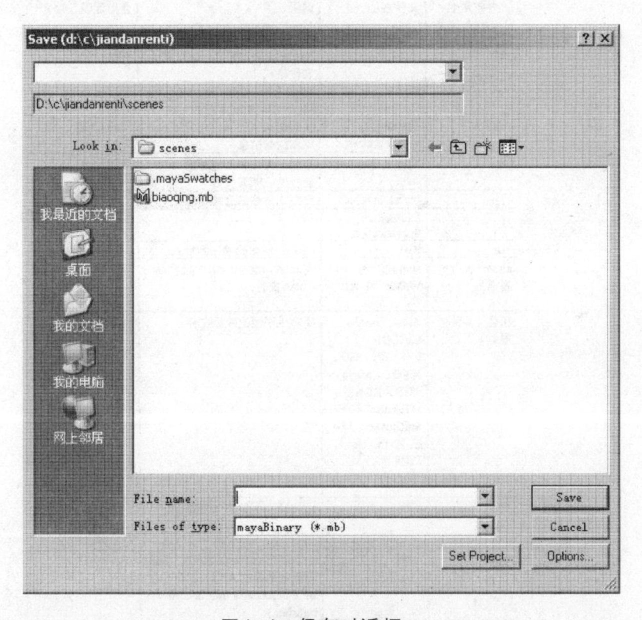

图4-4　保存对话框

Save Scene As（场景另存为）：将场景以另外的名字进行保存，原文件保持不变。弹出的对话框仍然是保存对话框。默认的保存目录为工程目录下的Scene文件夹。

Import（输入）：将其他软件生成的场景导入到当前的场景中。Maya可以支持多种软件生

成的文件格式，在输入对话框的文件类型下拉列表中可以查看到Maya默认支持的文件格式。通过插件，还可以支持更多软件生成的文件格式。一般情况下，在输入其他的文件格式的文件之前，需要首先点击选项盒，对输入选项进行一些设置，如图4-5所示。

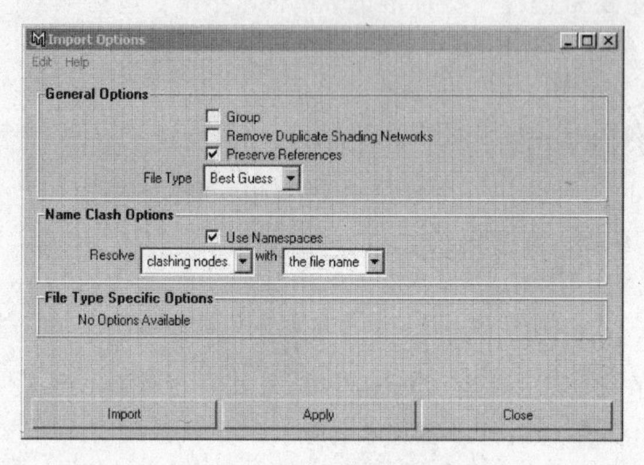

图4-5　输入选项设置对话框

图4-6是Maya支持的文件格式的列表。

文件扩展名	文件名	说明	使用程序
.ma	Maya ASCII	Native ASCII 文件格式	Maya
.mb	Maya Binary	Native 二进制格式，这是默认文件格式	Maya
.mel	MEL	Maya Embedded Language，被 Maya 使用的脚本语言	Maya
.dxf	Drawing Exchange File	在 microCAD 系统中交换几何和绘画信息	Auto CAD
.obj	对象文件	定义几何体和其他对象属性的 ASCII 文件	Advanced Visualizer
.iges	Initial Graphics Exchange Specification	交换几何体信息的标准	CAD 系统
.rib	RIB	RIB 几何体的输出和输入	Renderman
audio（各种扩展名）	audio 文件，如 WAVE 和 aiff	在 mono 或 stereo.中的样品 Audio 文件	Various
图像（各种扩展名）	Alias、BMP、CINEON、EPS、IFF、GIF、JPEG、 Maya、RGB、RLA、SGI&nb、SoftImage、24-或32-bit Targa、TIFF和XPM	纹理或平面的映像文件	Various
.avi	AVI	Video for Windows Microsoft	Various
.mov	move	一个从Preview场景文件通道数据中储存的 ASCII 文件（比如 x translate, y translate 和 z translate）	Preview

图4-6　Maya支持的文件格式列表

Export All（输出所有）：将场景中的所有对象输出为其他的文件格式。

Export Selection（输出选择）：只将选择的对象输出为其他的文件格式。

Project（工程）：这里提供了一组命令，专门对工程进行管理，能够极大地方便项目的管理。

项目是一个或多个场景文件的集合。项目也可包括与场景相关的文件，比如，建模的渲染纹理文件或几何体文件。当第一次启动Maya 时，它会创建一个名为default 的默认目录。该目录包括所有子目录的默认设置，如图4–7所示。

选择File > Project > New，打开New Project 视窗，如图4–8所示。

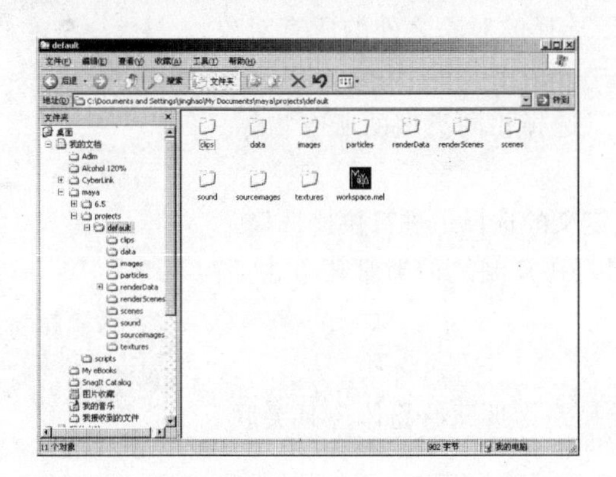

图4–7　Maya默认的工程目录

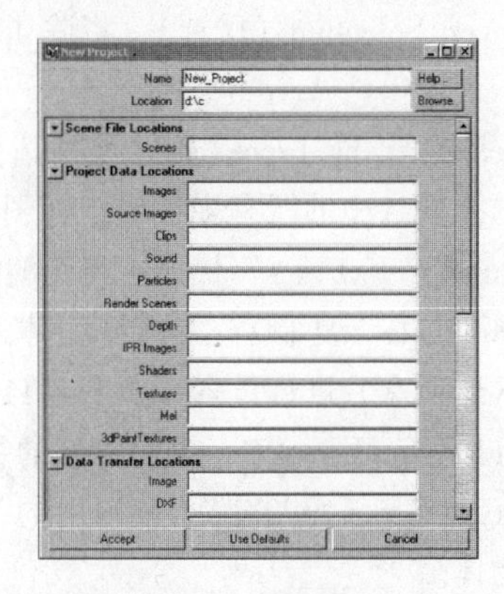

图4–8　新建工程

Name：新项目的名称。

Location：把路径输入到包括新项目的目录中或进行浏览。

Project Data Locations：为包括项目纹理、灯光、源文件、图像和渲染场景的文件设置目录。

Data Transfer Locations：为包括要求转换格式的目录设置路径。

若留有空白，Maya 不会创建子目录。若使用未设置项目设置创建新场景，那么Maya 将把信息保存在项目位置目录中。

Accept：设置完成后，点击Accept，Maya将在指定的位置创建工程目录。

4.1.2 Edit菜单

在这里集中了对物体的几种编辑操作，如图4–9所示。包括拷贝、粘贴、选择、删除等。在游戏制作中经常要用到这里的一些命令，例如复制、删除历史等，来完成游戏的制作。

Undo（撤销操作）：撤销上一步的操作。默认可以撤销的步骤为50步。

Redo（重做场景）：重做撤销的步骤。

Keys（关键帧）：在这个菜单中可以对关键帧进行拷贝、粘贴、放缩、删除等操作。

Delete（删除）：将选择的对象删除。

Delete by Type（通过类型删除）：将选择物体的某一类型的内容进行删除。例如，为了加快视图的操作速度，节省内存，在对象制作完成后或某一阶段完成后，我们通常要把

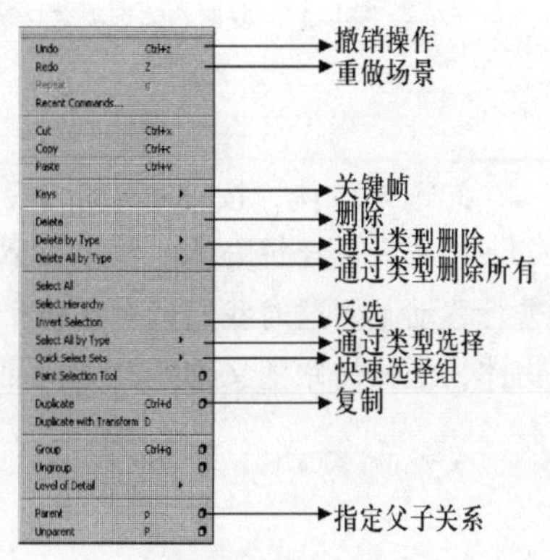

图4–9　编辑菜单

物体的构造历史删除。

Delete All by Type（通过类型删除所有）：把所有物体的某一类型的内容进行删除。

Select All：选择场景中的全部对象。

Invert Selection（反选）：将除了当前已经选择的对象之外的所有对象选择。

Select All by Type（通过类型选择）：可以选择相同类型的所有物体。例如选择场景中的所有多边形，如图4-10所示。

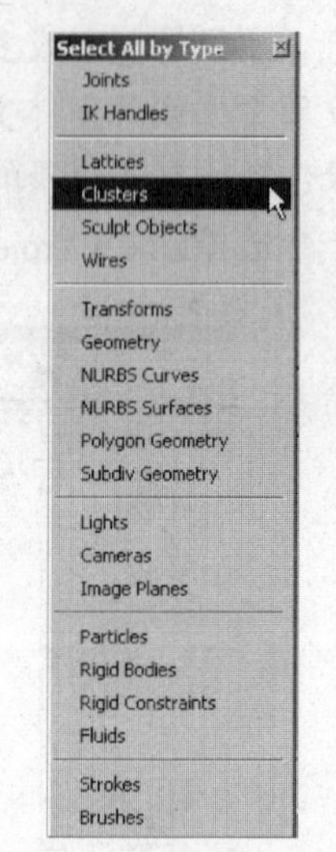

图4-10　可以选择的所有物体类型

Quick Select Sets（快速选择组）：可以对定义的选择组进行快速选择。

Duplicate（复制）：将选择物体进行复制。在复制之前通常要点击后面的（选项盒）进行设置，如图4-11所示。

（1）Number of Copies：复制的数量。

（2）Geometry Type：复制出的几何体类型是拷贝原始物体还是关联原始物体。

Parent（父子关系）：对两个物体指定父子关系，定义完成后的子物体随父物体的变换而变换。

在场景中新建一个球体和正方体，将他们放置到不同的位置，如图4-12所示。

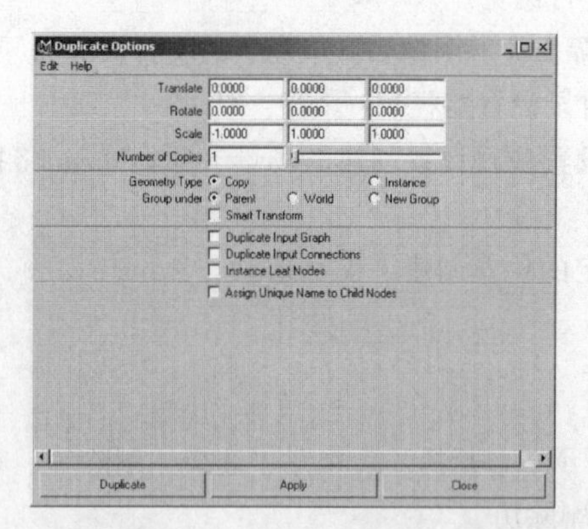

图4-11　复制物体选项盒

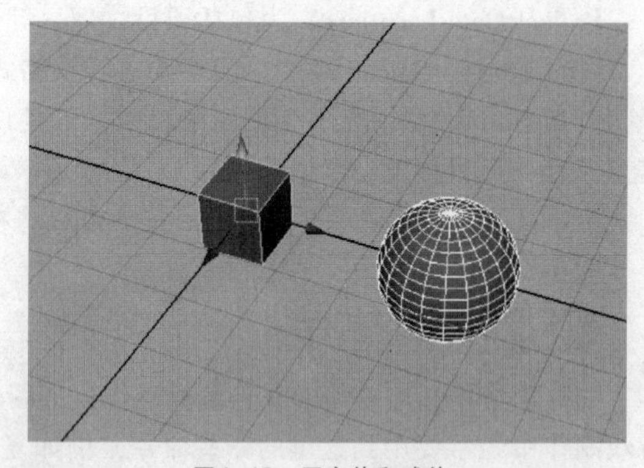

图4-12　正方体和球体

先选择球体，按住shift键选择正方体，这时两个物体同时被选中，然后选择Edit>Parent命令。接着只选择正方体，对正方体进行移动，我们发现移动正方体的同时，球体也跟随正方体进行移动了。这时我们就对这两个物体指定了父子关系，正方体被称作父物体，球体被称为子物体，子物体跟随父物体的变换而变换，如图4-13所示。

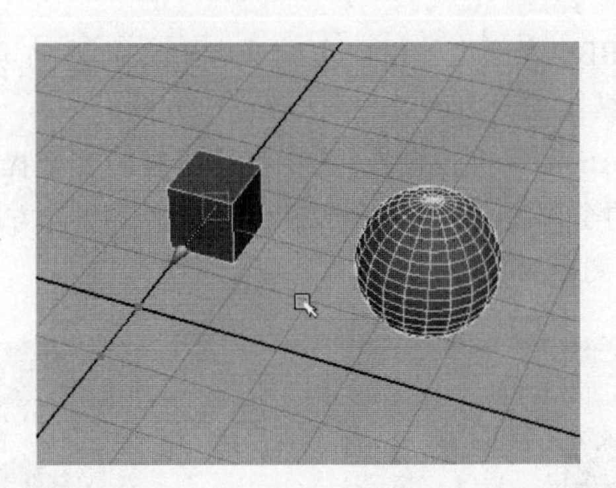

图4-13　完成后的效果

4.1.3 Modify菜单

这里提供了多数通用的修改工具。例如旋转、移动、对齐等。相应的有些工具在工具栏或者快捷工具栏也可以找到。这些在游戏制作中是必不可少的工具，如图4-14所示。

Transformation Tools（变换工具组）：在这里列出了对物体进行变换的所有工具，包括常用的旋转工具、缩放工具、移动工具等。可以单击工具后面的（选项盒）对工具进行设置。运用Tool Settings 窗口可以指定变换工具的坐标系统，如图4-15所示。

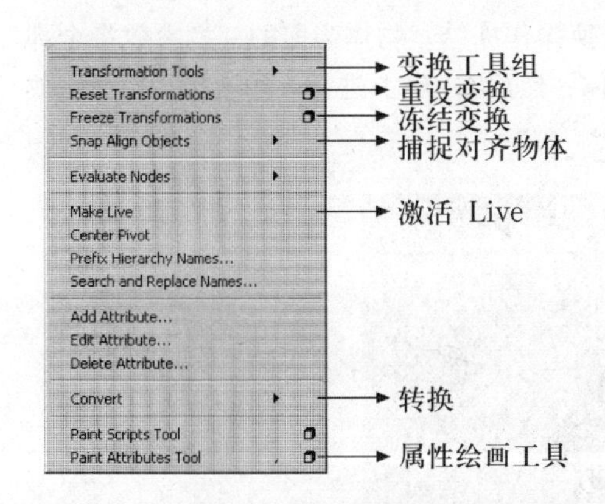

图4-14　修改菜单

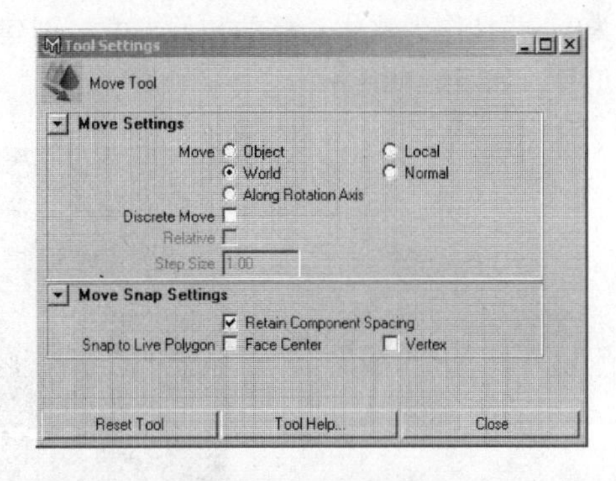

图4-15　工具设定窗口

（1）Object：在物体空间坐标系统内移动物体。轴方向包括物体本身的旋转。如果几个物体同时被选择，每个物体都相对自身的物体空间坐标系统移动，并且移动的数量是相同的。

（2）Local：使物体与父物体的旋转一致，并且不包括物体自身的旋转。运动被限制在局部空间坐标系统的坐标轴上。如果几个物体同时被选择，每个物体都相对自身的物体空间坐标系统移动，并且移动的数量是相同的。

（3）World：在世界坐标系统中进行移动，物体总是和世界空间坐标轴对齐，这是默认的方式。

（4）Normal：在NURBS 表面上，沿U 方向或者V 方向移动选择CVs。一般的，使用此选项来移动小量的CVs。操纵器指示表面的方向，U、V 方向。

（5）Reset Transformations（重设变换）：将物体所有的变换操作都还原，物体保留原始的变化参数。对物体进行的全部变化操作都将失效。创建一个正方体，对正方体进行旋转、移动、缩放等变换操作，如图4-16所示。

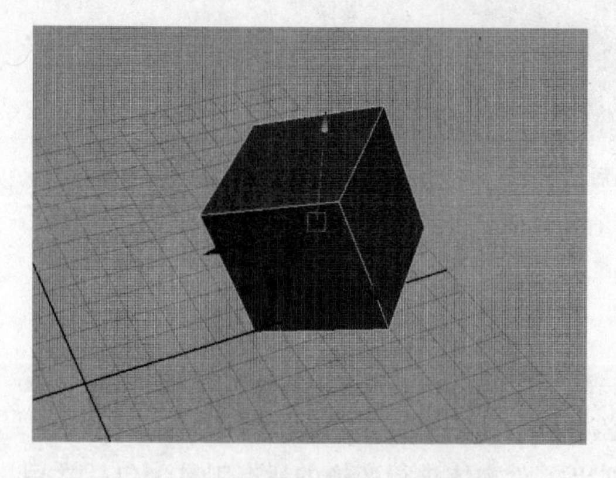

图4-16 对正方体进行变换操作

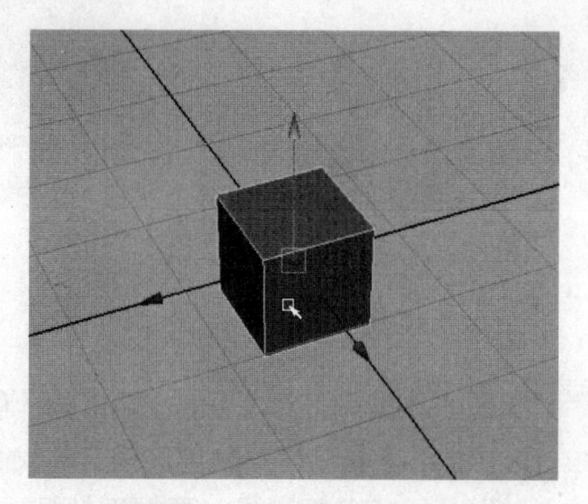

图4-17 正方体回到创建时的状态

然后选择Modify>Reset Transformations，如图4-17所示，我们看到正方体回到了创建时的状态。

Freeze transformations （冻结变换）：将物体的变换操作冻结。物体当前的变换参数将全部为0，并且作为物体变换的初始参数。创建一个正方体，然后在X轴上进行一些旋转，选择缩放工具，如图4-18所示。

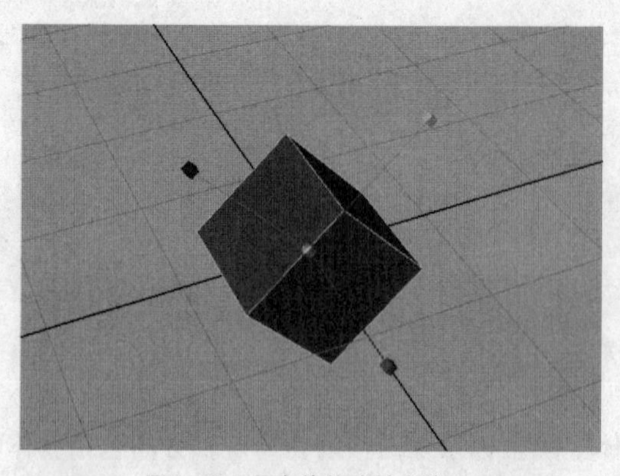

图4-18 正方体的冻结变换

选择Modify>Freeze transformations，在右侧的通道栏中我们可以看到，所有的变换参数都为0，但是我们变换后的物体却没有变化，也就是说它把所有的变换后的参数变为了物体的原始变换参数，如图4-19所示。

Snap Align Objects（捕捉对齐物体）：这里提供了捕捉盒对齐的一组工具和命令，可以对物体进行捕捉和对齐操作，如图4-20所示。

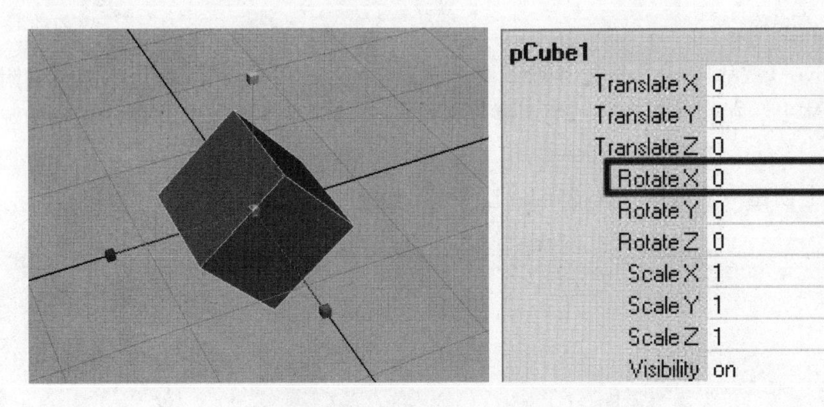

图4-19　变换后物体参数的变化

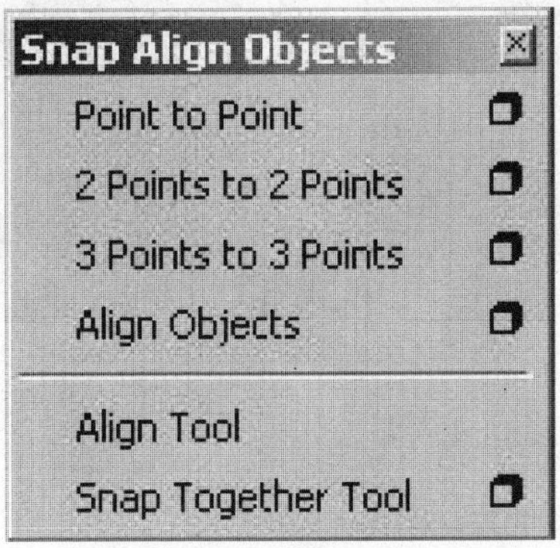

Snap Align Objects
Point to Point
2 Points to 2 Points
3 Points to 3 Points
Align Objects
Align Tool
Snap Together Tool

图4-20　各种捕捉对齐操作

创建两个物体，一个正方体，一个球体，进入点的元素级别选择一个点，如图4-21所示。

在圆球上按住鼠标右键，从弹出的标记菜单中选择Vertex，然后按住Shift键，在球体上选择一个点，这样我们就同时选择了正方体上的一个点和圆球上的一个点，如图4-22所示。

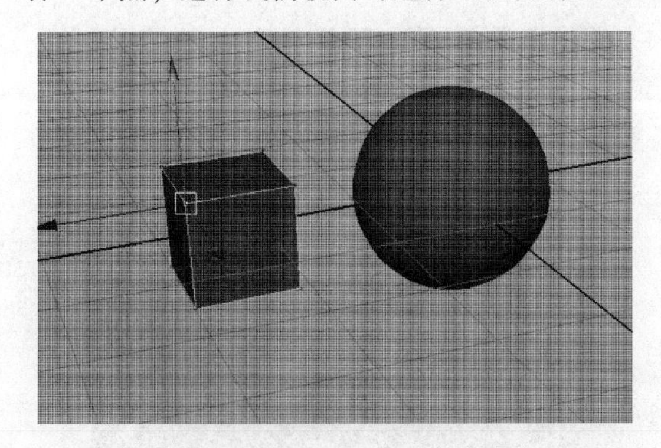

图4-21　选择正方体的点

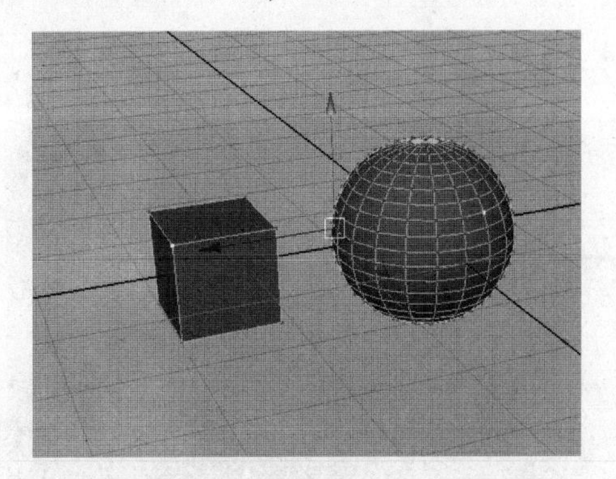

图4-22　同时选择两个物体上的点

选择Modify>Snap Align Objects>Point to Point，我们看到两个物体以选择的点为基础进行了

对齐，如图4-23所示。

Make Live（激活Live）：使物体处于激活状态。这之后创建的所有物体都会吸附到处于激活状态的物体上。在物体创建完成之后需要手工将激活状态关闭。激活状态下物体显示为绿色的线框。

在视图中创建一个球体，选择Make Live，使其处于激活状态，如图4-24所示。

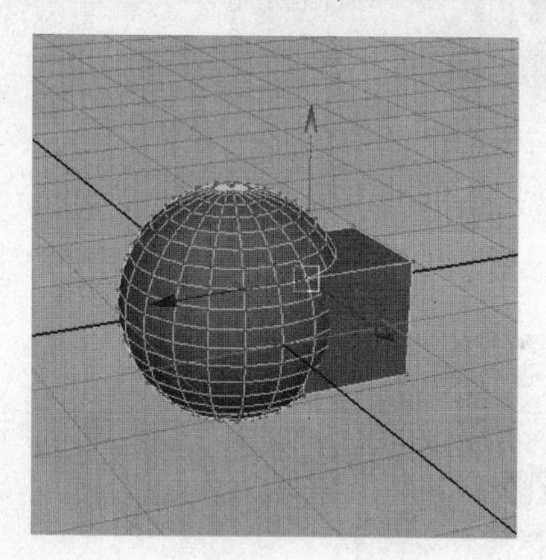

图4-23　点对齐

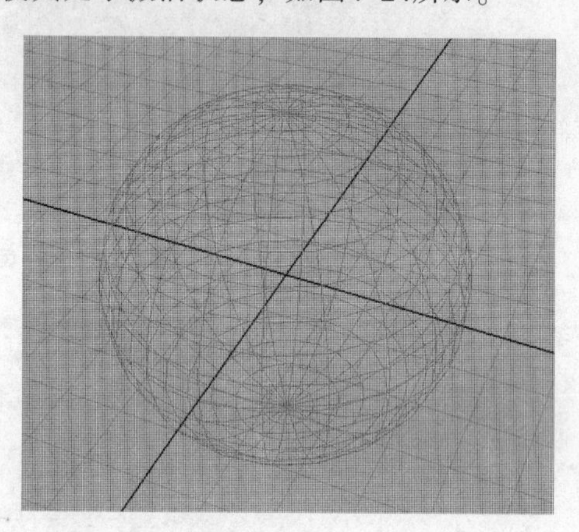

图4-24　激活状态下的球体

选择创建曲线工具，点击在视图中创建曲线，可以发现无论我们在什么位置创建曲线，被创建的曲线点总是在圆球的表面上，如图4-25所示。

创建完成后，需要再次选择Make Live命令，取消物体的激活状态。

Convert（转换）：这里提供了Maya里面各种建模方式的转换，例如NURBS物体转换为多边形物体。这也是游戏制作的一种方法，利用各种建模方式的优点来建模，最终再转换为多边形物体进行修改，达到游戏的要求。

创建一个NURBS的球体，如图4-26所示。

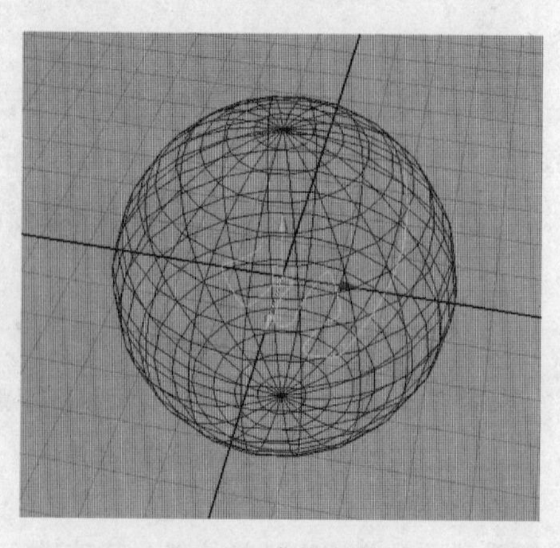

图4-25　曲线在球体上

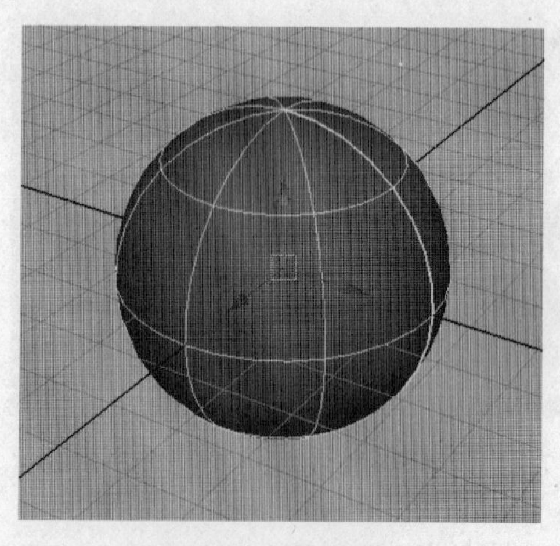

图4-26　NURBS球体

进入控制点的元素级别，对球体进行调整，随意调整成想要的样子，如图4-27所示。

选择Modify菜单，Convert>Nurbs to Polygongs ，如图4-28所示。

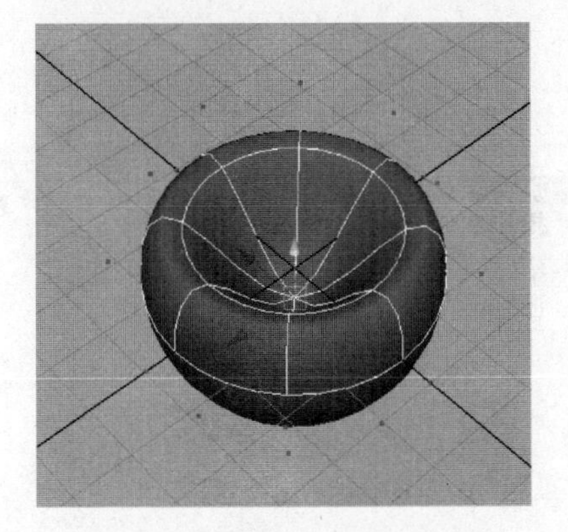

图4-27 调整NURBS球体的外形

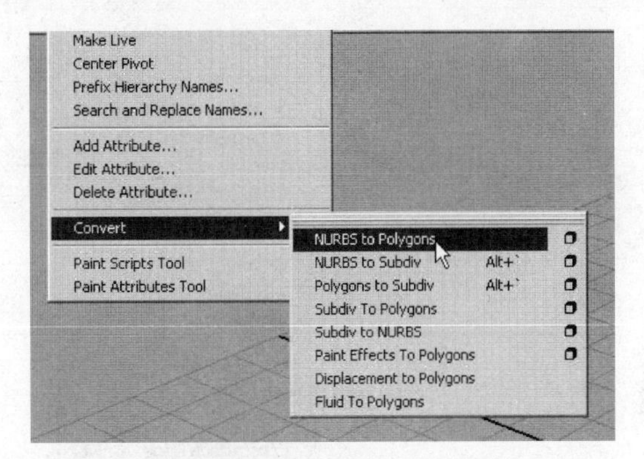

图4-28 转换NURBS物体到Polygon物体命令

Maya为我们计算出了NURBS模型转换后的Polygon模型，如图4-29所示。

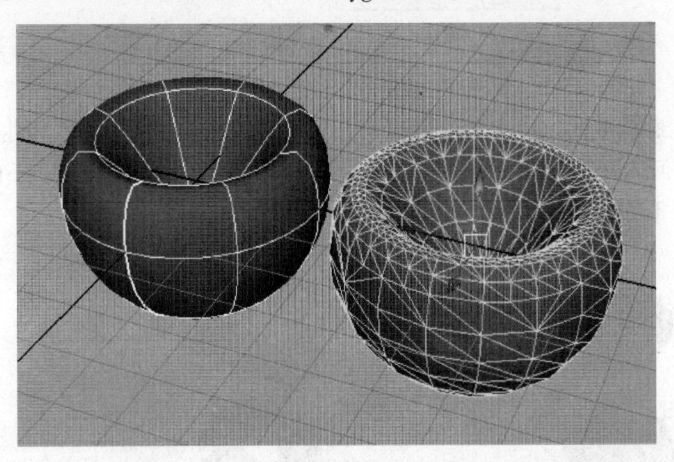

图4-29 转换后的物体

这只是默认参数转换后的多边形，在实际的制作中，需要点击后面的选项盒，对转换的参数进行适当的设置，才能得到我们想要的游戏模型。

Paint Attributes Tool（属性绘画工具）：用Maya特有的绘画工具对物体的属性进行绘制。

4.1.4 Create菜单

在制作游戏模型的时候，大多数都是从一个简单的几何体开始进行制作的。例如一个人物模型，多数的艺术家都会从一个基本的正方体开始制作。当然，要达到最终的效果有很多不同的方法。但是一般情况下都是通过对基本几何体的修改或者对简单的几何体进行组合而成的。

Polygon Primitives（多边形几何体）：在这里可以创建多种基本的几何体。在游戏制作过程中，我们通常是通过这些基本的几何体为基础来制作游戏模型的，如图4-30所示。

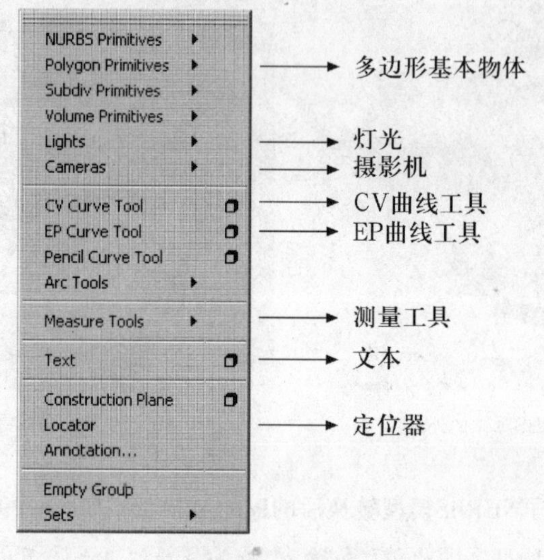

图4-30 创建菜单

在Maya中，最基本的物体是Primitive（基本几何体），它们是创建其他复杂物体的基础。有六种多边形几何体——Sphere（球）、Cone（圆锥）、Cylinder（圆柱体）、Cube（立方体）、Plane（平面）和 Torus（面包圈），如图4-31所示。

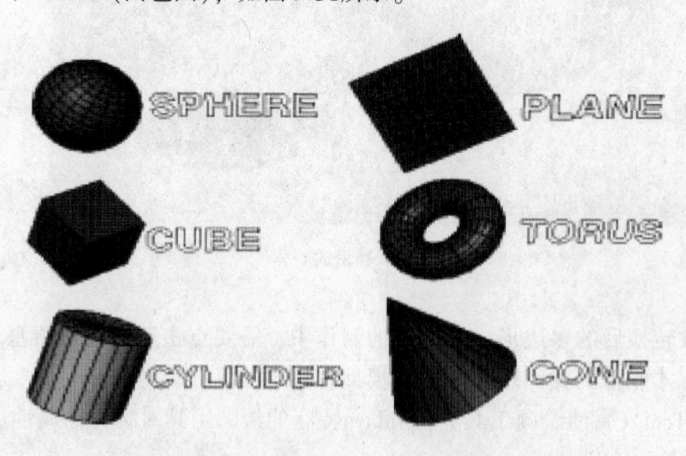

图4-31 多边形几何体

Lights（灯光）：在这里可以创建Maya为我们提供的各种类型的灯光。虽然在游戏中的灯光往往是游戏引擎本身提供的，但是基本的原理是一样的。另外，我们除了用灯光来查看效果之外，还可以配合灯光来制作游戏模型的贴图，节省我们绘制贴图阴影的时间，并且能达到更好的效果。Maya 中提供下面几种基本的灯光类型。

（1）Point Light（点灯光）。点灯光从光源位置处向各个方向平均照射，例如，可以使用点灯光来模仿灯泡发出的光线，如图4-32所示。

（2）Spot Light（聚光灯）。聚光灯在一个圆锥形的区域中平均的发射光线，用户可以使用聚光灯来模仿手电筒或汽车前灯发出的灯光，如图4-33所示。

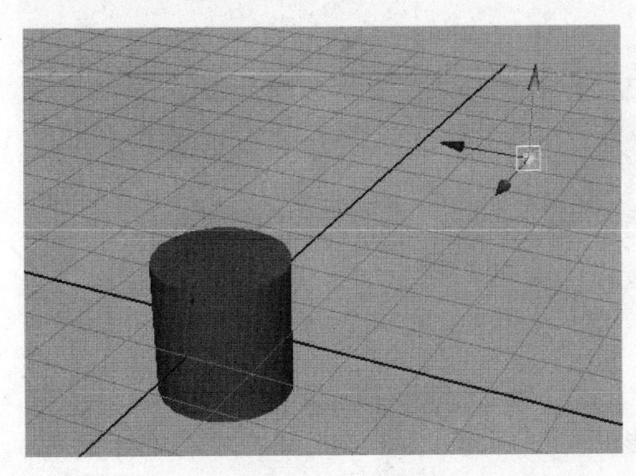

图4-32　点灯光

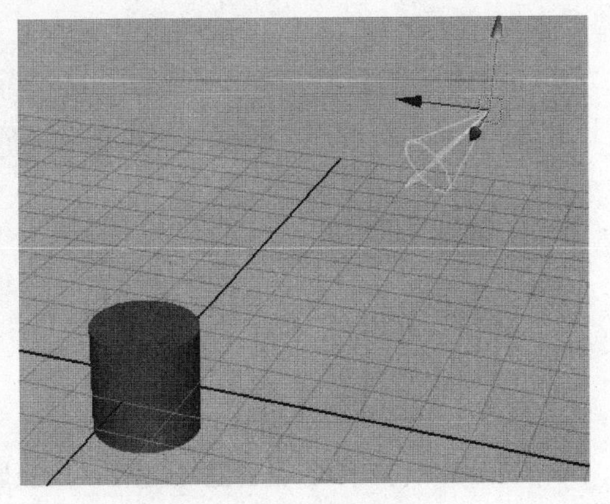

图4-33　聚光灯

（3）Directional Light（平行灯）。平行灯仅在一个方向平均地发射灯光，它的光线是互相平行的，使用平行灯可以模仿一个非常远的点光源。例如，从地球上看太阳，太阳就相当于一个平行光源，如图4-34所示。

（4）Ambient Light（环境灯）。环境灯有两种照射方式。一些光线从光源位置处平均地向各个方向照射（类似一个点灯光），而其他光线从所有方向平均地入射（就像从一个无限大的中空球体的内部表面上发射灯光一样）。使用环境灯可以模仿平行灯（如太阳和台灯）和无方向灯（阳光漫反射在大气上产生的灯光，或台灯照射的墙壁上反射的灯光），如图4-35所示。

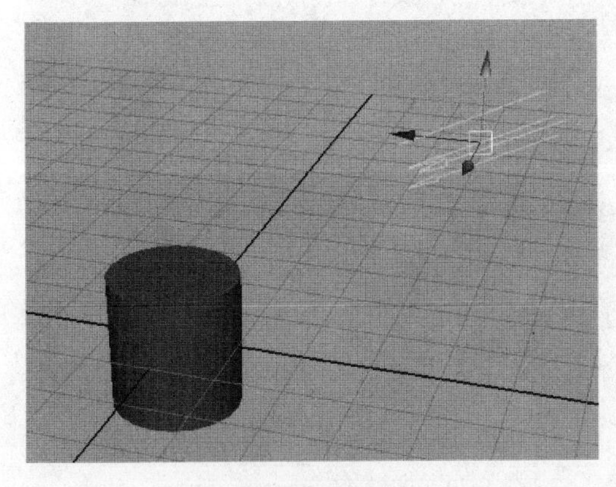

图4-34　平行灯

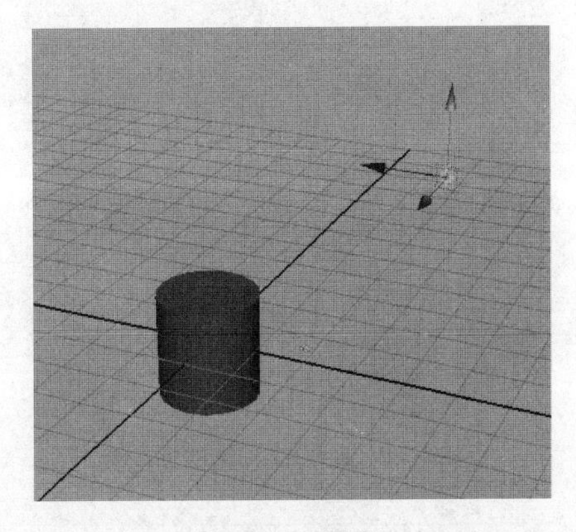

图4-35　环境灯

（5）Area Light（区域灯）。区域灯是二维的矩形光源。用户可以使用它来模仿窗户在表面上的矩形投影。默认为一个区域灯是两单位长、一单位宽。使用Maya 的变换工具可以调节灯光的尺寸，以及放置的位置，如图4-36所示。

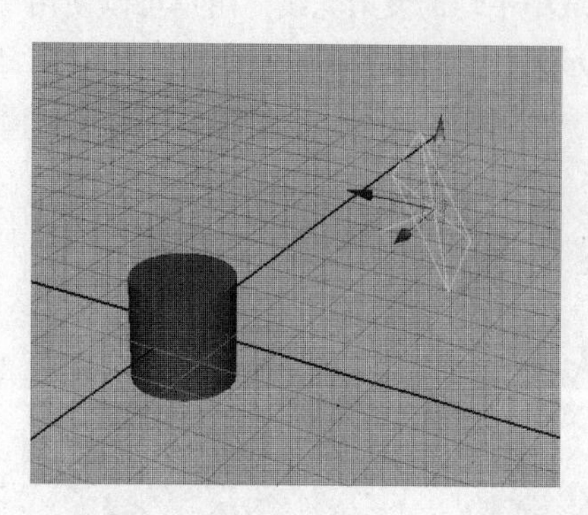

图4-36 区域灯

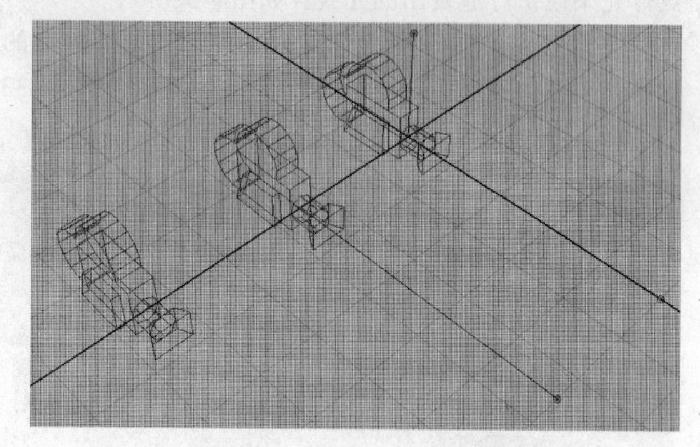

图4-37 Maya提供的三种摄影机

Cameras（摄影机）：创建Maya提供的摄影机。Maya提供三种类型的摄影机，实际上这三种摄影机都是相同的，只不过提供的可调参数不同而已，如图4-37所示。

CV Curve Tool（CV曲线工具）：以CV控制点来创建曲线的工具。需要注意的是，在Maya中二维的曲线都是以NURBS的形式存在的，如果我们要使用二维曲线来生成模型，需要在生成工具的选项盒里设置输出为Polygons的几何体，如图4-38所示。

EP Curve Tool（EP曲线工具）：创建EP曲线的工具。这两种工具创建的都是NURBS曲线，只是开始的创建方式不同，在创建完成后是同样的曲线，如图4-39所示。

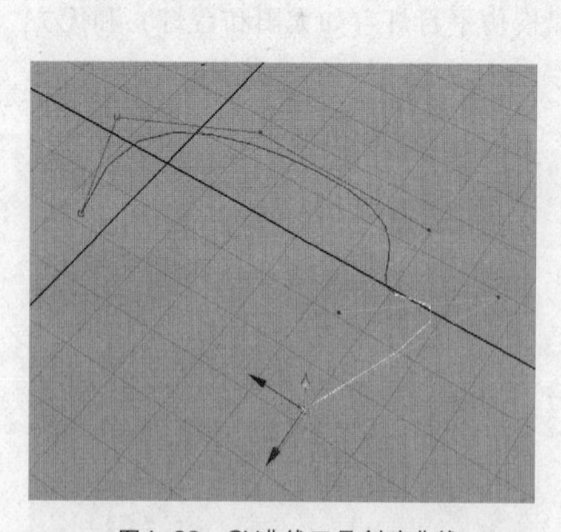

图4-38 CV曲线工具创建曲线

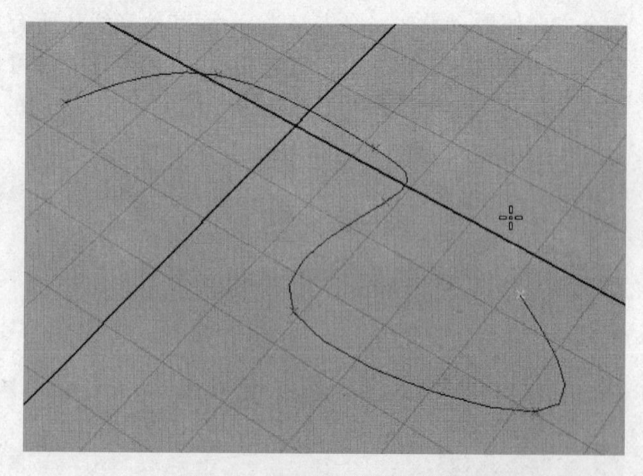

图4-39 EP曲线工具创建曲线

Measure Tools（测量工具）：这里提供了三个测量工具。比较常用的是距离测量工具，如图4-40所示。

Text（文本）：文本创建工具。通常需要点击后面的选项盒来设置要输入的文字、字体和

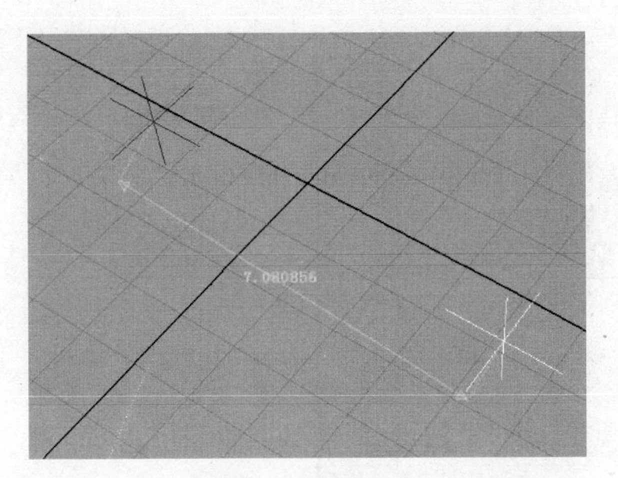

图4-40 测量工具

大小以及生成的文字类型，如图4-41所示。

Maya目前为止还不支持中文，如果要在Maya中输入中文的话可以使用Maya的中文输入插件。

Locator（定位器）：创建一个定位器，这个定位器本身没有任何意义，需要和别的物体相互作用，例如把骨骼绑定在一个定位器上，用定位器的运动来带动骨骼的运动。这样就省去了每次运动都要调整骨骼的麻烦，如图4-42所示。

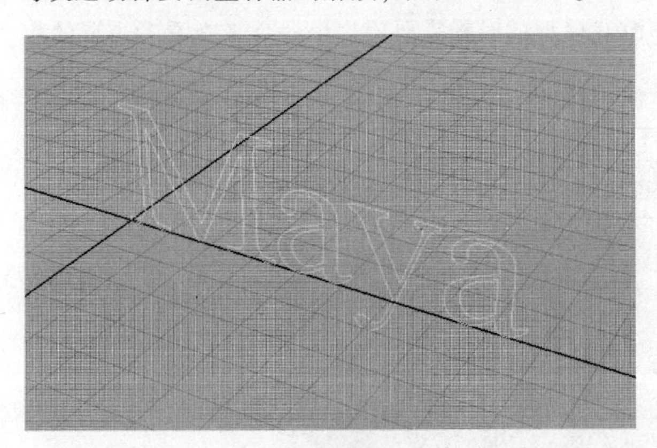

图4-41 场景的文字

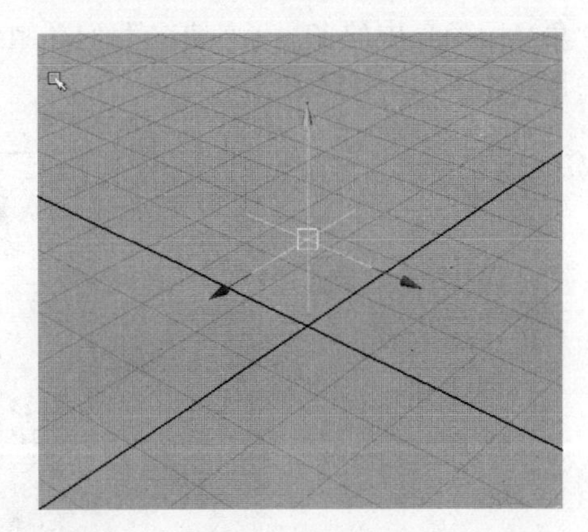

图4-42 定位器

4.1.5 Display 菜单

这个菜单中我们可以控制Maya界面和视图的显示。熟练地使用Display菜单可以使我们的游戏制作更加方便，如图4-43所示。

Grid（显示网格）：控制视图中是否显示网格。点击后面的选项盒可以对视图中的网格的

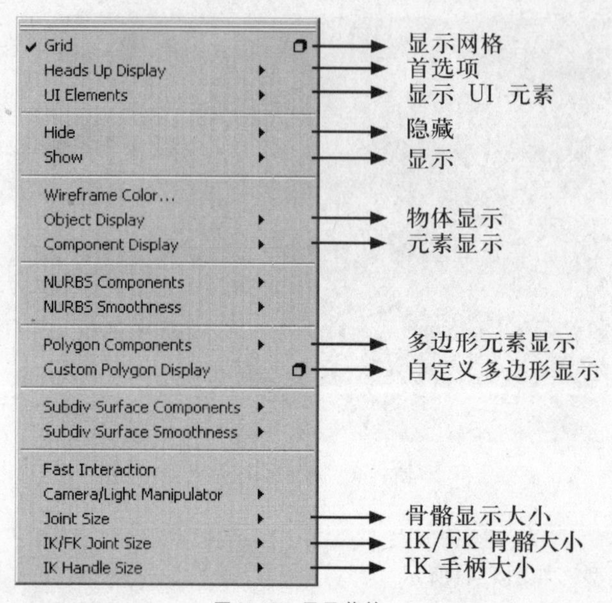

图4-43　显示菜单

属性进行设置。

Heads Up Display（首选项）：设置在视图中显示的项目。其中，Poly Count是在视图的左上角显示场景中的多边形信息。我们在制作游戏模型的时候需要用这个命令来查看多边形的数量，如图4-44所示。

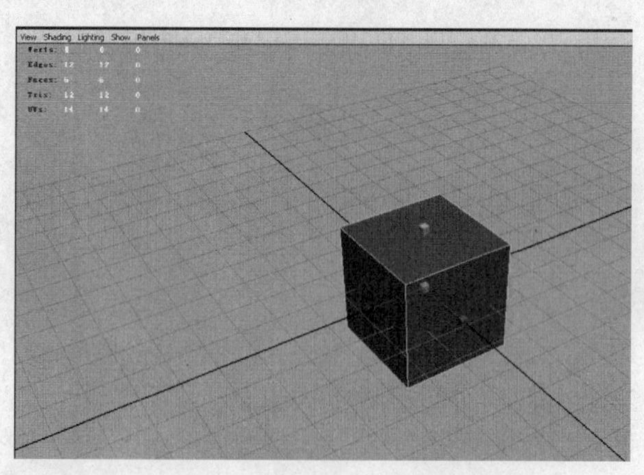

图4-44　在视图中显示多边形数量

表中列出了场景中的点、边、面、三角面、UV、点的数量，其中，从左向右依次为场景中可视的所有元素数量，选择的所有物体的元素数量，选择的所有元素数量。这里的数量只显示视图中可见的，便于我们控制整个画面中的最大面数。

UI Elements（显示UI元素）：显示和隐藏界面元素。可以快速地隐藏除了工作空间面板外的所有界面元素，如图4-45所示。

在Window菜单中选择Settings/Preferences>Preference，在Categories中选择Interface，将Show Menubar后面的In Main Window，In Panels全部取消勾选，Show Title Bar后面的In Main Window也取消勾选，这样能够最大限度地节省工作空间，只保留工作区。这时候我们所有的操作都可以通过按住空格键弹出的热盒来进行。

Hide（隐藏）：对不需要在场景中显示的对象进行隐藏。

Show（显示）：将隐藏的对象显示出来。

Object Display（物体显示）：设置物体以什么方式显示，可以对物体进行冻结，如图4-46所示。

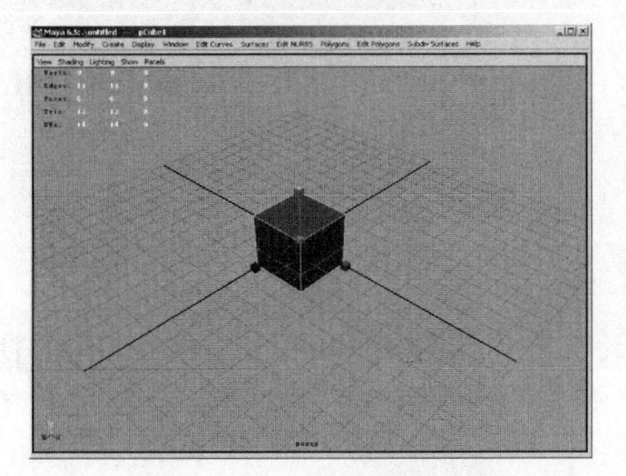

图4-45　隐藏所有的界面元素

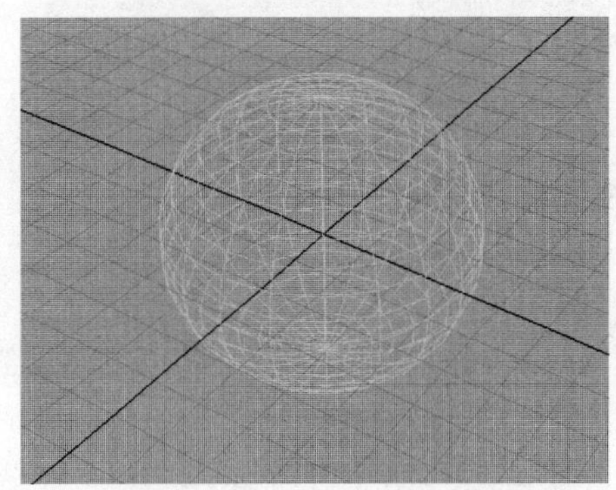

图4-46　冻结物体

Component Display（元素显示）：控制各种元素的显示。例如，旋转轴心点，背面显示等。

Polygon Components（多边形元素显示）：控制多边形元素的显示，例如法线的显示，边界边的显示等。

（1）Vertices（点）：在模型上显示点，如图4-47所示。

（2）Soft/All Edges（软边）：在模型上显示软边，如图4-48所示。

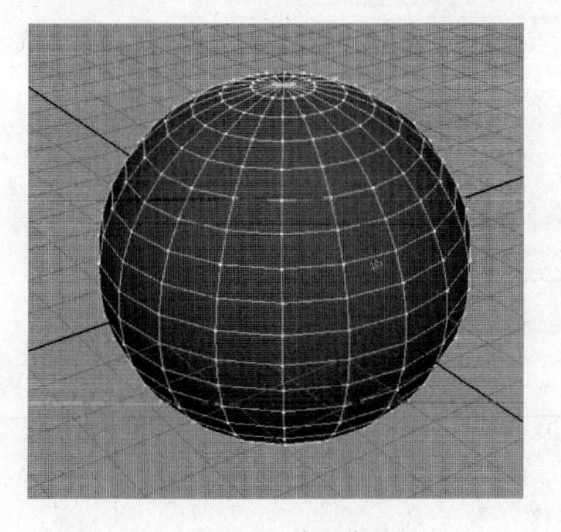

图4-47　点元素显示

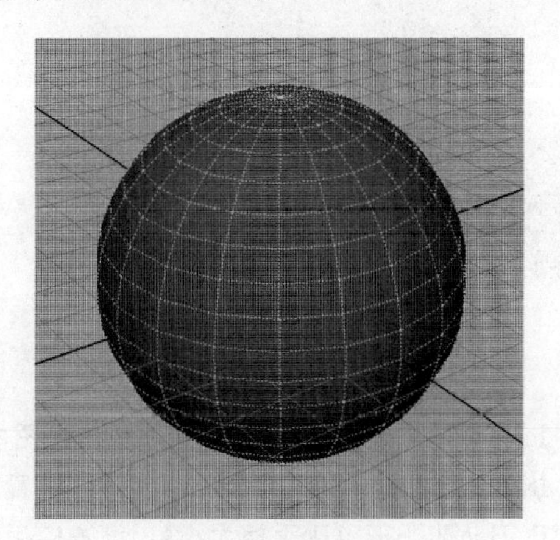

图4-48　显示软边

（3）Face Centers（面的中心）：在模型上显示面的中心点，如图4-49所示。

（4）UVs（UV点）：在模型上显示UV点，如图4-50所示。

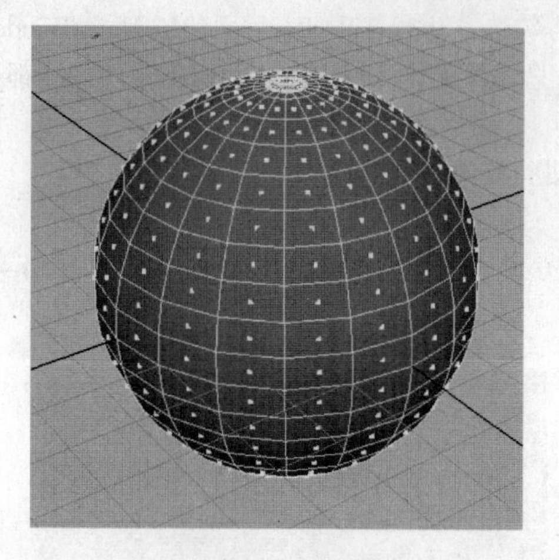

图4-49　显示面的中心

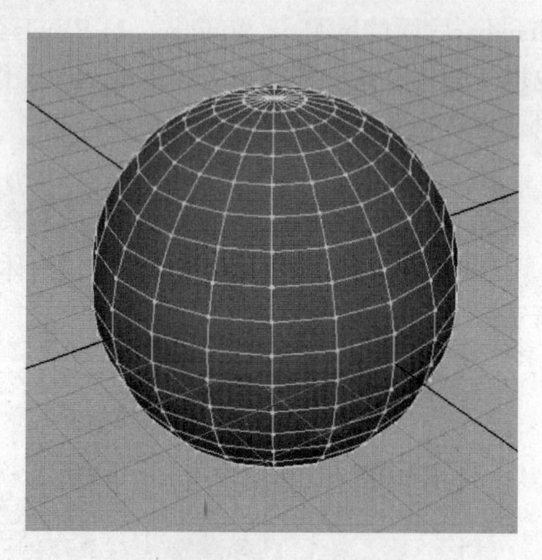

图4-50　UV点显示

（5）Normals（法线）：在模型上显示法线，这在游戏制作中是经常用到的，如图4-51所示。

Custom Polygon Display（自定义多边形显示）：点击后面的选项盒，可以对多边形的显示进行各种自定义的设置，如图4-52所示。

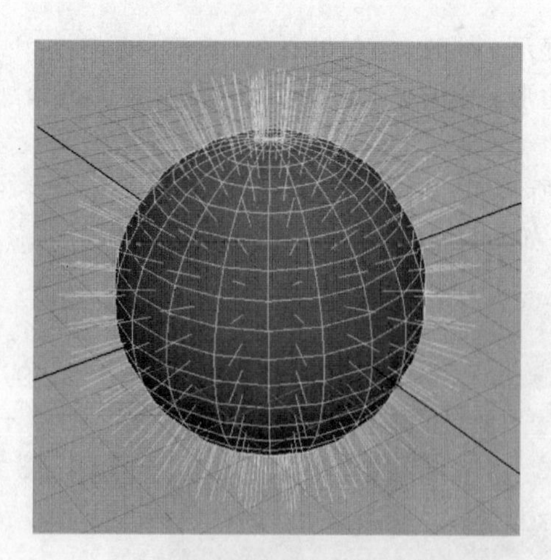

图4-51　在模型上显示法线

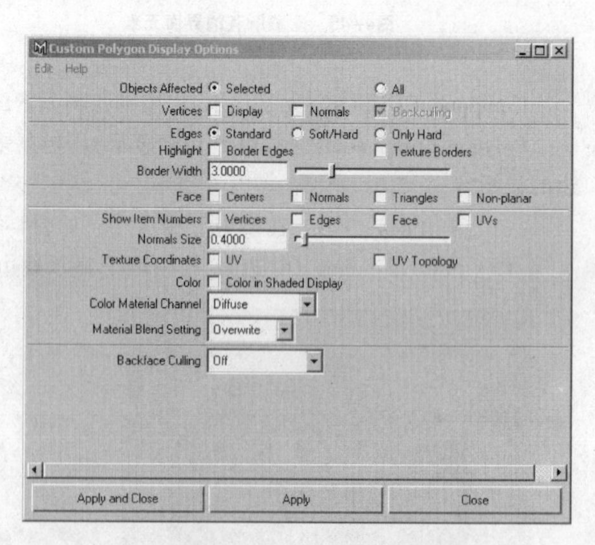

图4-52　自定义多边形显示选项

Joint Size（骨骼大小）：设置骨骼在视图中显示的大小。

IK/FK Joint Size（IK/FK骨骼大小）：设置IK/FK关节的大小。

IK Handle Size（IK手柄大小）：设置IK手柄在视图中显示的大小。

4.1.6 Window菜单

在Window菜单中我们可以控制Maya各种窗口的显示。例如游戏制作常用的UV纹理编辑器窗口，就可以通过Window菜单来打开，如图4-53所示。

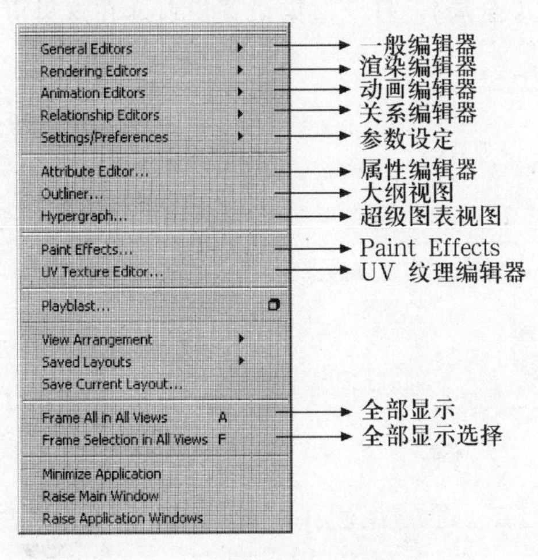

图4-53 窗口菜单

General Editors（一般编辑器）：在这里可以打开在各个模块中都通用的编辑器。例如元素编辑器，脚本编辑器等。

（1）Channel Control（通道控制窗口）：打开通道控制窗口，如图4-54所示。在这里可以物体的通道进行控制，例如可以将物体的不可设置关键帧的属性设为可关键帧属性，这样我们就能在右侧的通道栏中为其设置关键帧。

（2）Visor：打开一个类似于资源管理器的窗口，在这里可以管理各种Maya的资源，例如选择Paint Effects的各种笔刷等，如图4-55所示。

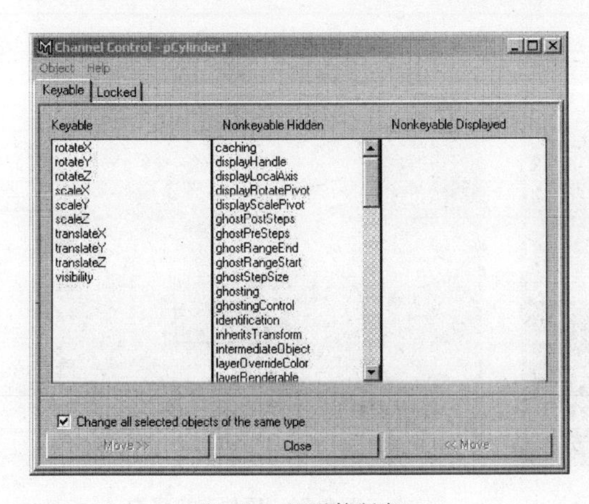

图4-54 通道控制窗口

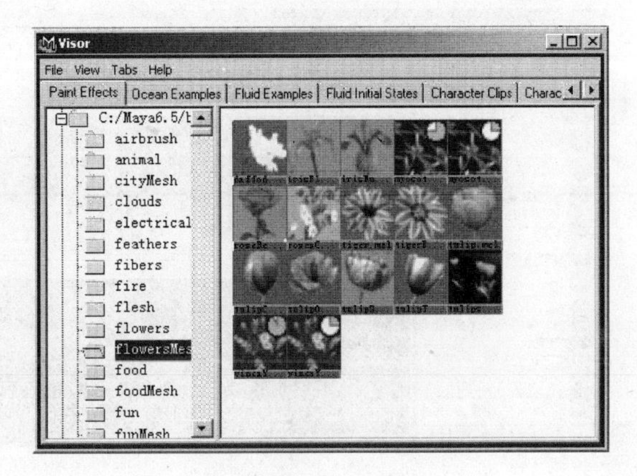

图4-55 Visor窗口

（3）Component Editor（元素编辑器）：打开元素编辑器窗口，如图4-56所示。在这里可以对物体的元素属性单个进行编辑。

Rendering Editors（渲染编辑器）：在这里可以打开与渲染相关的各种窗口。如在游戏制作过程中比较常用的Hypershade编辑器、Hardware Render Buffer等。

（1）Render Global（渲染全局）：打开渲染设置窗口。在这里可以进行渲染的各种设置，如图4-57所示。

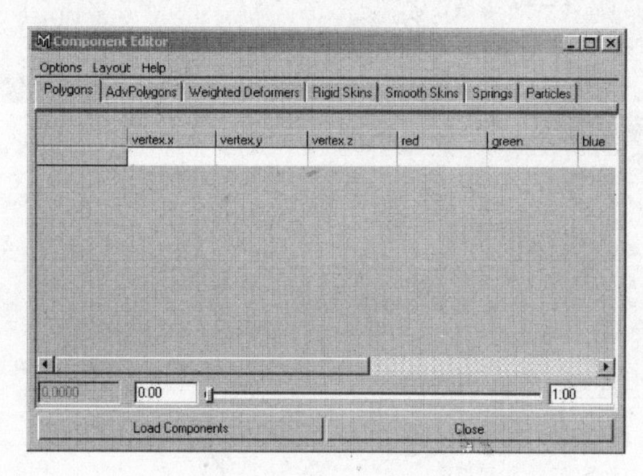

图4-56　元素编辑器窗口

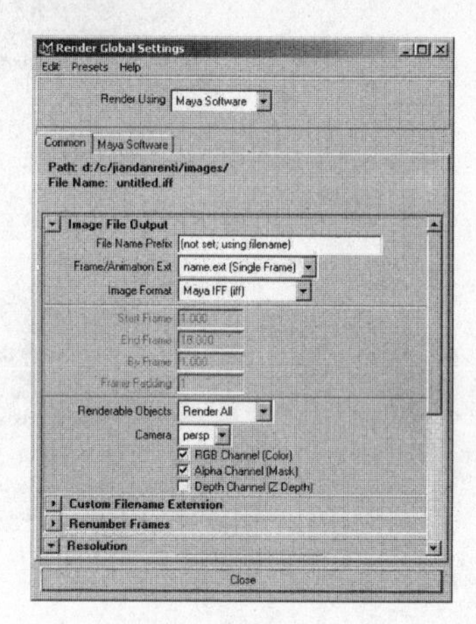

图4-57　渲染全局设置

（2）Hypershade编辑器：通常我们在Hypershade中编辑材质，可以将它理解为其他软件中的材质编辑器，如图4-58所示。

（3）Hardware Render Buffer：硬件渲染缓冲。使用显卡的GPU对场景中的对象进行渲染，这通常要比软件渲染要快很多，但是渲染品质比较差，所以通常用来做预渲染，特别是粒子的硬件渲染。渲染的时候要注意硬件渲染是有限制的，明显的一点就是Maya中的粒子系统有软件粒子和硬件粒子的区别，如图4-59所示。

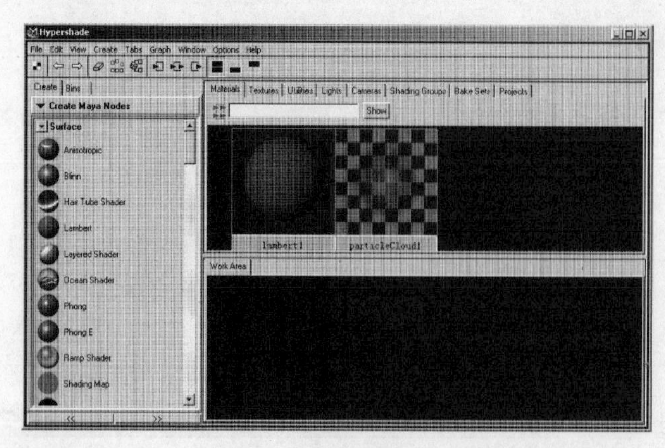

图4-58　Hypershade编辑器

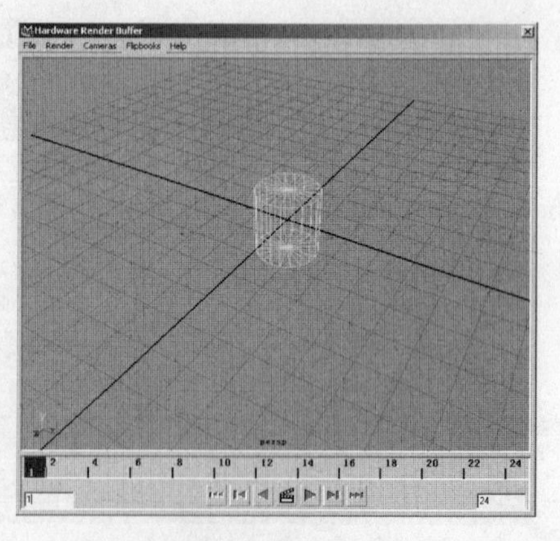

图4-59　硬件渲染缓冲

（4）Multilister：基本上和Hypershade的作用是一样的，在以前的版本中，Multilister是编辑材质的主要工作区，在Hypershade出现以后，它的地位已基本上被Hypershade取代，如图4-60所示。

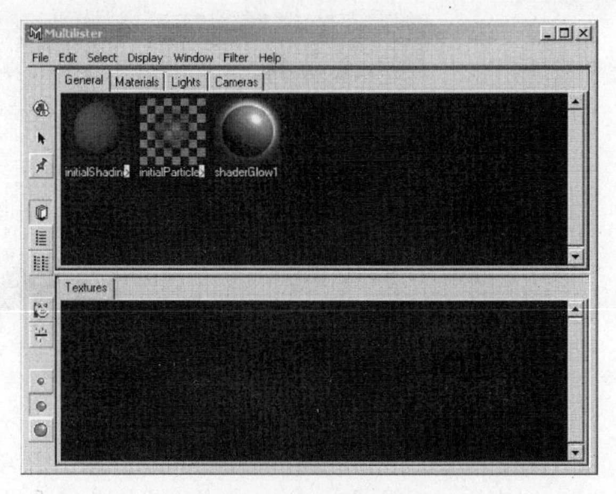

图4-60　Multilister编辑器

Animation Editors（动画编辑器）：这里可以打开与动画相关的各种窗口，如图表编辑器、混合图形编辑器等。

（1）Graph Editor（图表编辑器）：调节动作的地方，使用图表编辑器，可以编辑关键帧和动画曲线（关键帧组）的视觉描述，通常在这里对关键帧进行调节，如图4-61所示。

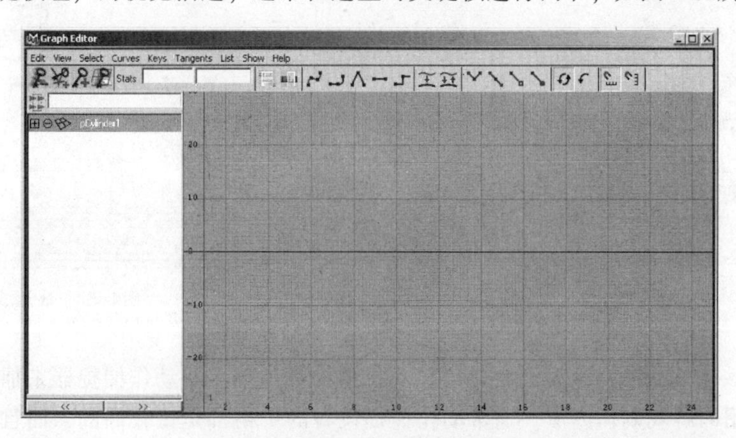

图4-61　图表编辑器

（2）Dope Sheet（信息清单）：Dope Sheet的主要操作对象是关键帧，在Dope Sheet中关键帧时间由着色的“小方块”来表示。Dope Sheet的水平轴代表时间，垂直轴代表Outliner中当前选择的项目，如图4-62所示。

（3）Blend Shape（混合图形）：混合图形通常用来调节面部表情。我们将在后面的章节中详细地讲解，如图4-63所示。

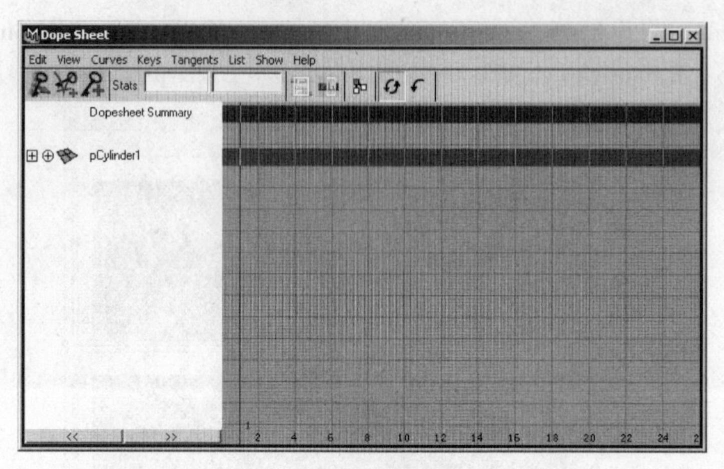

图4-62　信息清单视图

（4）Expression Editor（表达式编辑器）：Maya中表达式的功能是非常强大的，尤其是和粒子系统配合使用的时候，如图4-64所示。

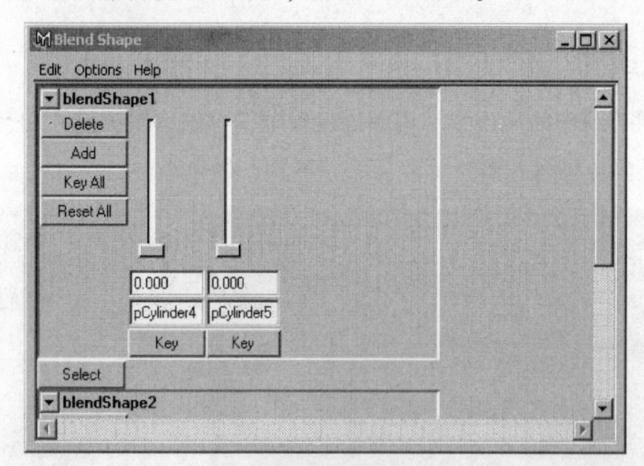

图4-63　混合图形窗口

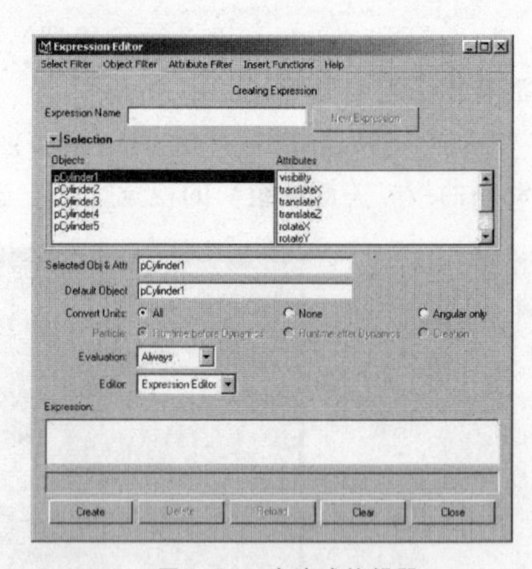

图4-64　表达式编辑器

（5）Devices（设备）：这里通常是连接动作捕捉的地方。用动作捕捉器来捕捉真人的动作是现在比较常用的游戏制作方法。通常动作捕捉设备的价格都是比较高的，而且动作捕捉出的数据不太容易再进行手工调节，所以在国内的游戏制作中应用还不是很广泛，如图4-65所示。

Relationship Editor（关系编辑器）：这里集中了设定Maya中节点和节点之间关系的各种编辑窗口，如图4-66所示。

Settings/Preferences（参数设定）：这里是可以进行自定义参数设定的地方。包括自定义Maya默认的颜色，自定义快捷键，还可以在这里对插件进行管理，如图4-67所示。

Attribute Editor（属性编辑器）：打开属性编辑器窗口。快捷键为Ctrl+a。Maya中属性编辑器的功能是很强大的，在这里可以设定所有节点的参数和动画，包括材质的调节，如图4-68所示。

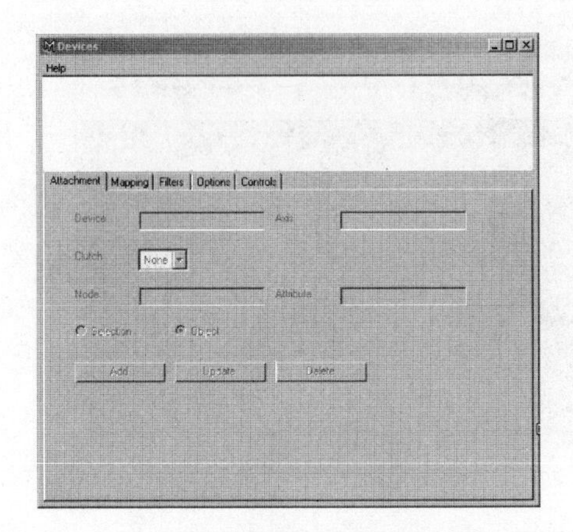

图4-65 设备窗口

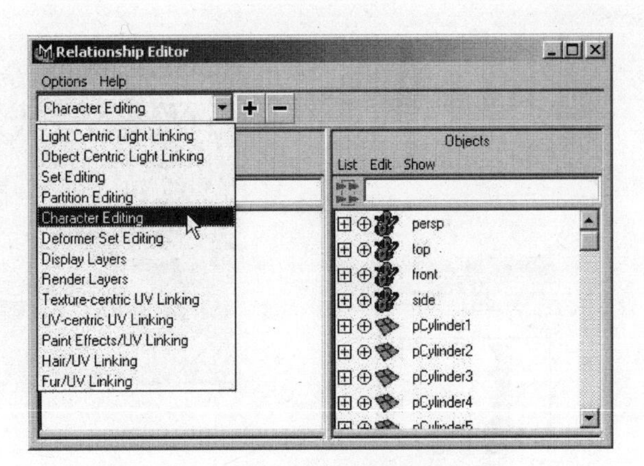

图4-66 关系编辑器

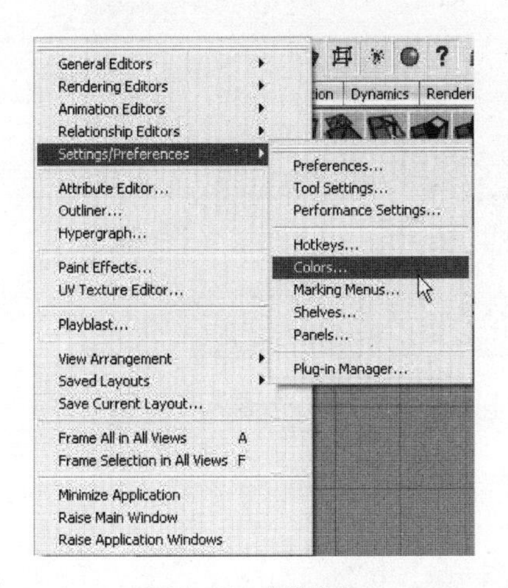

图4-67 参数设定

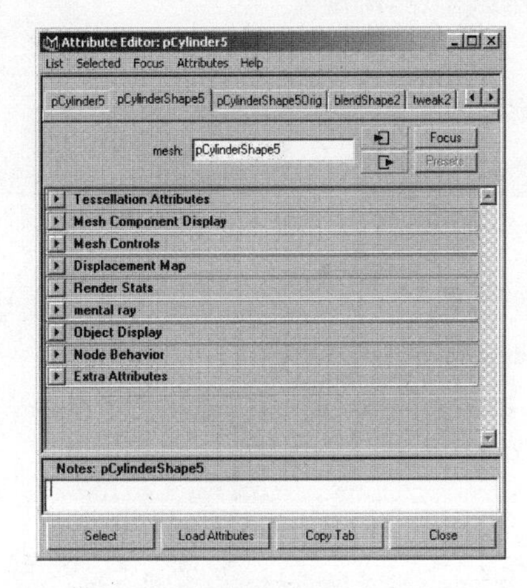

图4-68 属性编辑器

Outliner（大纲视图）：打开大纲视图。在大纲视图中可以方便地进行物体的选择和简单的层级关系的指定。相当于Max的按名称选择器，但是功能要强大很多，如图4-69所示。

Hypergraph（超级图表视图）：打开超级图表视图，把场景中的层级关系以图表的形式显示，如图4-70所示。

Paint Effects（打开Paint Effects视图）：由于Paint Effects能够方便地进行纹理的绘制和在三维视图中直接绘制纹理，所以我们常用它配合纹理贴图的制作，如图4-71所示。

UV Texture Editor（UV纹理编辑器）：打开UV纹理编辑器。在游戏的制作过程中，调整UV是必须的，而且要求比一般的CG制作要严格， UV纹理编辑器是我们花费大量时间的地方。在以后的每个实例的制作过程中，几乎全部都要涉及UV 纹理编辑器的使用，如图4-72所示。

Frame All in All Views（所有物体全部显示）：在视图中显示所有的场景。

Frame Selection in All Views（全部显示选择）：在视图中完整地显示选择的物体。

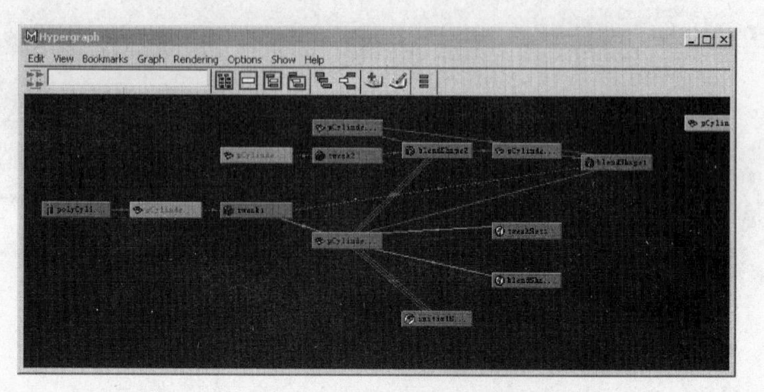

图4-70　超级图表视图

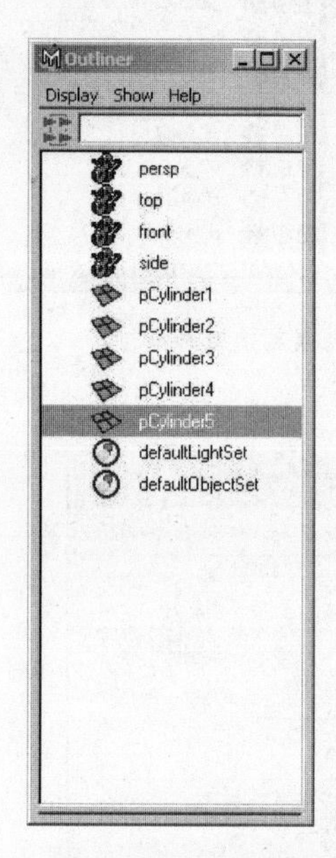

图4-69　大纲视图

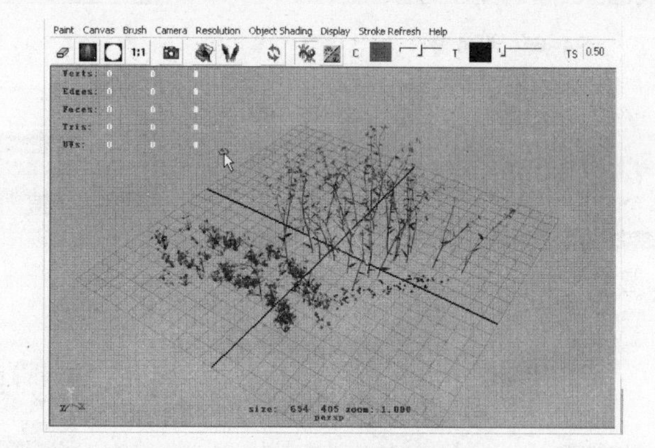

图4-71　Paint Effects视图

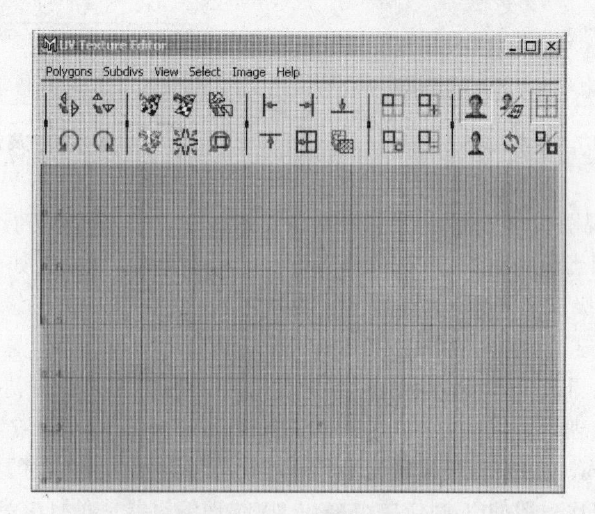

图4-72　UV纹理编辑器

4.2 视窗菜单介绍

这部分的菜单是用来控制视图显示的，和Display菜单不同的是，这里是对单独的视图进行控制。

4.2.1 View菜单

对视图摄影机进行控制。在Maya中，所有的视图都是通过摄影机来观察的。就是说通过视图观察场景，实际上就是通过特殊的摄影机来观察场景。所以在View菜单中提供的视图控制工具都称作摄影机工具。我们对视图进行调节实际上就是对视图摄影机进行调节，如图4-73所示。

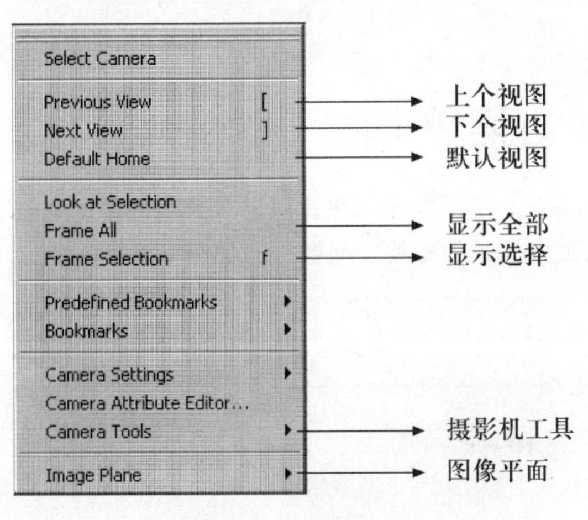

图4-73 View菜单

Previous View（上个视图）：返回到调整视图前的视图。有时发现对场景的变换不对，可以从这里返回到未调整的视图状态。

Next View（下个视图）：调整到返回的下一个视图中，与Previous View相反。

Default Home（默认视图）：将视图调整到Maya默认的状态。

Frame All（显示全部）：在视图中显示全部的场景物体。与Window菜单中不同的是，这里的显示全部只对当前视图起作用，而Window是对所有的视图起作用。

Frame Selection（显示选择）：将当前选择的物体最大化显示。

Camera Tools（摄影机工具）：这里提供了对视图摄影机操作的工具，包括平移视图，旋转视图，放缩视图等。

Image Plane（图像平面）：为视图导入一张视图平面作为参考。在游戏制作中，我们常常需要导入人物的三视图来进行建模，如图4-74所示。

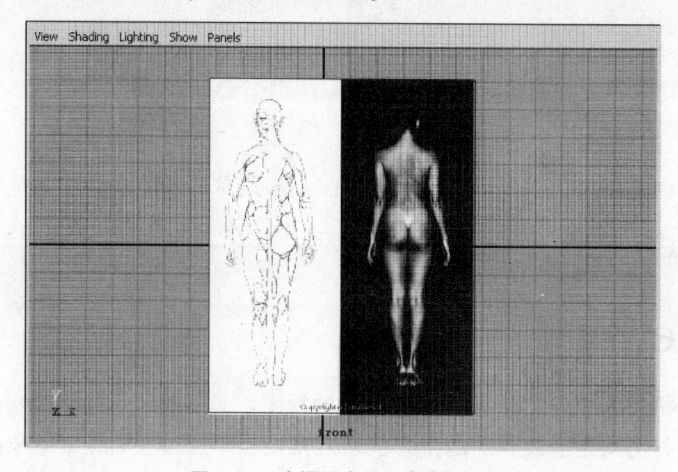

图4-74 在视图中导入参考图

4.2.2 Shading菜单

在这里控制视图中场景的显示方式。在我们进行游戏制作的时候，经常需要切换不同的视图显示方式以方便我们观察场景的布线、面数等，如图4-75所示。

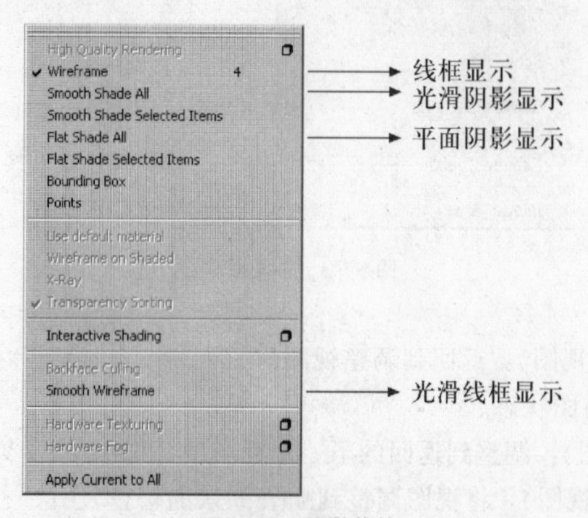

图4-75 阴影菜单

Wireframe（线框显示）：以线框的方式显示物体。快捷键为“4”。

Smooth Shade All：光滑阴影显示。

Flat Shade All（平面阴影显示）：以平面阴影的方式显示物体。

Smooth Wireframe（光滑线框显示）：以光滑阴影方式显示物体的同时，在物体上显示线框，如图4–76所示。

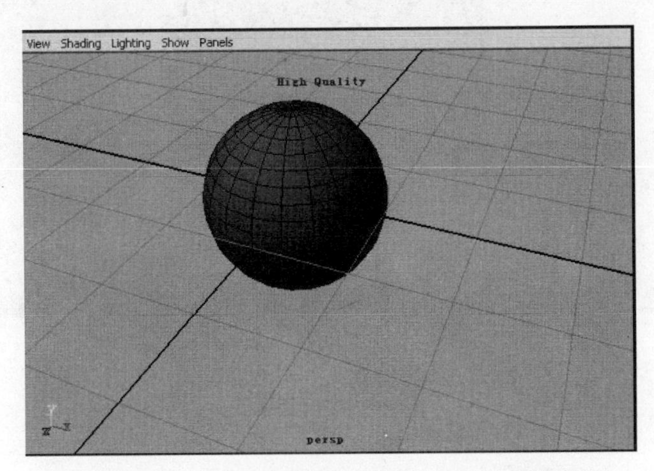

图4–76 在视图中以光滑加线框的方式显示物体

4.2.3 Lighting菜单

灯光菜单是用来控制场景显示如何使用灯光的，如图4–77所示。

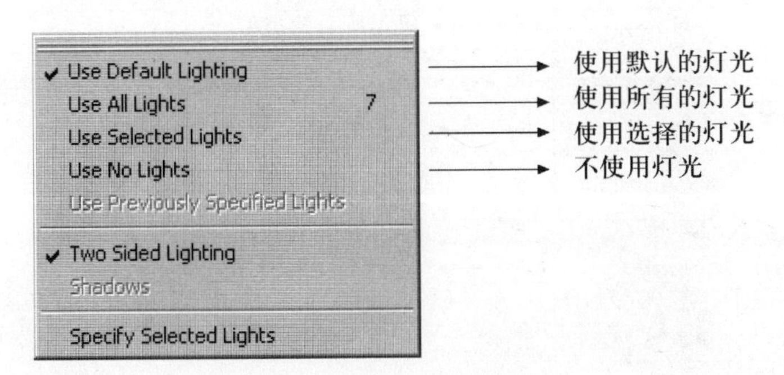

图4–77 灯光菜单

Use Default Lighting（使用默认的灯光）：用Maya默认的灯光来显示场景。

Use All Lights（使用所有的灯光）：使用场景中所有的灯光来显示场景。

Use Selected Lights（使用选择的灯光）：仅使用当前选择的灯光显示场景。

Use No Lights（不使用灯光）：视图中的物体显示不使用灯光，如图4–78所示。

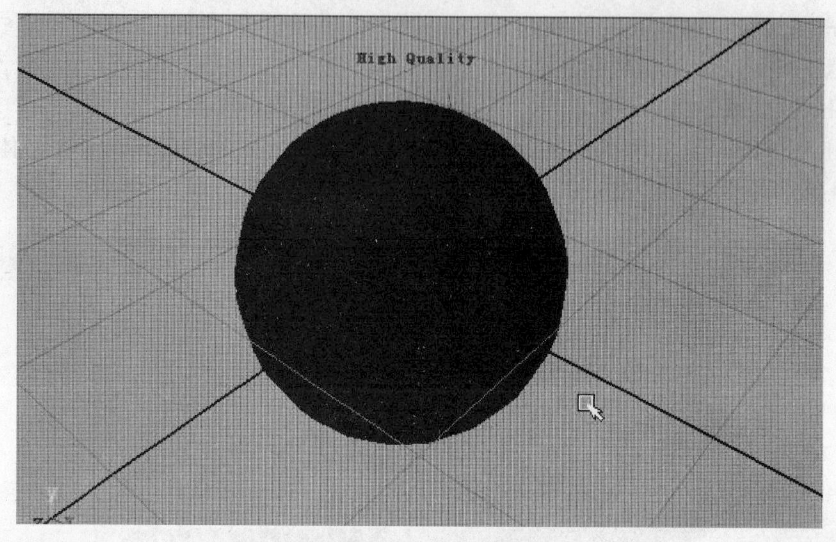

图4-78 视图显示不使用灯光时的效果

4.2.4 Show菜单

显示菜单控制了视图中物体的显示。有时我们在制作比较复杂的模型的时候，为了观察方便，我们需要隐藏一部分暂时不需要观察的页面。如果不想查看某种类型的物体，也可以在这里关闭相应的物体类型，如图4-79所示。

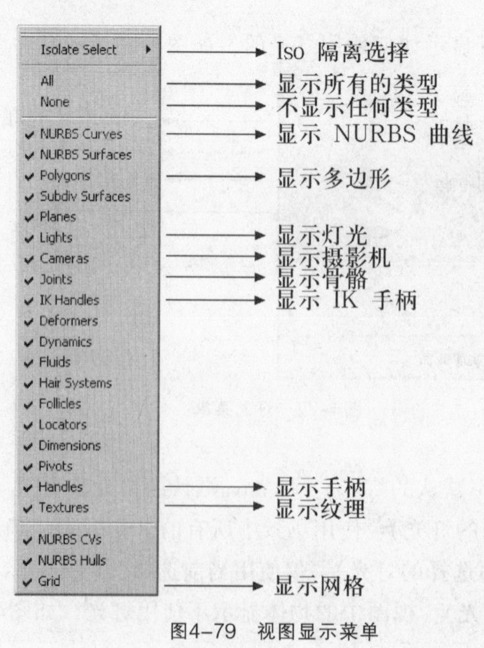

图4-79 视图显示菜单

Isolate Select（Iso隔离选择）：在视图中只显示想要的内容。这在某些比较复杂的场景中能够使查看想要的模型更加容易。重要的是，这个命令只会影响视图中物体的显示，不会影响物体本身，如图4-80所示。

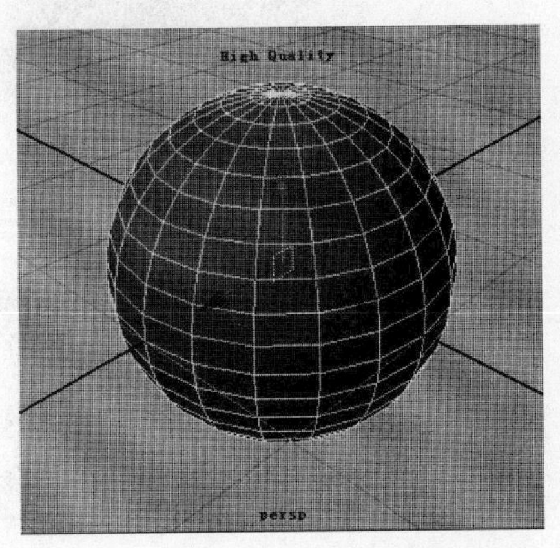

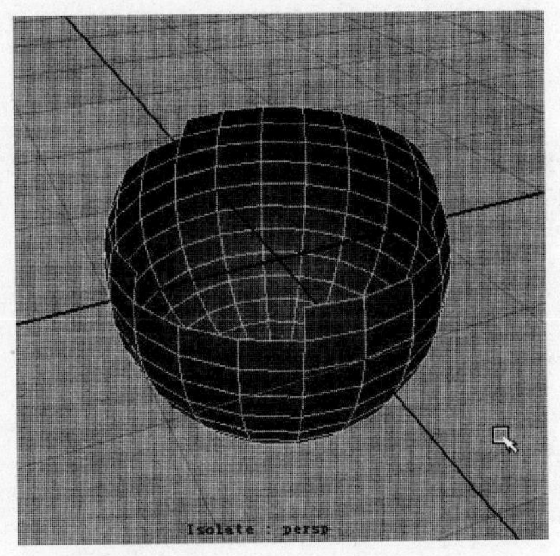

图4-80　视图隔离选择

All：在视图中显示所有的类型。默认状态下为此选项。

None：视图中任何物体都不显示。可以勾选下面相应的选项来选择要显示的对象类型。

NURBS Curves：在视图中显示NURBS曲线。

Polygons：在视图中显示多边形物体。

Lights：在视图中显示灯光物体。

Cameras：在视图中显示摄影机物体。

Joints：在视图中显示骨骼物体。

IK Handles：在视图中显示IK手柄物体。

Handles：在视图中显示手柄。

Textures：在视图中显示纹理。

Grid：在视图中显示网格。

4.2.5 Panels菜单

面板菜单是用来设置面板的。在这里可以控制面板的显示。因为Maya是一个综合的动画软件，有很多做动画的面板在制作游戏时是用不到的。我们可以在这里制作自己适合的游戏制作的面板布局，如图4-81所示。

Perspective（透视图）：选择相应的透视图。在这里还可以创建自己的透视图。

Orthographic（正视图）：选择相应的正视图，也可以创建自己的正视图。

Panel（面板）：可以将其他标准的视图窗口转变为Maya中的编辑窗口。例如将UV纹理编辑器在视图中显示，如图4-82所示。

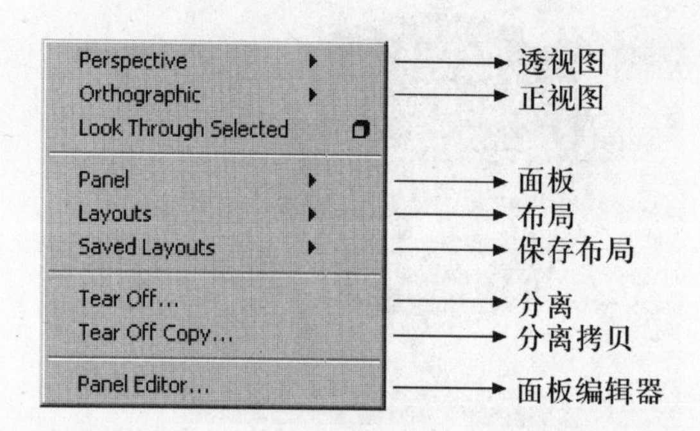

图4-81　显示菜单

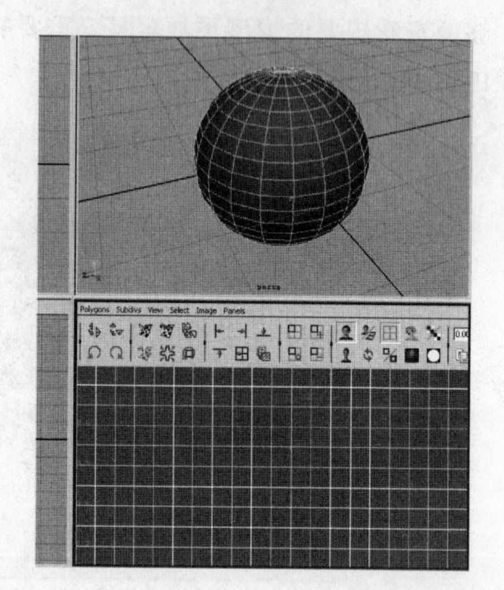

图4-82　将UV纹理编辑器集成到视窗中的效果

Layouts（布局）：改变默认的视图布局。

Saved Layouts（保存布局）：将自己定义的视图布局进行保存。

Tear Off（分离）：将当前的视图独立出来，成为一个单独的窗口。

Tear Off Copy（分离拷贝）：将当前的视图拷贝一份，然后分离出来成为一个单独的窗口。

Panel Editor（面板编辑器）：可以在这里编辑自己的面板和视图布局，如图4-83所示。

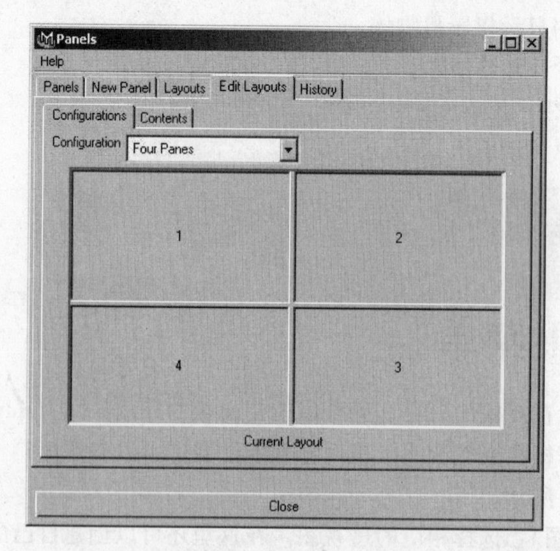

图4-83　面板编辑器

本章小结

本章对Maya的游戏制作中常用的命令、各个功能模块和具体菜单作了详细的讲述。通过本章的学习，能够独立完成几件简单的模型的制作。理解NURBS模型、Polygon模型的特点以及制作技巧。

思考与练习

1. 熟悉Maya的各个功能模块和具体的菜单。
2. 设定一个工程目录，创建几个简单的模型进行保存，了解工程目录下每个文件夹的作用。
3. 将其他软件制作的模型导入进Maya。
4. 了解Maya支持的其他文件格式的软件。
5. 创建一个模型，对模型进行关联复制；然后对模型进行修改，熟悉关联复制的作用。
6. 创建几个NURBS模型，然后将其转换为Polygon模型。熟悉NURBS模型到Polygon模型的转换。
7. 创建几个细分模型，然后转换为Polygon模型。熟悉细分模型到Polygon模型的转换。

第5章 多边形建模基础

本章对Maya多边形建模作了详细的讲述并介绍了Polygons菜单栏的操作命令。

- Maya多边形建模操作特点。
- Polygons菜单栏的操作命令。

本章目标

- 了解基本的多边形术语。
- 能够独立完成Maya多边形建模操作。

5.1 多边形建模介绍

本节主要目的是让同学们了解多边形和它们的元素，以及基本的多边形术语。作为游戏模型制作的基础，如何理解和运用多边形来制作我们游戏中的场景、道具、角色等。

在前面的介绍中，我们已经讲述了如何创建多边形物体，所以本节将主要讲解对多边形的编辑修改命令。

在制作中我们可以使用Polygons和Edit Polygons菜单中的命令来创建、编辑、实施纹理和微调多边形模型。多边形建模菜单在Modeling模块中有两种方式可以访问这些菜单命令。

1.从Maya视窗左上角的模块选择菜单中选择Modeling 模块，然后可以选择Polygons 或Edit Polygons 菜单中的命令，如图5–1所示。

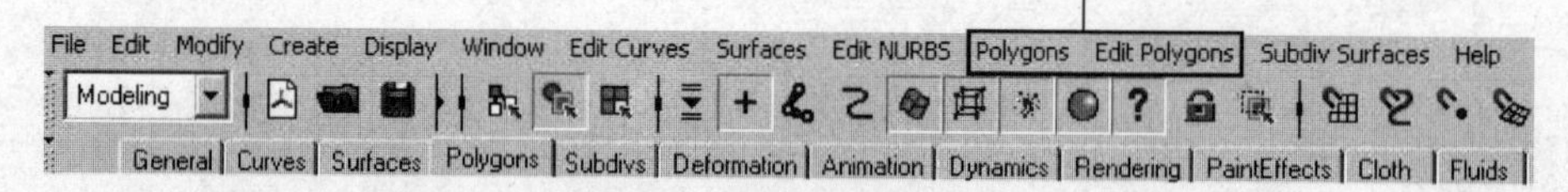

图5–1　多边形编辑面板

2.我们也可以使用热盒来打开多边形编辑面板。按键盘上的空格键，然后单击Polygons 或Edit Polygons 菜单标题，如图5–2所示。

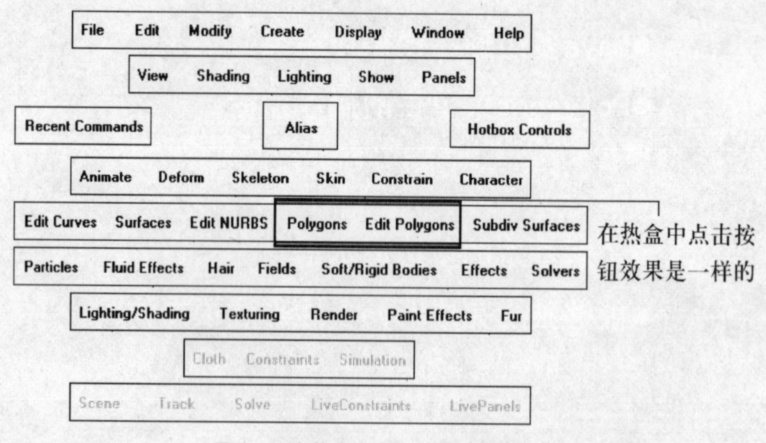

图5–2　在热盒中点击多边形编辑

5.2 多边形基础知识

在同学们知道了多边形的创建和修改面板的位置之后，我们不应该急于立刻创作物体。因为我们对多边形的理解还不够，下面介绍一些多边形建模的基本规则和技巧，以帮助同学们在后面的制作中达到所设想的效果。

5.2.1 什么是多边形

多边形是由一组有序顶点和顶点之间的边构成的N 边形。一个多边形物体是面（多边形面）的集合。多边形可以是简单的形状，如多边形几何体；也可以使用不同的多边形工具或操作来创建复杂的模型，如图5-3所示。一个多边形物体可以是闭合的、非闭合的，或是外壳(一个多边形物体中保持独立的各个部分)。

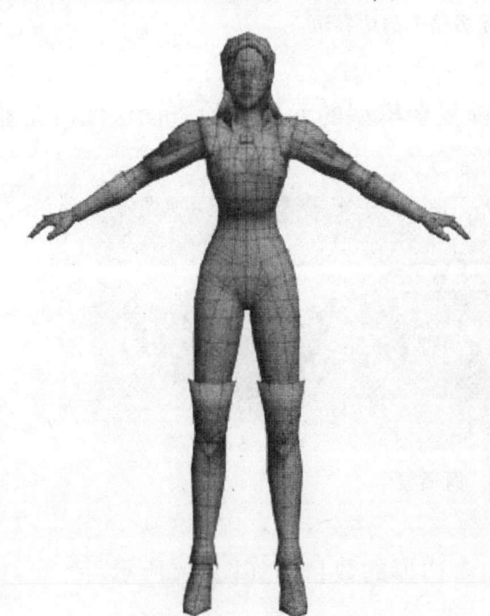

使用多边形制作的游戏角色

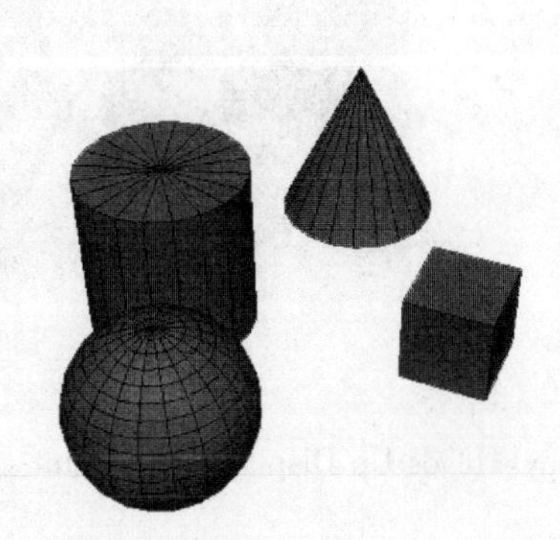

多边形的简单几何体

图5-3 多边形的应用范围

5.2.2 Polygon的显示设置

在Maya中，我们通过许多方式显示多边形的各种元素和数目等，为我们在建模过程中提供许多方便。

Display>Polygon Components 显示选择的多边形的各种元素。

Display>Polygon Display 提供更多的多边形显示选项。

以下是常用的选项。

Highlight Border Edges（显示多边形的边界边）：对于缝合两个多边形及查找没有缝合的边界非常方便。在建模中会遇到多边形无法转细分表面，边没有合并上是其中原因之一，用这个工具进行检查，如图5-4所示。

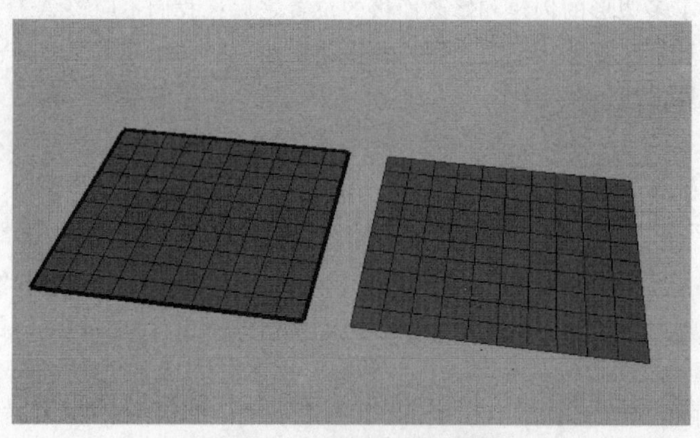

图5-4　显示多边形的边界边

Backface Culling（背面显示选择）：在选择复杂模型的元素和检查面法线时是非常有用的，如图5-5所示。

图5-5　背面显示

Display>Heads Up Dispiay>Poly Count 显示多边形的数目，如图5-6所示。

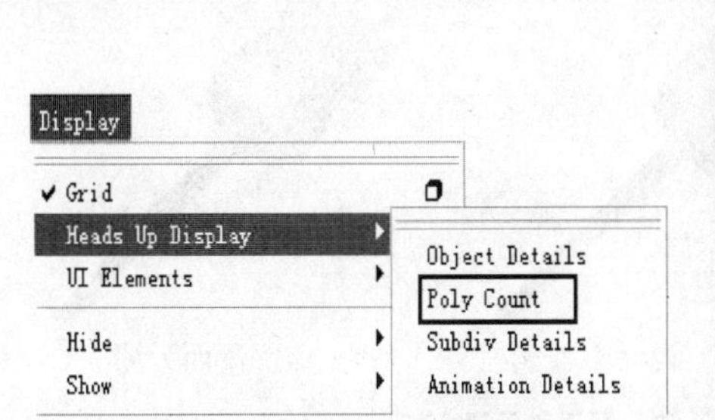

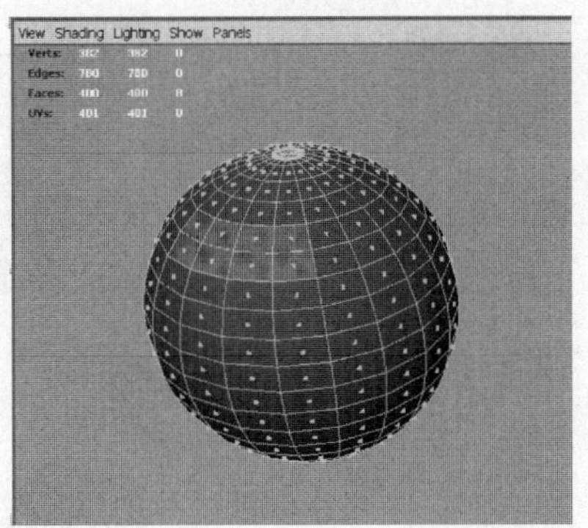

图5-6 显示多边形数目

5.2.3 多边形的元素

作为一个多边形物体，其必然有其基本元素，在Maya中，基本元素的显示可以直接在视图中用鼠标操作显示出来。我们首先在视图中任意创建一个多边形，在新创建出来的多边形上单击鼠标右键可以弹出当前多边形物体的次物体级别选项，如图5-7所示 。

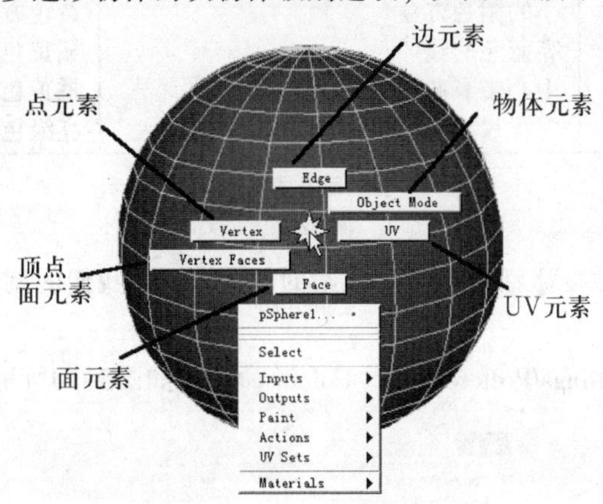

图5-7 多边形的基本元素

多边形模型包含四种类别的基本元素，分别是Vertex（点）、Edge（边）、Face（面）、UV（纹理坐标）。

1. Vertex点元素，这是三维空间中最基本的元素，也是我们在游戏制作中最常用到的编辑子物体级别。每个点都对应它三维空间中点唯一的坐标。

2. Edge边元素，构成多边形的主要元素，其本身由点元素组成，在游戏制作中也属于修改时常用到的次物体级别。

3. Face面元素，是组成多边形物体的主要元素，在对多边形物体编辑的初始阶段，对面元素编辑得最多，如图5-8所示。

4. UV元素，将物体进行平面拓展的主要元素。UV主要是提供模型的贴图坐标。

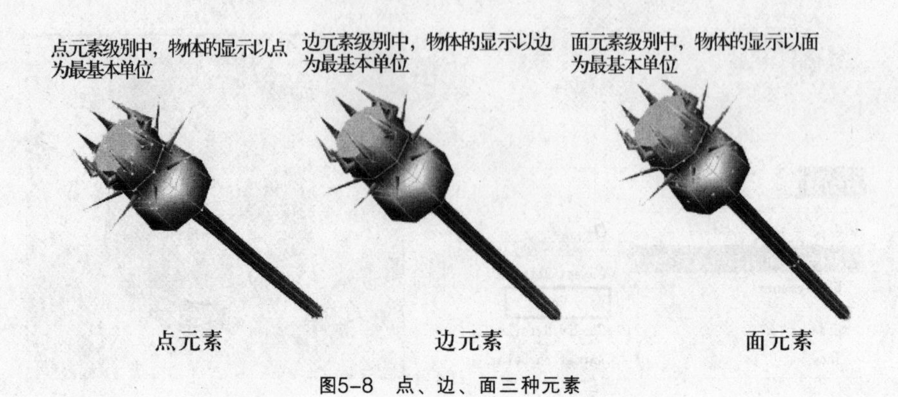

图5-8　点、边、面三种元素

5.2.4 在默认状况下元素显示

在默认状况下，在不同的选择模式下，元素显示为不同的颜色和尺寸。图5-9中列出了多边形元素的默认显示。

元素	元素非激活时的显示（没有选中）	元素激活时的显示（选中）
Vertex（顶点）	小的紫色方盒	黄色方盒
Edge（边）	亮蓝色的线	橘黄色的线
Face（边）	中心带有蓝色点的闭合区域	橘黄色的区域
UV	中等尺寸的紫色方盒	亮绿色的方盒

图5-9　多边形不同状态下元素显示

很多时候我们需要改变激活或非激活元素的颜色以方便我们的制作，通过以下的步骤可以实现我们所希望的目标。

1. 选择Window > Settings/Preferences > Colors 命令，如图5-10所示。

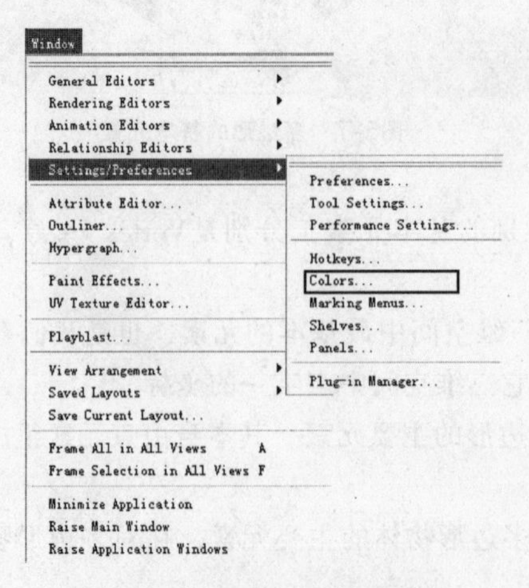

图5-10　进入设置中的颜色面板

2. 然后单击面板上的Active 或Inactive 标签。

3. 单击视窗中Component 选项中向下的箭头显示其内容，如图5-11所示。

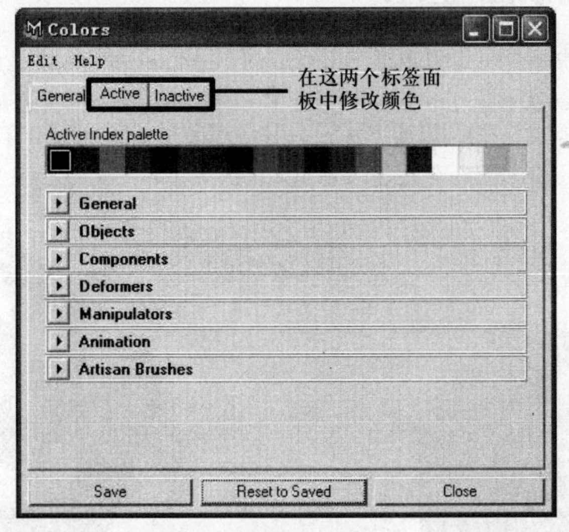

图5-11 显示颜色调整面板

4. 拖动需要改变颜色元素旁边的滑块来改变颜色。

5.2.5 多边形顶点显示

在Maya中，多边形顶点决定了多边形模型最后的显示，在下面的图中，所有的点都被选中，以显示多边形顶点是如何连接形成整个模型的，如图5-12所示。

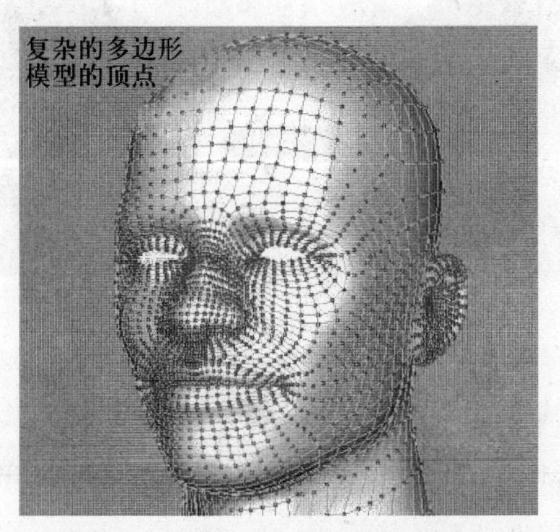

图5-12 多边形中复杂物体的顶点显示

5.2.6 多边形面显示

一个多边形面是由多个多边形顶点定义而成的。一个多边形物体是由一组连接的多边形面构成的。当它闭合时，就形成了一个solid（实体），这使以每个面为基础来编辑和绘画多边形成为可能。在默认状况下，一个面是实体基础单位的图形描述，在每个面的中心都有一个点。单击这个点就可以选择这个面，如图5-13所示。

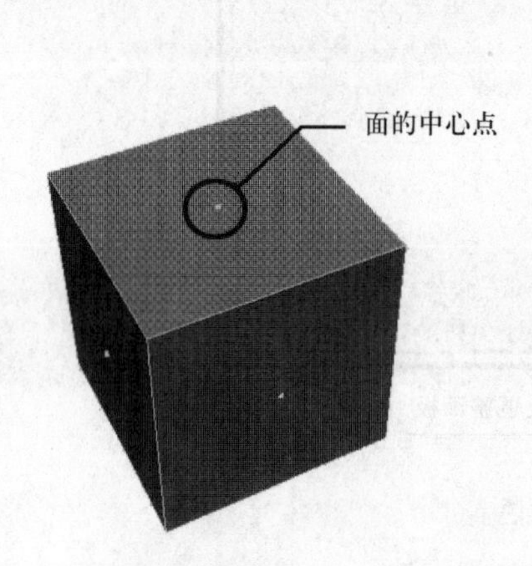

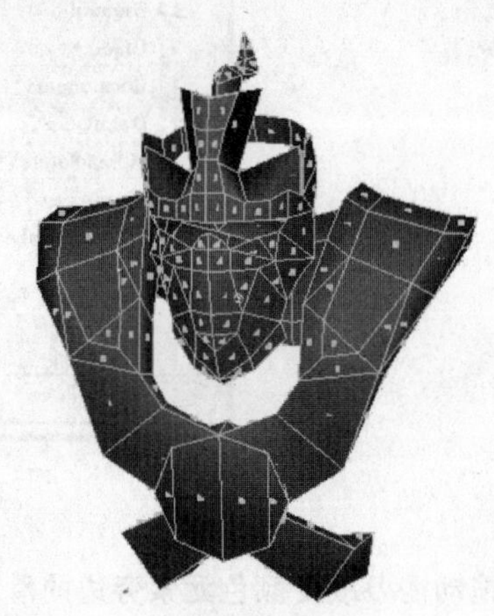

图5-13 面选择模式

我们可以以不同的方式使用面来变换多边形物体。例如，我们想要创建一个空的多边形立方体，可以选择顶部的面，并按Delete键来删除它们，如图5-14所示。

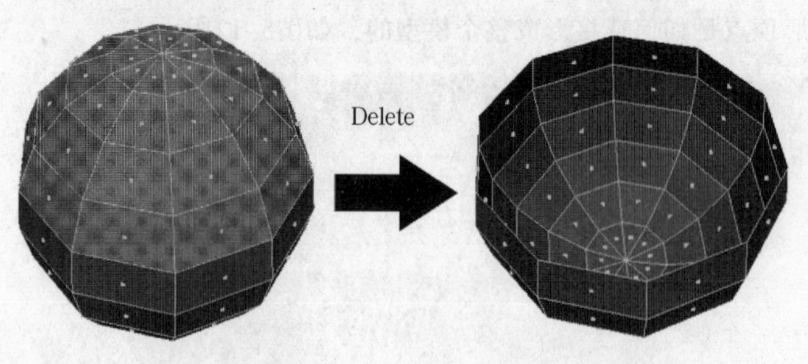

图5-14 多边形的面删除

注意：改变选择多边形面的方式。

在默认状况下，要选择面，需要单击面中心的小方盒。操作者单击面中的任意地方就可以选中面。

1.选择Window > Settings/Preferences > Preferences 命令，打开Preferences 视窗，如图5-15所示。

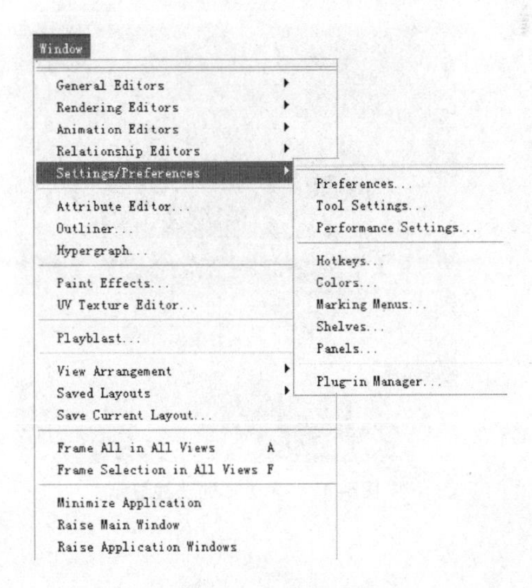

图5-15　Maya的设置菜单

2.然后在Categories中单击Selection选项，在Polygon selection部分中，选择Whole Face项，如图5-16所示。

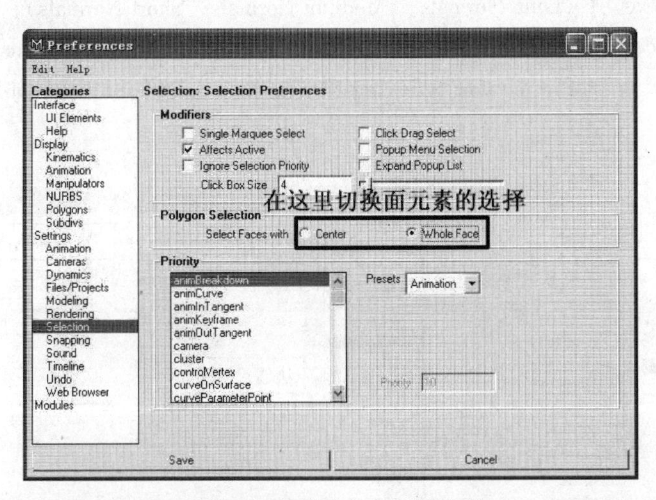

图5-16　面选择方式在这里切换

5.2.7 多边形面的法线

在学习Max的时候，同学们应该对法线这个概念有所了解，并对其在游戏制作中的重要性有一定的体会。在Maya中，我们同样拥有这个概念：一个多边形面的方向使用一个称为Normal（法线）的矢量来描述，法线是具有方向的线，并且它总是垂直于多边形的面。法线可以显示在面的中心、顶点，或同时显示在二者上。法线可以帮助我们检查模型的面是否有正确的朝

图5-17 多边形的法线显示

向，如图5-17所示。

使用多边形元素菜单来显示多边形法线：

我们可以通过使用Display > Polygon Components > Normals 来显示或者隐藏法线，如图5-18所示。当操作者选择Normals 显示法线时，法线的尺寸取决于操作者在Polygon Components 菜单中最后一次打开的选项（Long Normals、 Medium Normals、Short Normals）。

通过在Preferences 视窗中的Polygons 类别中，激活Vertices 旁边的Normals 项，可以在每次创建多边形模型时显示法线（Window > Settings/Preferences > Preferences），如图5-19所示。

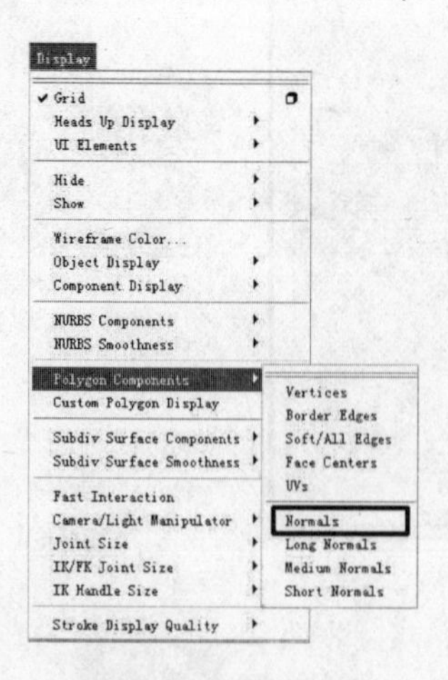

图5-18 法线显示面板

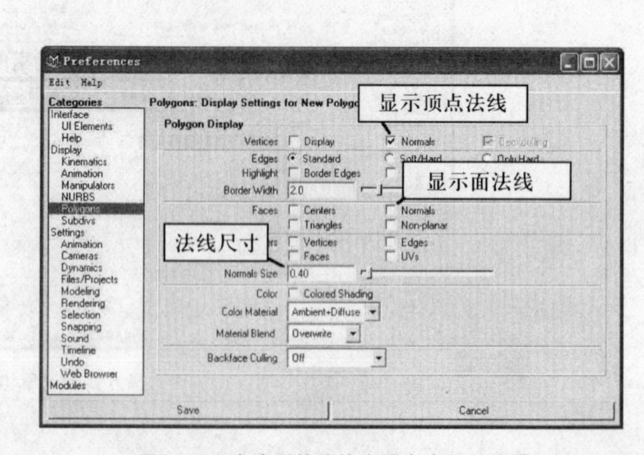

图5-19 多边形的法线在视窗中显示选项

打开Custom Polygon Display 选项视窗可精确地设置法线的尺寸，以及是在顶点或面或同时在顶点和面上显示法线（Display > Custom Polygon Display ）。打开顶点和/或面的法线，并设置法线尺寸，并单击Apply 按钮，就完成了法线的设置。

5.3 Polygon物体的创建

这节描述了如何创建多边形文本和多边形几何体。

有几种方法可以使用几何体快速且方便地创建物体。使用几何体作为一个开始点，然后结合多边形创建和编辑操作可快速完成一个任务。在游戏制作中，操作者会发现很多例子，它们以几何体作为基础元素，并结合Maya的其他一些编辑和创建操作来完成指定的任务。

在Maya 中，最基本的物体是primitive（基本几何体），它们是创建其他复杂物体的基础。有六种多边形几何体——Sphere（球）、Cone（圆锥）、Cylinder（圆柱体）、Cube（立方体）、Plane（平面）和 Torus（面包圈），如图5-20所示。

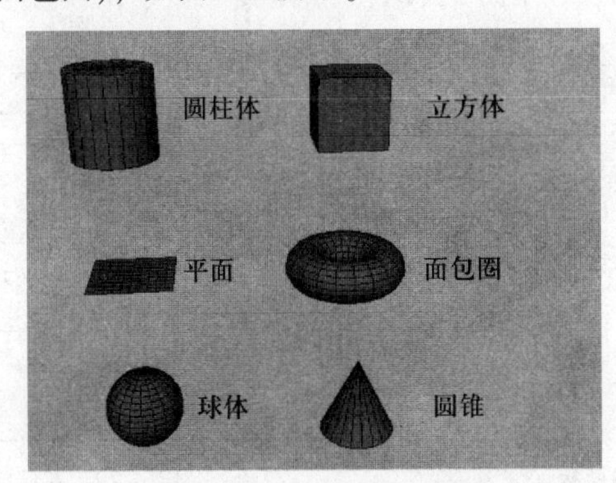

图5-20　多边形基本几何体

1. 创建多边形几何体

操作者可以使用菜单命令来方便地创建多边形几何体，创建的多边形几何体将显示在所有视图的原点上。

如果要使用在默认状况下选项来创建多边形几何体，选择Create > Polygon Primitives 菜单中的子命令。如果操作者对创建的几何体不满意，可以使用通道盒或属性编辑器视窗来编辑它们。

大部分多边形几何体的创建选项都是相同的，设置基本几何体选项如下：

设置基本几何体的半径；

设置基本几何体的细分；

设置基本几何体的宽度和高度；

改变基本几何体的方向；

准备为基本几何体实施纹理贴图。

2.设置基本几何体选项

（1）在菜单中，单击要创建的基本几何体右侧的选项盒来打开选项设置视窗（例如，Create >Polygon Primitives > Sphere），如图5-21所示。

（2）改变选项设置，然后按Create 按钮来创建基本几何体。

3.设置基本几何体的半径

Radius（半径）项的参数值设置了基本几何体的半径。有此选项的多边形几何体包括球、圆柱体、圆锥和面包圈。操作者也可以在创建几何体后，在通道盒或属性编辑器视窗中编辑此项的数值，如图5-22所示。

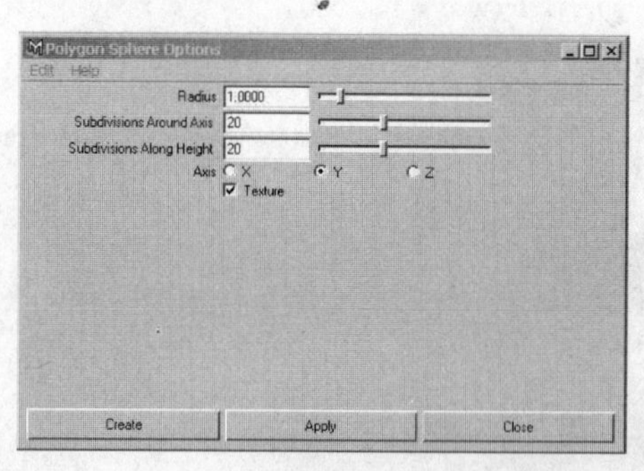

图5-21 球体的创建面板

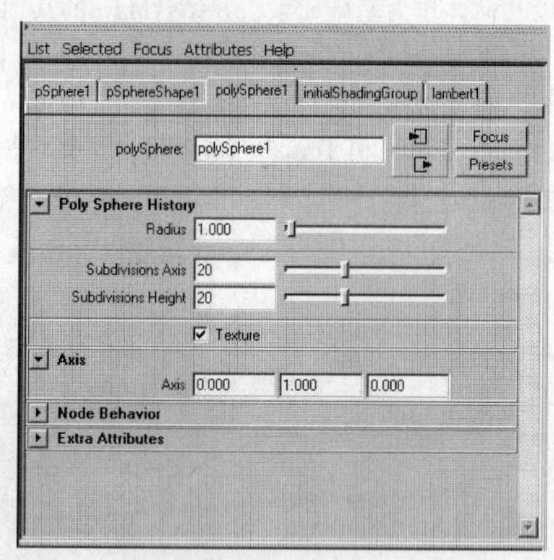

图5-22 在属性面板中也可以设置参数

下面实例显示了使用默认半径参数值1 和设置的半径参数值2 时几何体的变化，如图5-23所示。

4.为多边形面包圈设置Section Radius

Section Radius 项设置了多边形面包圈的截面半径。改变此项的参数值可以增加或减少截面的半径。

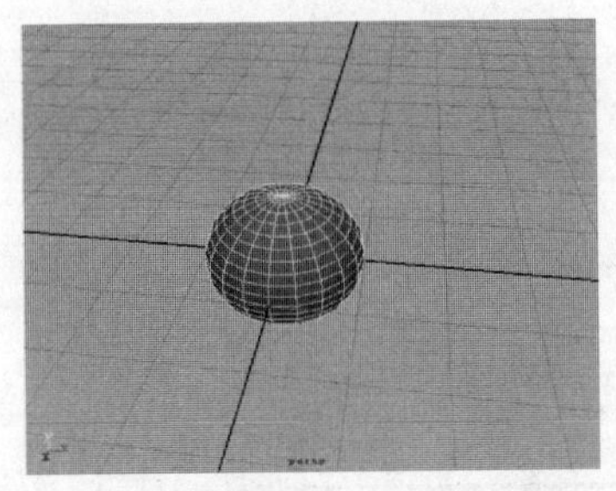

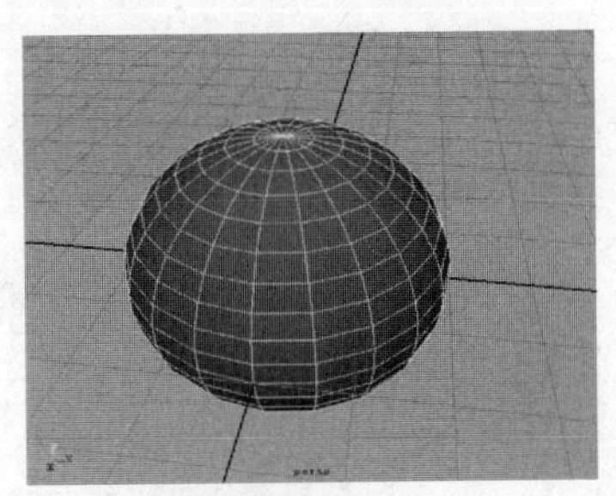

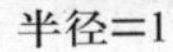

半径=1　　半径=2

图5-23　半径设置不同的球体

5. 设置基本几何体的细分

操作者在这些项中输入数值，则Maya 会通过添加和去除面来改变几何体。

对于没有Cap（盖）的基本几何体，只能在X和Y方向进行细分。这些基本几何体包括Sphere（球）、Plane（平面）和 Torus（面包圈）。

对于带有Cap（盖）的基本几何体，可以在X、Y 和Z 方向进行细分。这包括Cones（圆锥）、Cube（立方体）和Cylinders（圆柱体）。

使用Subdivision around Axis （即Subdivisions Axis）选项。对于Sphere（球）、Cylinder（圆柱体）、Cone（圆锥体）和 Toruse（面包圈），该项可定义围绕轴的细分的数量，这个轴由Axis选项所定义。此选项在通道盒和属性编辑器视窗中称为Subdivisions Axis 选项。

增加或减少此项的参数值可以围绕定义轴增加或减少面，如图5-24所示。

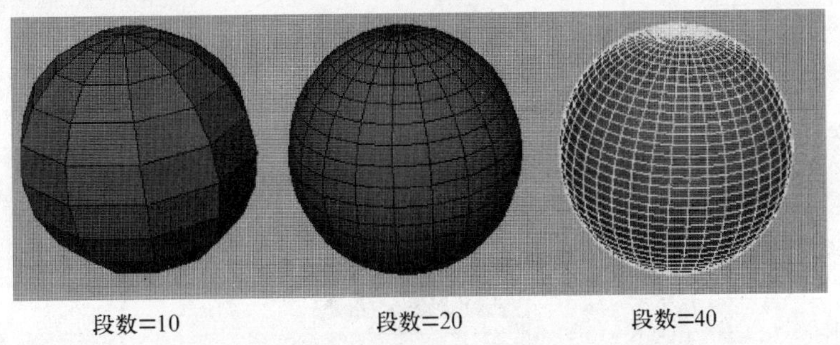

段数=10　　段数=20　　段数=40

图5-24　不同的细节设置

6. 准备为基本几何体实施纹理贴图

默认情况下，几何体上分配的UV 参数值是为了实施纹理贴图的。如果操作者不打算在一个多边形几何体上实施纹理贴图，那么可以关闭Texture 选项。默认情况下，此项是打开的，如图5-25所示。

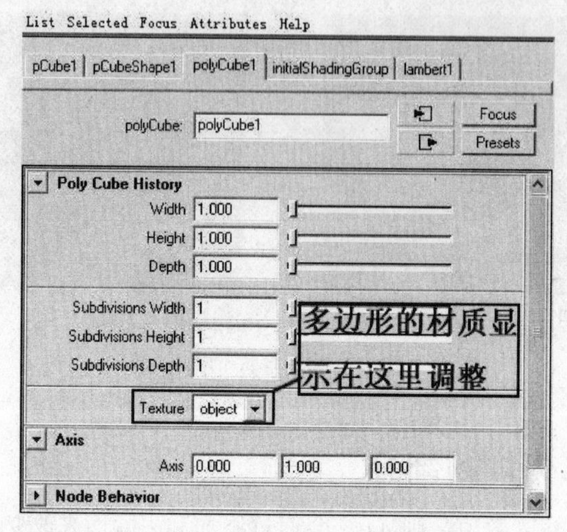

图5-25　多边形的材质显示设置

7. 关于UVs的注意事项

一个多边形物体存在有UVs 是非常重要的，否则操作者不能在建模视图中看到纹理贴图。如果操作者在创建几何体时，不小心关闭Texture 选项或设置为None，那么会发生这种情况。

我们在创建多边形的立方体和圆柱体时，在创建菜单中的选项视窗中，包括一个纹理贴图弹出菜单，在此菜单中操作者可以设置纹理如何覆盖几何体。此弹出菜单在属性编辑器视窗中也是可应用的，如图5-26所示。

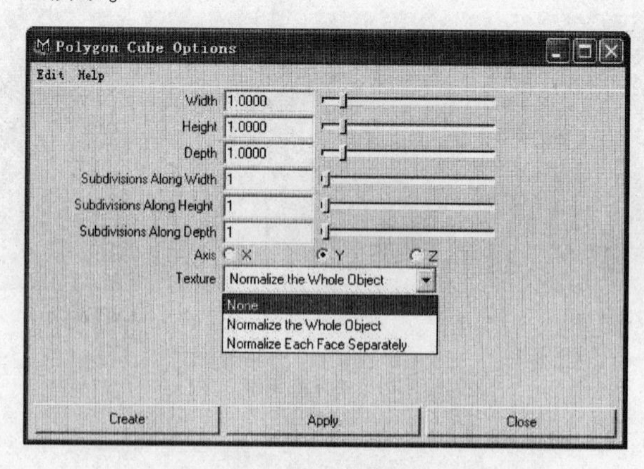

图5-26　多边形创建面板的材质栏

None：对于多边形球、圆锥或面包圈来说选择此项就相当于关闭了纹理贴图。

Normalize the Whole Object：此项是默认设置，选择此项后，纹理将贴图到几何体上的每个面上并均化它，这样纹理将覆盖整个物体。

Normalize Each Face Separately：如果选择此项时，Maya 可在每个面上单独实施纹理。

5.4 Polygons菜单栏的命令介绍

在讲解了前面的那么多知识之后，我们要开始对多边形建模的命令进行比较详细的讲解，通过掌握这些命令，我们能够比较准确地表达出我们所想要的效果。所以本节的主要内容就集中在对多边形建模工具的介绍上。

5.4.1 使用Create Polygon Tool工具

使用Create Polygon Tool 可以创建具有一个面的多边形，可以创建带有洞的多边形，并且还可以通过重新定位点来定义多边形的形状。使用Create Polygon Tool（创建多边形工具）因为这是一个工具，如果我们知道如何设置选项，那么应该在创建多边形之前在工具选项对话框中设置选项；如果忘记或不知道，那么在创建完毕后，可以在属性编辑器或通道盒中编辑多边形。

1. 创建一个多边形

(1) 选择Polygons > Create Polygon Tool 命令。

(2) 在视图中，单击鼠标左键放置在第一个点或顶点，如图5-27所示。

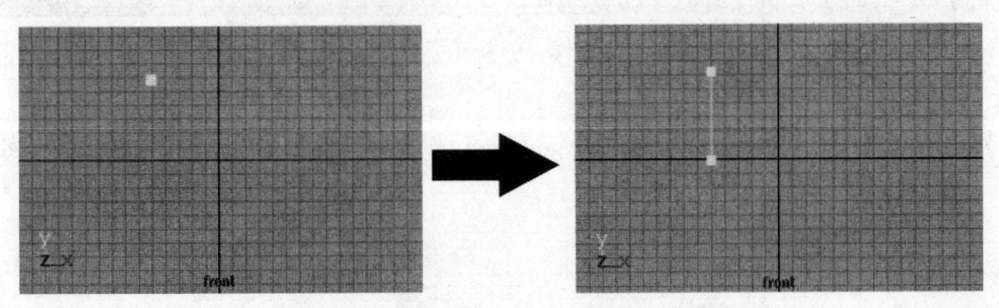

图5-27　在前视图中开始放置初始的点

(3) 单击创建下一个顶点，Maya 将在第一个点和最后一个点之间创建边。

(4) 闭合多边形，放置另一个顶点，那么虚线会连接第三个顶点。

(5) 如果要结束多边形的创建，按回车键确认，如图5-28所示。

(6) 如果不想结束多边形的创建，继续放置顶点，可以创建其他的形状。

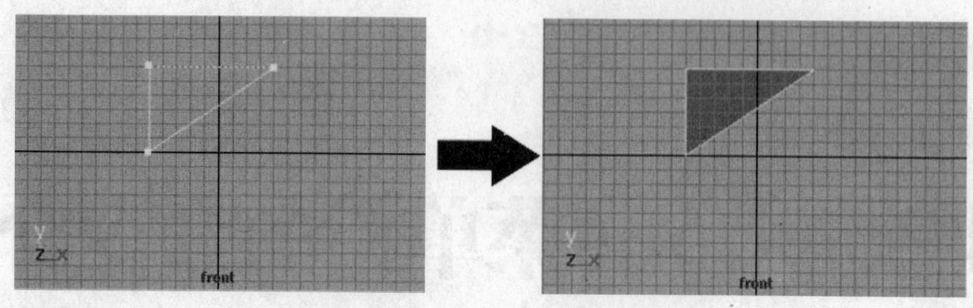

图5-28　在前视图中开始放置初始的点

注意：

如果我们需要立即创建其他的多边形，按Y 键并继续放置点即可。

2.重新定位一个点

（1）如果要重新定位放置的最后一个点，按键盘上的Insert 键，那么一个移动操纵器会显示出来，如图5-29所示。

（2）单击拖动来移动点。如果我们开启了吸附模式，可以使用鼠标中键以一定的增量来重新定位点。

（3）如果完成调节并退出编辑模式，再次按Insert 键，如图5-30所示。

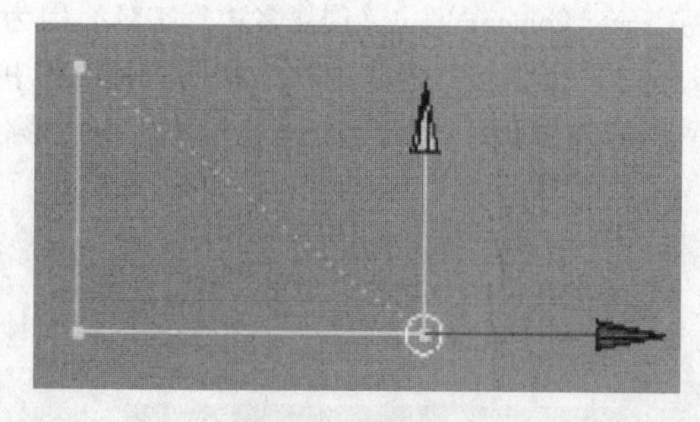

图5-29　重新定位

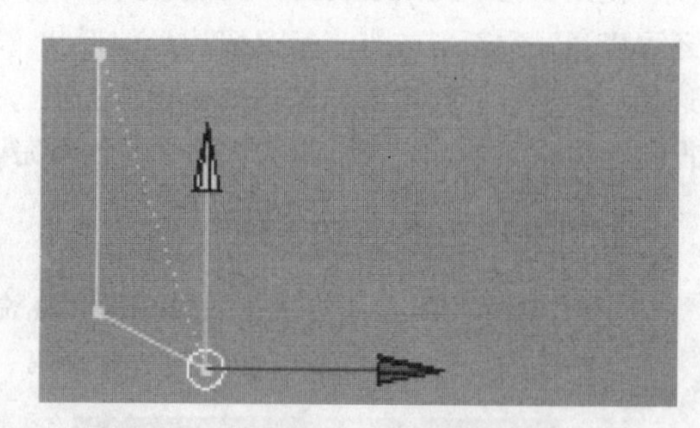

图5-30　完成调整

我们也可以选择Polygons > Create Polygon Tool 来显示工具设置视窗并调整参数，如图5-31所示。

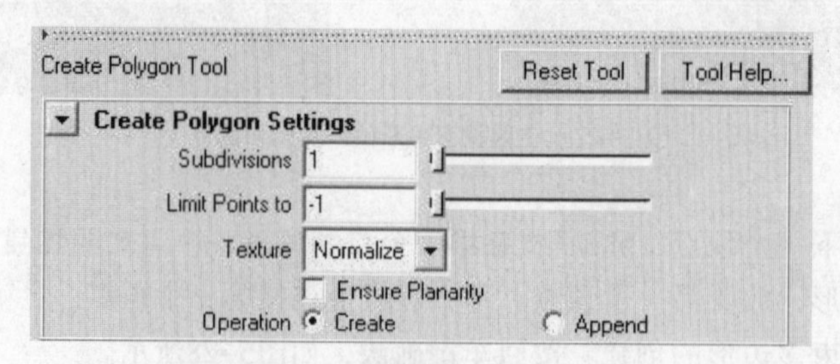

图5-31　创建多边形的工具视窗

5.4.2 使用Append to Polygon工具

如果在制作前知道需要设置的选项，那么应该在扩展多边形之前设置选项，也可以在扩展的多边形后，在属性编辑器视窗中或通道盒中编辑扩展的结果。但是这也是一个非常有用的工具，在游戏制作之中我们经常会用到它。

1. 为多边形添加一个面

（1）选择要添加面的多边形。

（2）选择Polygons > Append to Polygon Tool 命令，多边形的边界边呈高亮状并变粗，如图5-32所示。

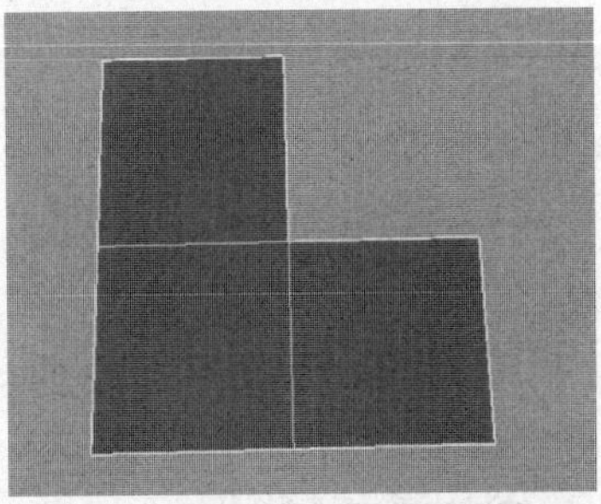

技巧：

为了显示多边形的边界边，打开多边形物体的属性编辑器，单击箭头打开Mesh Component Display 部分，选择Display Borders 项。如果需要，可以增加边界边的宽度。

（3）单击并放置一个点来选择扩展开始的边界边。我们选择的边将是新面的第一个边。几个箭头将指示边的方向。

图5-32 在Append to Polygon Tool命令下，多边形边界变粗

（4）在空间中单击添加一个点。一个新的点显示出来，并且一条线把它与选择边的最后一个点连接起来，继续单击添加点。在放置点的时候，一个虚线会显示出来。

当新的面完成或按回车键时，虚线会变为实线。现在，当我们选择面时，会看到新创建的表面被连接到原来的物体上，如图5-33所示。

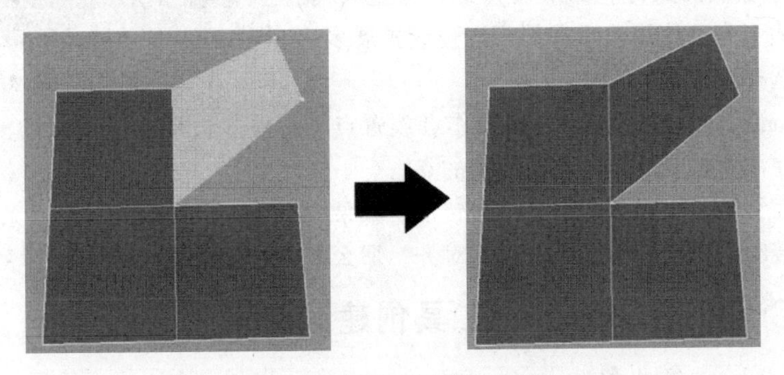

图5-33 在多边形上增加一个面

如果我们出现误操作，可以按Backspace 键来取消操作，然后改变选择边或放置点的顺序。

技巧：

当我们使用Create Polygon 工具创建多边形时，为重新定位放置的最后一个点，按Insert键，然后使用移动操纵器来移动它。如果要退出Insert 模式，再次按Insert 键。

2. 设置Append to Polygon Tool选项

单击Polygons > Append to Polygon Tool后面的选项盒，打开工具设置视窗，如图5-34所示。

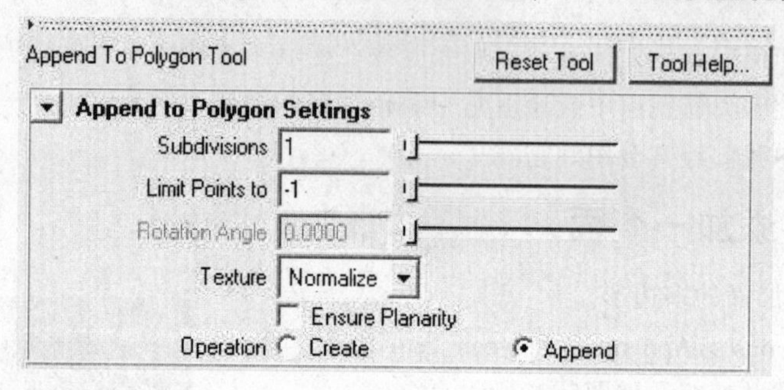

图5-34 Append to Polygon Tool工具设置面板

技巧：

我们可以在创建多边形之前来设置这些选项，也可以在创建过程中改变这些选项。

Subdivision（细分）：使用滑块或输入参数值可以改变扩展边的细分数目，在默认状况下参数值是1。额外顶点沿着边界被放置以便创建细分面。

下面例子中扩展多边形的细分设置是4，如图5-35所示。

图5-35 细分级别不同新增加的面上点也不同

Limit Points To（限制点的数目）：这项的参数值决定了新多边形中顶点的数目。如果设置为4或更多，我们就可创建多边形带。使用该项我们可以连续扩展多边形而不用重新选择该工具。

Rotation Angle（旋转的角度）：当操作者放置点来扩展多边形时，此项的滑块变为有效，使用滑块可以在结束扩展操作之前旋转新的点。

新创建的面将沿我们选择的第一条边转动。如果所有的边都可以放置在一条铰链上，那么面将绕参考线转动。如果我们选择的边不对齐，那么面不能绕此参考线转动。

3. 使用Create 和Append 工具创建洞

使用Create Polygon Tool 和Append to Polygon tool 都可以创建多边形中的洞。下面介绍如何在多边形的创建过程中创建洞。

（1）按需要放置第一个点、第二个点、第三个点和第四个点。

（2）不要按回车键。

（3）按Ctrl 键，并在面的内部放置点来创建洞，连续放置点来定义洞的形状。

（4）当放置了足够数目的点后，按Enter 键来结束创建过程，如图5-36所示。

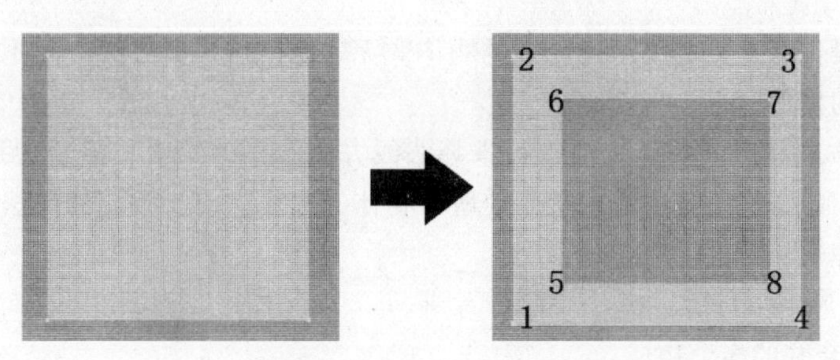

图5-36　创建多边形内部的洞

技巧：

当在Preferences 视窗中的Selection Settings 栏中，把选项设置为Whole Face 时，我们就会觉得很容易就能选择带有洞的面。若把面选项设置为Center，那么洞就会居于面的中心部位，也许不会轻易地看到中心点及进行选择。

5.4.3 合并多边形物体

在游戏制作中我们经常会发现很多物体是左右对称的，在制作简单的物体时，比如说一个方盒子或者一把简单的道具的时候，我们可以直接制作。但是当对象物体比较复杂的时候每一个细节都做出来明显是浪费时间，如图5-37所示。

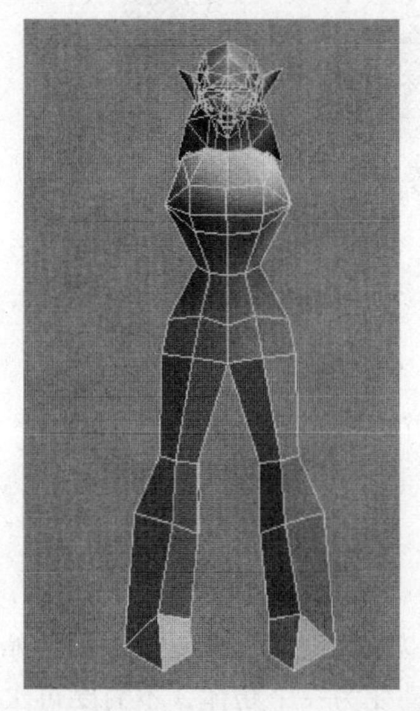

图5-37　相对比较复杂的模型

所以对于这种左右对称的物体一般情况下我们都是制作一半，然后复制另一半。这样当完成了两个一半的模型的时候，就需要将之合并起来。在Maya中我们使用Polygons > Combine 命令可以把几个选择的物体合并为一个单独的物体。

当使用合并操作时，要避免创建无效的物体。无效的物体是指法线方向不一致的物体。在我们制作游戏中的模型时也是如此。

在合并法线方向相反的物体之前，可选择法线方向不正确的面，然后使用Edit Polygons > Normals > Reverse 命令来反转法线，从而使所有物体的法线方向一致。如果法线方向不同，那么在实施映射纹理时，就会出现错误。

合并多边形：

（1）框选要合并的多个物体。

（2）选择Polygons > Combine 命令。所有选择的多边形变为一个新的多边形物体。当操作者单击其中的一半时，整个物体会被选中，但是原始多边形仍然是在它们的原始坐标，如图5-38所示。

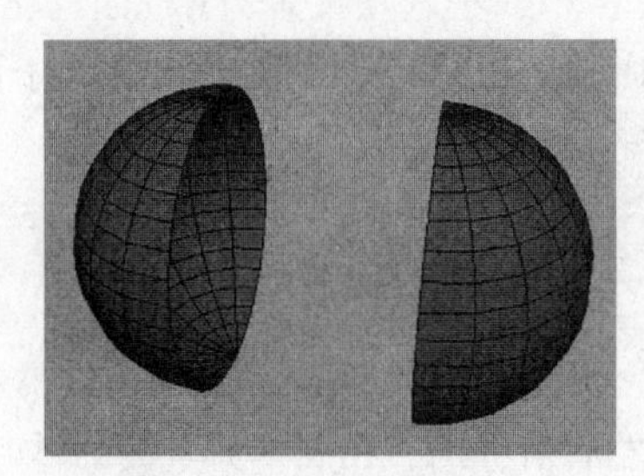

(a)多边形物体

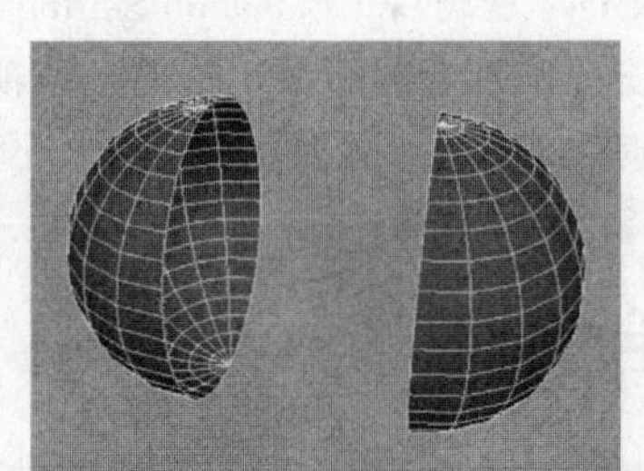

(b)当操作者单击其中的一半时，整个物体会被选中

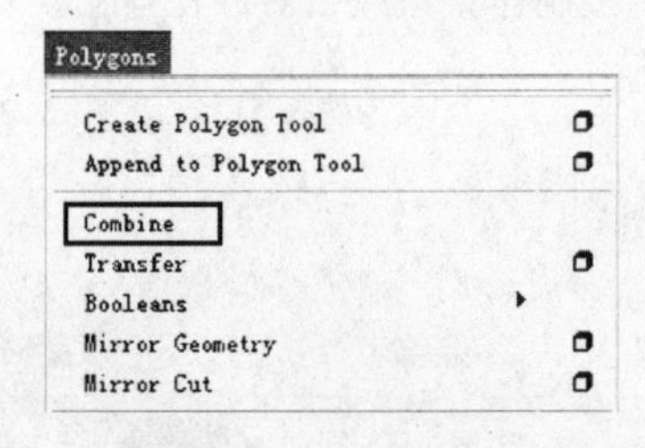

(c)选择Polygons>Combine命令

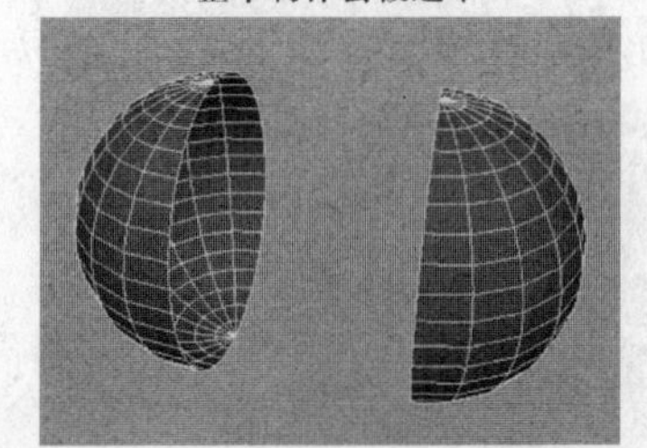

(d)原始多边形仍然是他们的原始坐标

图5-38 多边形物体合并

操作者可以在Hypergraph 视窗或 Outliner 物体中校验合并操作。

5.4.4 镜像多边形几何体

游戏制作中我们经常会运用到镜像这个命令，镜像可以帮我们快捷地复制出和原始物体完全一样的新物体。而且原始物体和新镜像出来的物体会自动变为一个物体，不需要再次合并。

镜像几何体：

（1）首先在视图中选择需要镜像的几何体。

（2）选择Polygons > Mirror Geometry 命令旁的小方块，弹出镜像设置菜单，如图5-39所示。

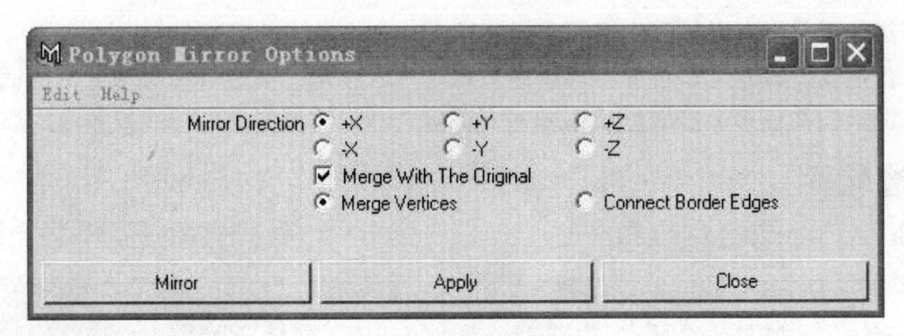

图5-39　镜像设置菜单

在默认状况下，在Maya中镜像是沿X 轴复制并反转几何体，如图5-40所示。

Mirror Direction：设置在哪个方向上对选择的多边形物体进行镜像，因为我们在游戏制作中需要镜像的方向不是一定的，所以我们可以根据所需要的轴向进行设置。改变选项后并单击Mirror即可在视窗中看到镜像后的结果 。

Merge With The Original：打开该项时（这是默认设置），系统将会复制并反转原始多边形，并与原始多边形物体合并，这样可生成一个新多边形物体外壳，默认是打开的。如果关闭该项，系统会复制并反转原始多边形，但是不进行合并。

Merge Vertices：选择该项，则镜像以点的方式进行合并，该选项是默认选项。

Connect Border Edges：选择该选项则镜像出来的物体和原始物体之间的外接口的边会自动合并，如图5-41所示。

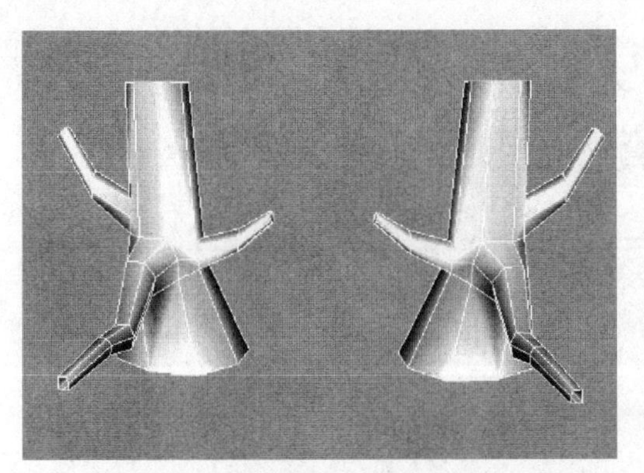

图5-40　镜像复制自动成为一个整体

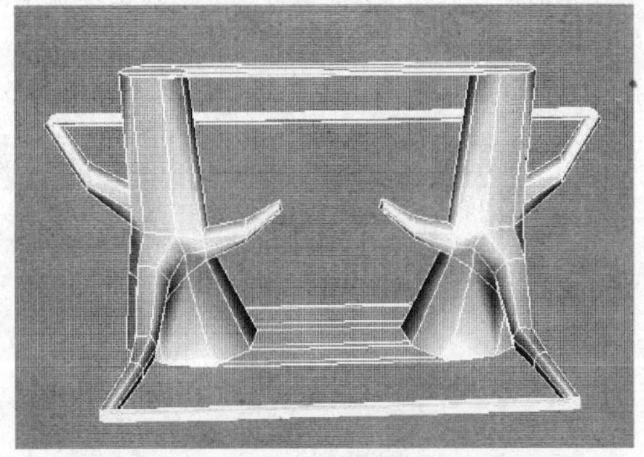

图5-41　镜像选择不同结果也有所不同

5.4.5 三边化多边形和四边化多边形

使用Triangulate 操作可以把多边形物体细分为三角形，这可确保所有的多边形是平面及没有洞。三边化有助于提高渲染的结果，特别当模型中包含有非平面的面时更是如此。而其在早期的游戏制作中因为游戏引擎的功能有限，所以不太支持多边形的时候，大多数的模型都被要求为三边化。这样很多制作者在做完模型之后，手工分割完模型的面难免有的面会被遗漏掉，

这样使用三边化工具可以确保整个模型都是三角形。

注意：虽然这个命令可以帮助我们快速地将模型三边化，但是系统自动分割的面未必是符合我们制作的面，在很多关键部位制作者还应该以手动加线为主。

1. 三边化面

(1) 选择要三边化的面或者物体。

(2) 选择Polygons > Triangulate 命令，那么选择的面或者物体即被三边化，如图5-42所示。

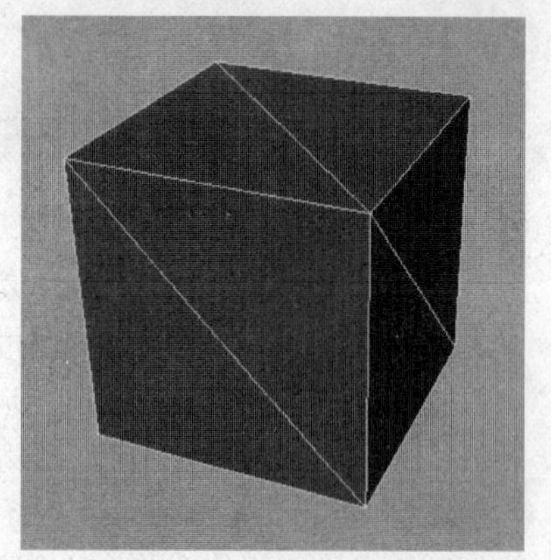

图5-42 三边化后的立方体

2. 四边化多边形

使用四边化操作可以把多边形物体中的三边的面合并为四边的面。

默认情况下，四边化是一种清除多边形或者减少多边形面数量的好方法。

(1) 圈选要四边化的面或者物体。

(2) 选择Polygons > Quadrangulate 命令，就可以将所选择的面或者物体转化为四边形。

技巧：

四边化操作并不像三边化操作那么简便，因为它是一个减面的操作，很多时候系统自动计算出来的优化方案未必是最好的，所以很多制作者还是喜欢手动进行删减。

设置四边化操作的选项：

选择Polygons > Quadrangulate 打开选项设置视窗，如图5-43所示。

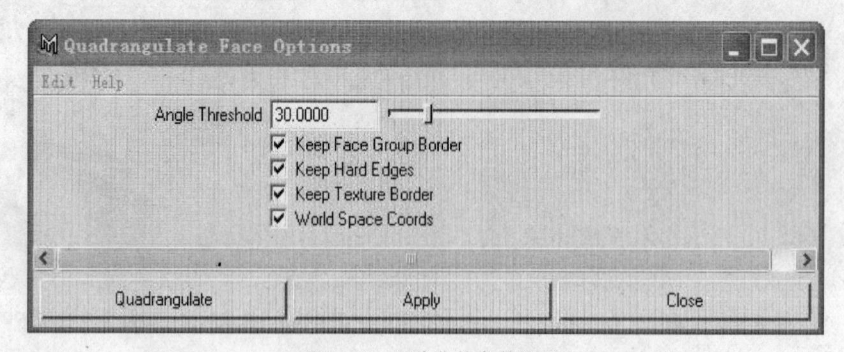

图5-43 四边化的参数设置

通过输入数值或者拖动滑块可设置两个合并三角形的极限参数（其中此处的极限参数是两个邻接三角形的面法线之间的角度），当Angle Threshold 的参数值是0 时，只有共面的三角形被合并；当此项的参数值是180°，它表示所有相邻三角形都可能被四边化。

Keep Face Group Border：打开此项可保持面组的边界。当关闭此项时，面组的边界可能被修改。此选项默认是打开的。

Keep Hard Edges：默认此项是打开的，此时将保留多边形物体中的硬边。当关闭此项时，在两个三角形面之间的硬边可能被删除。

Keep Texture Border：当打开此项时，Maya将保持纹理贴图的边界。当关闭此项时，那么Maya纹理贴图的边界可能被修改。默认情况下，此项是打开的。

World Space Coords：默认情况下，此项是打开的。当打开此项时，设置的Angle Threshold项的参数是边在世界坐标系中的两个相邻三角形面法线之间的角度。当关闭此项时，Angle Threshold项的参数值是边在局部空间中的两个相邻三角形面法线之间的角度。

5.4.6 清除多边形几何体

使用清除功能操作者可以去除不需要的几何元素，例如零面积的面或零长度的边。操作者还可以镶嵌一些面，这些面在Maya中是有效的，而在操作者的游戏引擎中却是无效的，例如凹面或带洞的面。

（1）选择需要清除的几何体。

（2）选择Polygons > Cleanup 命令。则我们所选择物体上的多余的面或者线段会被清除掉。

Cleanup Polygon 选项设置：

在打开的选项视窗中，单击Cleanup 菜单选项旁边的小方框，然后按需要进行设置选项，再单击Cleanup 进行操作，如图5-44所示。

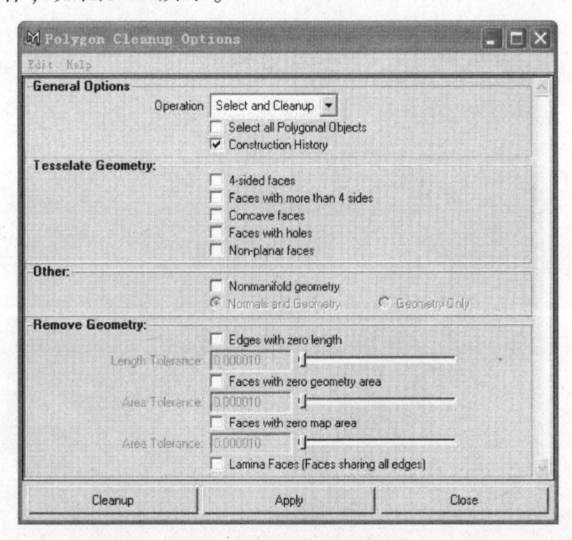

图5-44 清除面的设置

（1）General Options 选项设置。

使用这些选项可以设置那些多边形几何体的组成部分要被清除。

Operation 选择下列选项之一。

Select and Cleanup：使用该项可以在相同的选项设置中重复地清除被选择的多边形几何体，这是默认设置。

Select Geometry：使用该项可以选择满足设置标准的几何体，但是不能清除它们。

Select all Polygonal Objects：打开该项可以清除场景中的所有多边形物体。默认设置是关闭。

Construction History：打开该项可以保持相关选择几何体的构造历史。

（2）Tessellate Geometry 选项设置。

使用这些选项可以指定通过镶嵌（三角形）将要清除的面的类型。

在创建多边形几何体以及进行编辑时，Maya 会创建一些具有不需要的属性的面。

（3）Other选项设置。

Nonmanifold geometry：使用该项可以清除无效（nonmanifold ）几何体，选择下列选项对产生的法线进行控制。

Normals and Geometry：使用该项可以在清除无效顶点或者边时确定法线方向。

Geometry Only：清除无效几何体，而不改变法线结果。

（4）Remove Geometry选项设置。

选择在清除时，哪些几何体被去除以及使用的公差，凡是满足此公差的几何体都被清除。

操作者可以去除在一定长度公差内的边，在一定几何体面积公差内的面，或在一定贴图面积内的面。

5.5 编辑多边形

在游戏制作中我们创建了基本几何体之后需要对其进行变形和切割操作，所以很多时候我们需要有更有力的辅助工具对多边形物体进行编辑和修改。下面我们就来看看Maya多边形编辑中的一些常用命令。

5.5.1 Split Polygon

Edit Polygons> Split Polygon 。使用Split Polygon 工具可以创建新的面、顶点和边。这可以把现有的面分割为多个面。

分割多边形来创建新的面和顶点：

操作者必须在至少两个边上放置顶点才能结束操作。

（1）选择Edit Polygons > Split Polygon Tool 命令。

（2）单击要分割的第一个边，如图5-45所示。

Edit Polygons
Texture
Subdivide
Split Polygon Tool
Extrude Face
Extrude Edge
Extrude Vertex

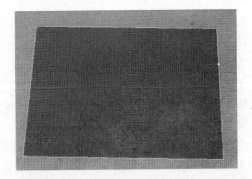

图5-45　分割命令

如果操作者想要在释放鼠标之前来移动第一个分割的点，则沿边拖动鼠标。

（3）单击其他的边来放置第二个顶点，然后按Enter键来结束操作；或者在面内单击放置一个点，然后在其他边上放置一个点，按Enter 键结束操作，如图5-46所示。

（4）操作者可以对新的面进行操作。

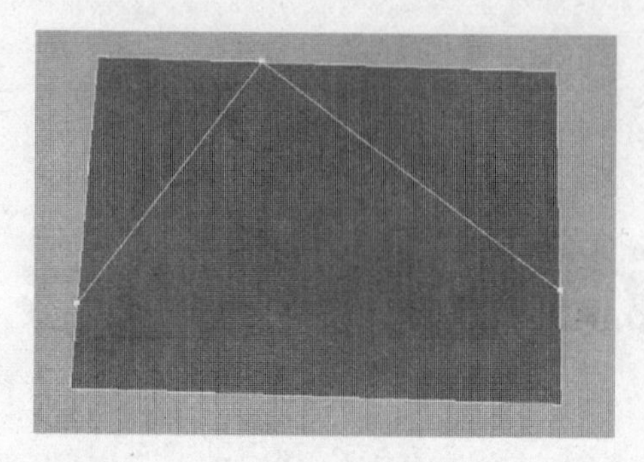

图5-46　放置后续的点

如果要重新定位最后创建的点，按下鼠标中键即会在点周围显示一个小盒，拖动即可重新放置它，如图5-47所示。

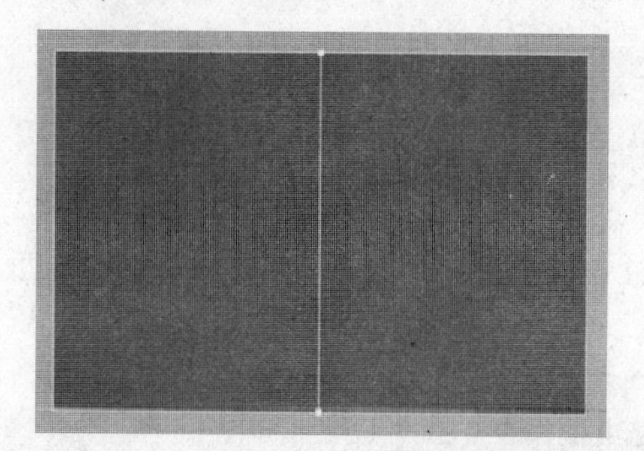

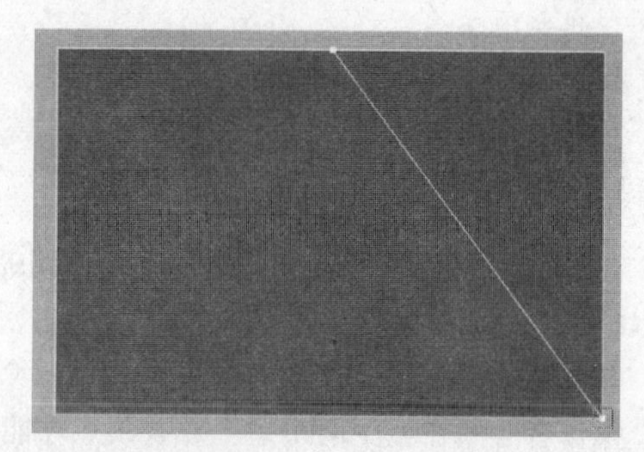

图5-47　鼠标中键可以移动当前的点

按Insert 键可以重新定位上一次创建的点。拖动点可以重新定位它们，然后按Insert 键来恢复到Split Polygon 工具。

技巧：

为了更为精确地定位点，操作者可以使用工具选项视窗中的Edge Snapping 项，如果网格被显示，则可以使用网格吸附来精确地定位点。在放置点之前，可单击Snap to Grids 图标以打开网格吸附。

设置Split Tool 选项：

因为面的分割是基于选项视窗中的当前设置，操作者需要在执行操作之前来改变工具选项。选择Edit Polygons > Split Polygon Tool 旁边的小方块可以打开工具选项设置视窗，如图5-48所示。

Subdivisions：通过拖动滑块可设置新创建面的每一条边的细分数目，沿着边放置的顶点可以创建细分。

技巧：

在分割多边形时，当把第二个点放置在原始面的内部时，Maya不会创建细分。操作者必须把它放置在另外的边上才能创建细分。

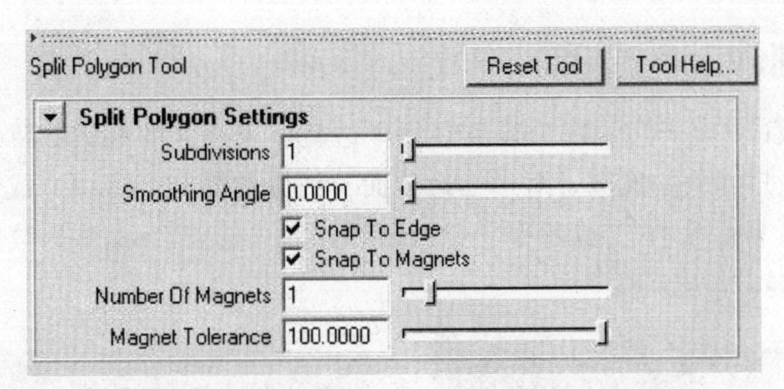

图5-48 Split Polygon Tool的参数设置面板

Number Of Magnets：该选项主要控制切割点在对象边上的分割，也就是将对象边分割成数段进行吸附。默认值是1，最高为10。

Magnet Tolerance：该选项可以控制切割点的吸附级别，值越高吸附得越准确。

技巧：

如果想在特定位置分割边，操作者可以关闭Edge snapping项，选择是非常有用的。

当操作者分割边的位置是在一对端点处的中点时，可把吸附公差值设置为100，并把第一个点放置在边的中点附近，这样可以精确地在两个端点之间的中点来分割边。

5.5.2 细分多边形

使用Subdivide工具可以把一个边细分为一个或多个子边，也可以把一个面细分为一个或多个面，以创建新面。若要把凹面细分出凸出部分，可使用Edit Polygons > Split Polygon Tool 或者Polygons >Triangulate 。操作者也可以使用Triangualate 项删除洞。

细分面或者边：

1. 选择要细分边或面的物体

选择Edit Polygons > Subdivide 命令旁的小方块，弹出多边形细分菜单，如图5-49所示。

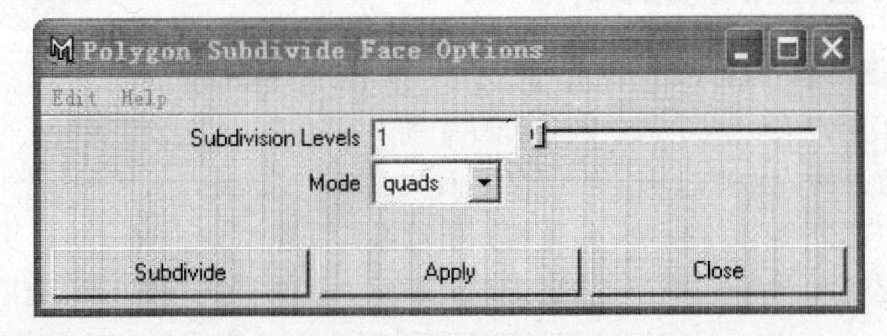

图5-49 多边形细分菜单

选项视窗中的当前设置决定了边或面如何细分。操作者可以在操作细分后使用通道盒或属性编辑器来改变细分的参数值和模式。

2.设置Subdivision选项

Subdivisions Levels：对于边，此项设置在每个边上插入顶点的最大数目；对于面，此项的参数值设置每个面递归细分的次数。对于三边的面，细分的面与3（x-1）成比例；对于四边的面，细分后面的数量与4（x-1） 成比例，此处x是Subdivisions Levels项的数值。原始面的边数决定这个比例，如图5-50所示。

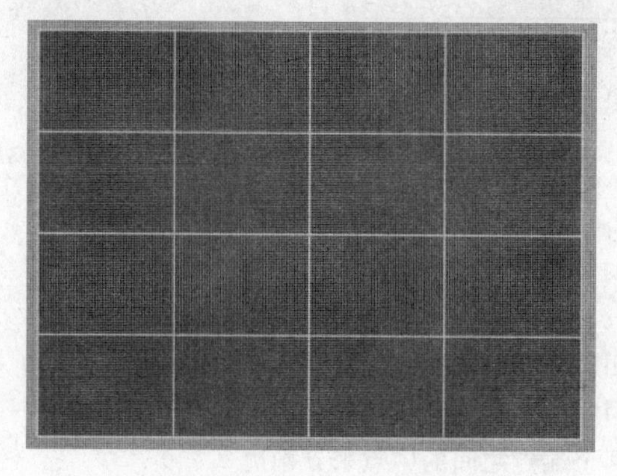

Subdivisions Levels=2

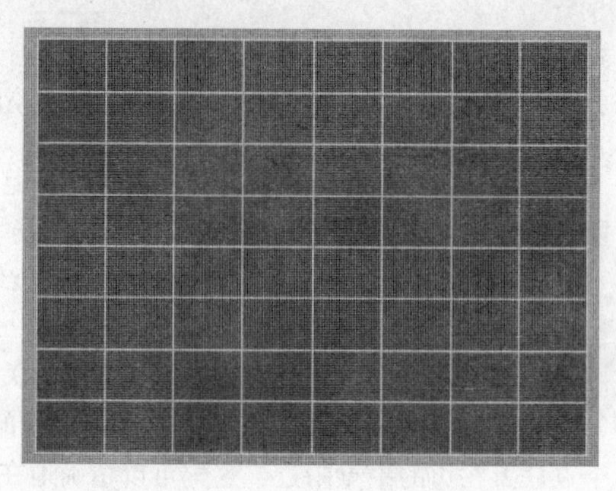

Subdivisions Levels=3

图5-50 不同细分割设置下的多边形面

Mode（对于面）：quads/triangles 当选中quads 项时，会细分出四边形的面。当选中triangles项时会细分出三角形的面。这些选项只应用于面。

技巧：

若要细分为三角形，那么设置在细分面上的顶点法线将会丢失；若要细分为四边形，法线将被保留。

5.5.3 多边形突起面

Edit Polygons >Extrue Face 突起面。

严格意义上在国内关于这个命令的称呼并不统一，有些使用者沿袭Max的称呼方式称之为挤压面，但是作为正规的称呼应该是叫做突起面。

在游戏制作中这个命令的使用非常频繁，所以需要我们对这个命令进行更加细致的了解。

操作者可以交互地或者直接在选项视窗中突起面。如果喜欢首先设置选项然后突起面，那么就选择Edit Polygons > Extrude Face ，并按需要设置选项，然后单击Extrude Face 按钮，如图5-51所示。

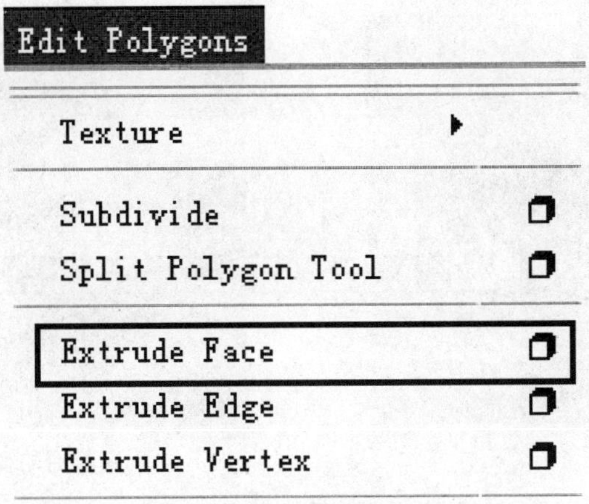

Edit Polygons

Texture ▸

Subdivide ❐

Split Polygon Tool ❐

Extrude Face ❐

Extrude Edge ❐

Extrude Vertex ❐

图5-51 多边形的突起面命令

突起面：

在下面的例子中我们将使用操纵器来交互地突起面。

（1）选择物体上要突起的面，按鼠标右键并从标记菜单中选择Face 项 。

如果要突起物体的所有面，圈选整个物体来高亮所有的面。

如果要突起某些区域中的面，按Shift或者Ctrl键单击选择这些面。

注意：

如果操作者要突起、复制或提取多个面，并使这些面保持连接，可使用Polygons > Tool > Keep Faces Together 命令，执行突起操作后在通道盒中或属性编辑器视窗中改变此选项。

技巧：

操作者可通过在Selection Preferences 视窗（Window>Settings/Preferences>Preferences ，然后单击Selection ）中把Select Faces With设置为Center或者Whole来改变选择面的方式。

（2）选择Edit Polygons > Extrude Face 命令。一个操纵器显示出来。操作者可以使用操纵器来交互地突起面。操纵器的手柄对应X 、Y 和Z 轴方向，也可以使用这个操纵器缩放、移动和旋转物体，还可以改变它的枢轴点，以及在全局模式和局部模式之间进行切换，如图5-52所示。

技巧：

如果操作者不小心取消了操纵器，单击Status Line （状态栏）上Show Manipulator （显示操纵）图标即可再次显示。

在下面的例子中显示了只有一个选择的面在Z 方向中被选择、移动和突起。

如果操作者不满意操作的结果，按z 键或从Edit 菜单中选择Undo命令来取消操作，在通道盒或属性编辑器视窗中改变突起设置，然后按Enter 键确认。

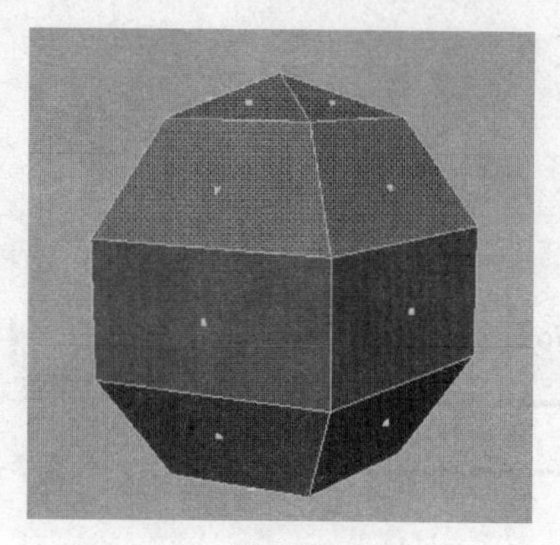

选择面

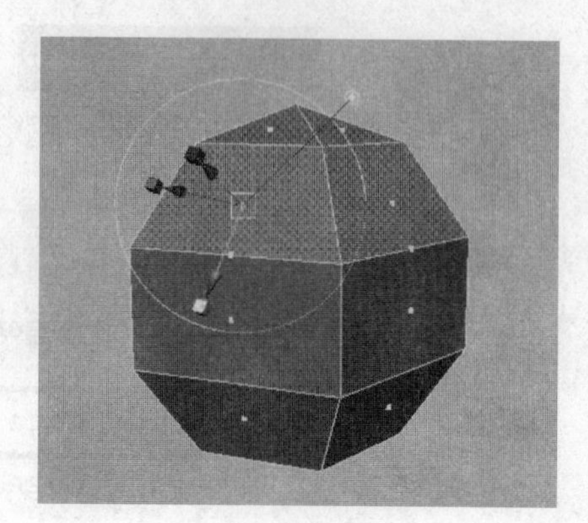

突起面的操纵器

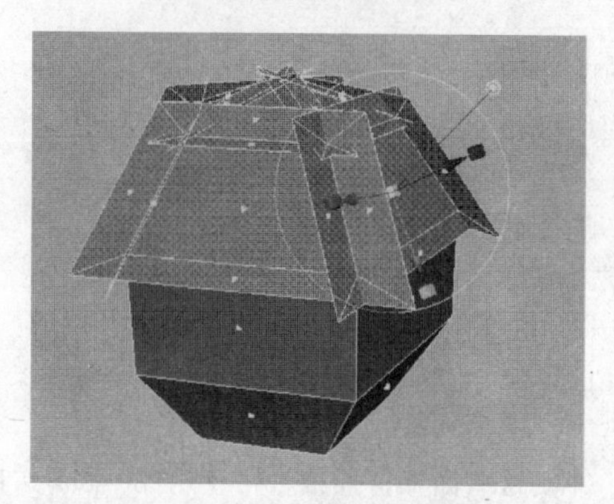

勾选了 Keep Faces Together

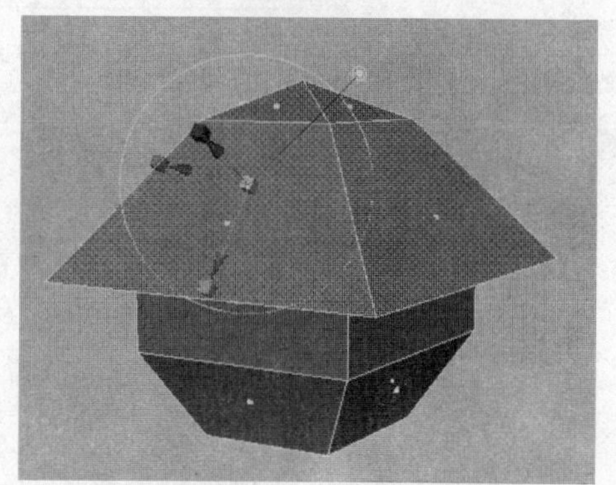

未勾选 Keep Faces Together

图5-52　多边形突起

5.5.4 多边形突起边

Edit Polygons>Extrue Edge 突起边。

操作者可以交互地或直接使用选项视窗来突起边。如果操作者想要先设置选项然后突起边，选择Polygons>Extrude Face设置需要的选项，然后单击Extrude Edge 按钮，如图5-53所示。

在下面的例子中，边被操纵器交互突起。

（1）选择物体上要突起的边。按鼠标右键并从标记菜单中选择Edge 项。

如果要突起物体的所有边，圈选整个物体来高亮所有的边。

注意：

如果操作者要使突起的新面保持连接，可使用Polygons > Tool Options > Keep Faces Together命令，执行突起操作后在通道盒或属性编辑器视窗中改变此选项。

按住Ctrl 键并单击可以往当前选择列中添加边；使用Shift 键并单击在选择和非选择之间进行切换时，不会影响其他物体。

（2）选择Edit Polygons > Extrude Edge命令，一个操纵器显示出来，操作者可以使用操纵器来操纵突起边。操纵器的手柄对应X 、Y 和Z 轴方向，也可以使用这个操纵器缩放、移动和旋转物体，还可以改变它的枢轴点，以及在全局模式和局部模式之间进行切换，如图5-54所示。

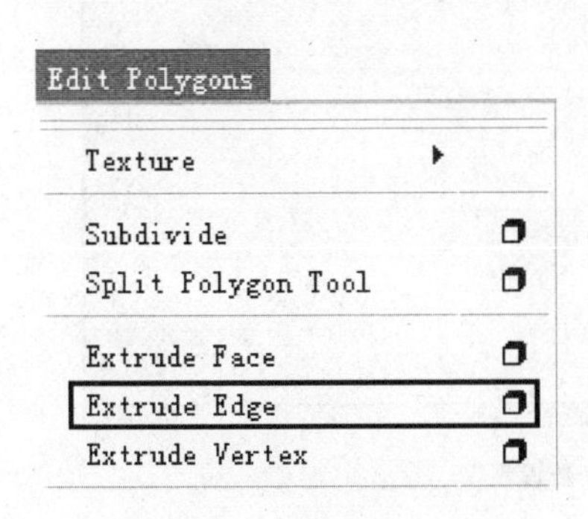

图5-53 多边形突起边命令

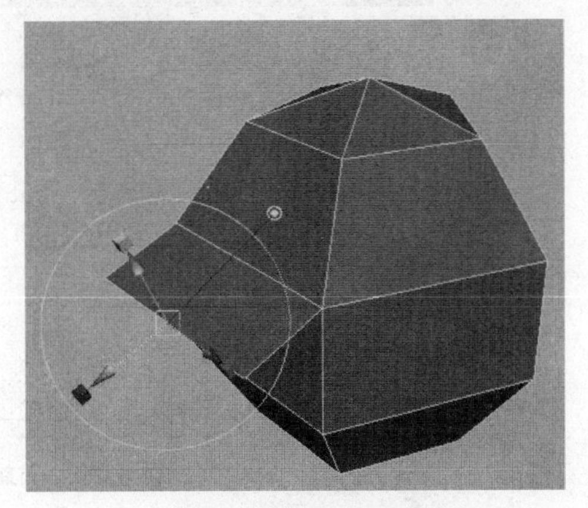

图5-54 突起边的操纵器

(3) 拖动操纵器的一个手柄来变换选择边的突起。这样可以操作当前突起的边进行符合我们期望的操作。如果操作者不满意操作的结果，按z 键或从Edit 菜单中选择Undo 命令来取消操作，在通道盒或属性编辑器视窗中改变突起设置，然后按Enter 键确认。这样我们就完成了对突起边的操作。

5.5.5 剪切表面

Edit Polygons>Cut Face Tool 剪切表面。

Cut Face Tool命令是按照当前视图的轴向对所选择的物体进行整体切割，这种操作既可以在Top、Side、Front视图中操作，也可以在透视图中进行操作，如图5-55所示。

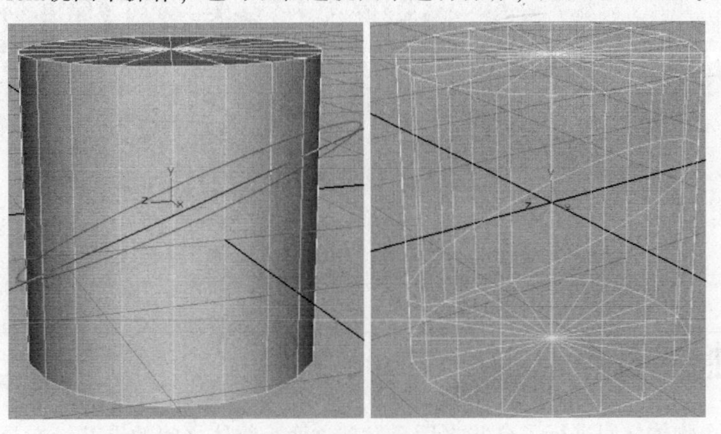

图5-55 在透视图中切割面

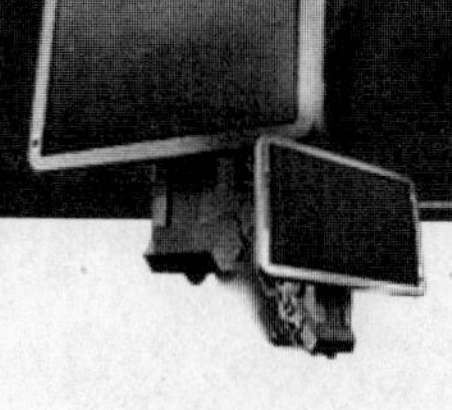

点击Edit Polygons>Cut Face Tool左边的小方块，打开剪切表面工具的参数设置面板。如图5-56所示。

Polygon Cut Face Options

Edit Help

Cut Plane Center	0.0000	0.0000	0.0000
Cut Plane Rotation	0.0000	0.0000	0.0000
Cut Plane Scale	1.0000	1.0000	
Cut Direction	Custom Cut		
Delete	☐ Delete the cut faces		
Extract	☑ Extract the cut faces		
Extract Offset	0.5000	0.5000	0.5000

Cut　Apply　Close

图5-56　剪切表面面板参数设置

当Cut Direction=Custom Cut时Cut Plane Center（Rotation、Scale）时才有效，可以有效地自定义剪切平面。

Cut Along YZ，ZX，XY plane沿着某一个坐标平面进行剪切。

Delete the cut faces：删除剪切的面，如图5-57所示。

Extract the cut faces：炸开剪切面。打开此项时，Extract Offset才有效，定义炸开面的偏移量，如图5-58所示。

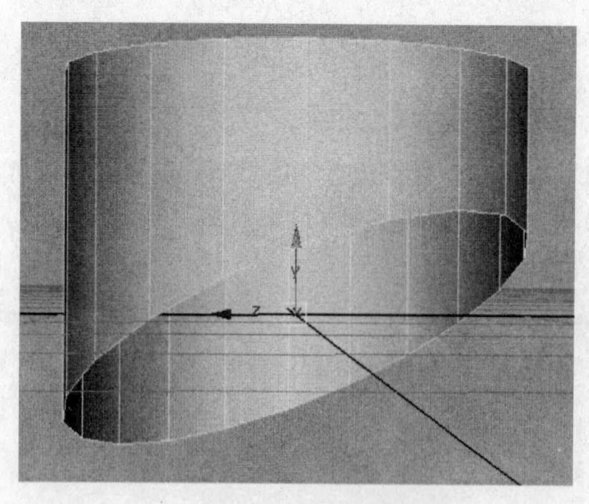

图5-57　删除剪切的面

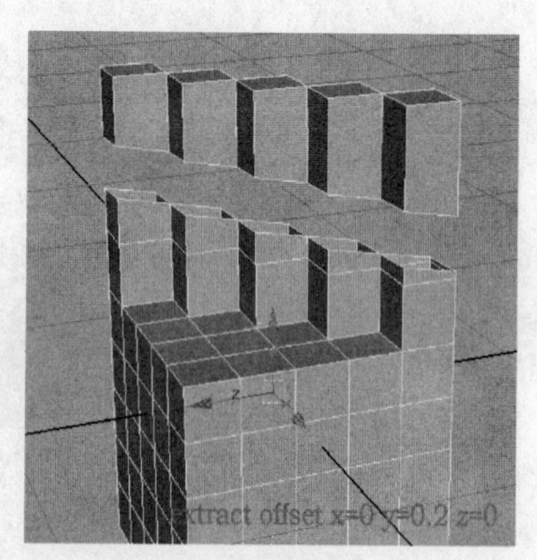

图5-58　炸开剪切的面

5.5.6 融合顶点和边

当我们在两个物体之间进行了合并之后会发现这两个物体之间的点并没有合并，也就是说这两个物体并不是完全地合并为一体了，这样会给我们后面的制作带来麻烦。这样我们就需要将合并的物体之间的点和边融合了，才能使两个物体真正成为一个整体。

1. 多边形融合顶点

Edit Polygons>Merge Vertices 融合顶点。

操作者可以使用Merge Vertices （融合顶点）操作来融合顶点。在融合顶点时，与之相关的边及相关的UVs 也会自动融合（在设置限度范围内）。

在融合顶点之前要注意下面的事项：

①操作者必须在元素选择模式中选择顶点。

②操作者必须在操作之前设置Distance（距离）参数值。

注意：

融合顶点的操作可使几何体变为具有不规则拓扑。所以在执行融合操作时要注意面法线的方向和是否具有一致的边，同样地在清除一个模型，或准备输出时也要考虑此点。

要纠正无效的几何体，可执行清除操作。

融合顶点：

（1）选择Edit Polygons > Merge Vertices 打开Merge Vertices 选项设置视窗，如图5-59所示。

（2）执行融合之前，在选项视窗中根据需要改变Distance 项的参数值，然后单击Merge Vertex 按钮，这样被选中的点只要在融合范围之内就会被自动融合成为一点，如图5-60所示。

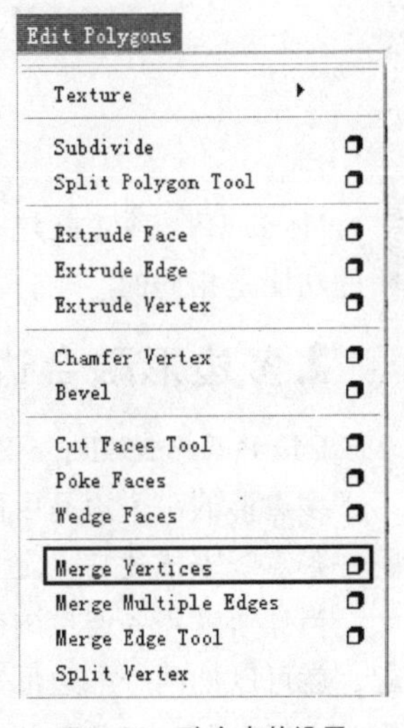

图5-59 融合点的设置

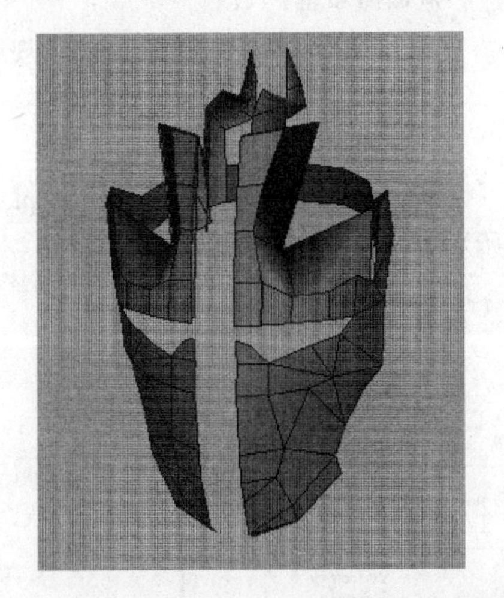

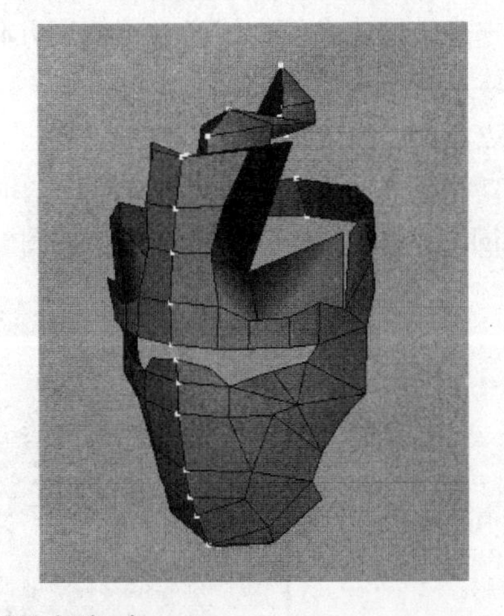

图5-60 物体的点被融合到一起

（3）在实施融合顶点操作后，操作者可以在通道盒或属性编辑器视窗中改变Distance 项的参数值，单击Edit Polygons 菜单中Merge Vertices 旁边的小方框打开选项设置视窗，如图5-61所示。

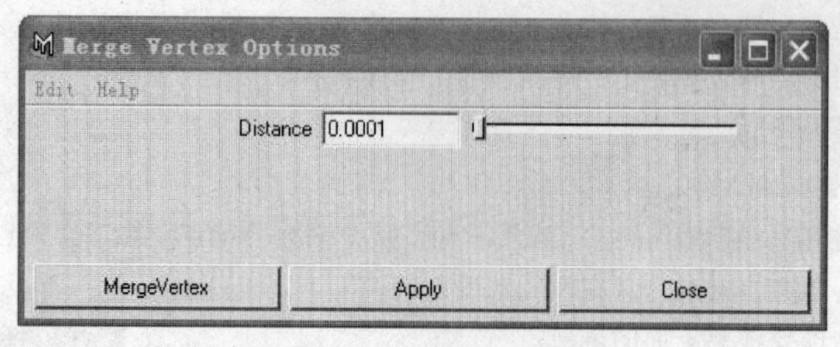

图5-61　融合顶点参数设置面板

注意：

Merge UVs 项功能与在通道盒中的Textrue 项和属性编辑器视窗中的Texture 项的打开与关闭的功能是相同的。

2. 多边形融合边

Edit Polygons>Merge Edge　多边形融合边。

多边形的一个边是由两个有序顶点定义而成的。在多边形模型上，Maya使用两个顶点之间的一条直线来描述它。定义一个面边界的边，称为边界边。

当操作者需要连接两个多边形表面时，边是非常有用的。操作者只要简单地把边合并在一起，就可以把两个多边形表面连接在一起，可以选择模型边界上的边，然后融合（或者缝合它们）它们来创建一条公共边。通过这种方式可以更快捷地对物体的外形进行修改。融合边可以简化模型。在融合边界边后，还可以删除内部的边，从而减少面的数量。

融合顶点，可能会使物体变为不规则几何体。应该执行Cleanup 操作以去除不规则的几何体并使物体具有一致的法线。

融合边之前的准备工作：

为了方便在区分边界上的边和内部的边时，可打开Display > Custom Polygon Display ，然后打开Highlight 旁边的 Border Edges 项，如图5-62所示。

此选项可以将面的边界以粗线方式显示

图5-62　融合边的设置

此时，当选择物体时，边界边将显示为比较粗的线。如果需要，还可以在设置视窗中使用滑块或输入参数值来改变边界边的宽度。

5.5.7 使用Merge Edge Tool工具融合边

在使用Merge Edge工具时，先选择它，然后选择边界边进行融合操作。在使用此工具之前，可以在选项设置视窗中改变融合的模式，也可以在融合操作之后在属性编辑器或者通道盒里改变它们的设置。

Merge Edge工具提供了三种融合模式：First、Middle和Second。Middle是在默认状况下融合模式。这意味着操作者选择进行融合的边被删除，并被跨越此区域的一条边替换，如图5-63所示。

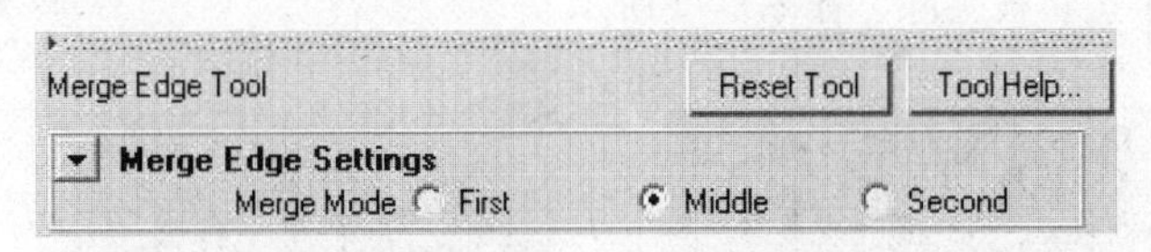

图5-63　Merge Edge Tool面板

在下面的步骤里我们将使用Merge Edge Tool 来融合边。

（1）选择Edit Polygons > Merge Edge Tool 。

（2）根据提示，单击选择要融合的第一个边界边，那么下一个选择的边会变为紫色，如图5-64所示。

（3）根据提示，单击选择要融合的第二个边（紫色边），不要按shift 键单击和拖拽鼠标。

（4）如果操作者的选择是正确的，可以按Enter 键来融合边，或者按Backspace 键选择其他的边，如图5-65所示。

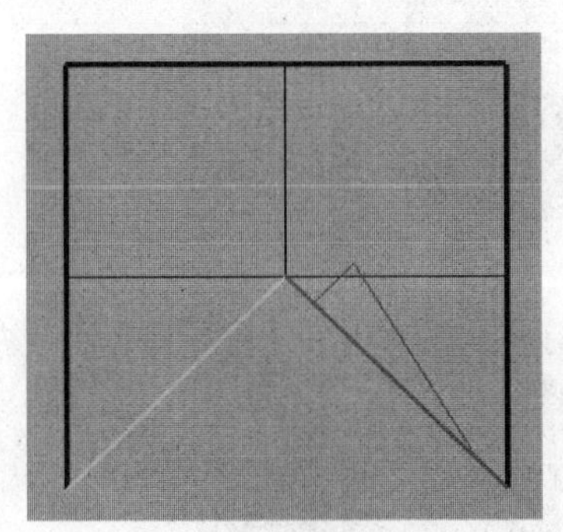

图5-64　选择第一个边

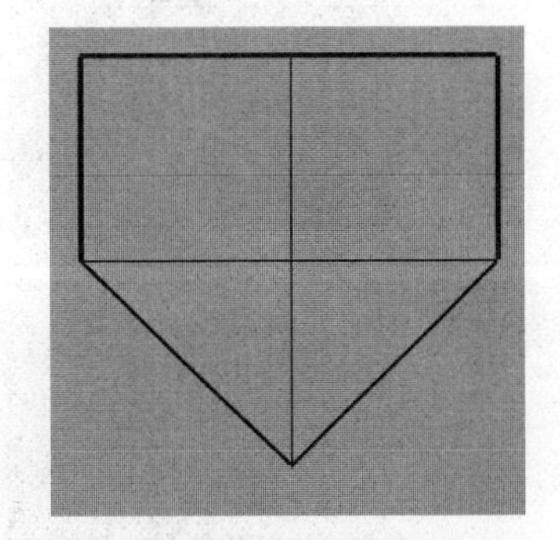

图5-65　合并后的边

设置Merge Edge Tool 的选项：

单击Edit Polygons 菜单中工具Merge Edge Tool 右侧的选项盒来打开选项设置视窗，操作者还可以在实施操作之前，按需要改变选项的设置，也可以使用通道盒或属性编辑器视窗来改变选项设置。

技巧：

操作者可以按Ctrl+A键在通道盒和属性编辑器之间进行切换。

使用Merge Modes （融合模式）

这些模式设置了融合边的结果。如果选择了First 模式，那么融合后产生的边将在第一个选择边的位置上；如果选择了Middle 项，那么融合后的边，将在选择的两个边的中间；如果选择了Second（Last）模式，那么融合后产生的边将在最后选择边的位置上。

First：如果选择First项，单击的第一个边将成为新边，第二个边将被删除。

Middle：如果选择Middle项（此项是默认项），新边将位于两条选择边的中间，并且两条选择边都被删除。

Second：如果选择Second （Last）模式，那么单击的最后一个边（第二个边）将变为新的边，而选择的第一个边将被去除，如图5-66所示。

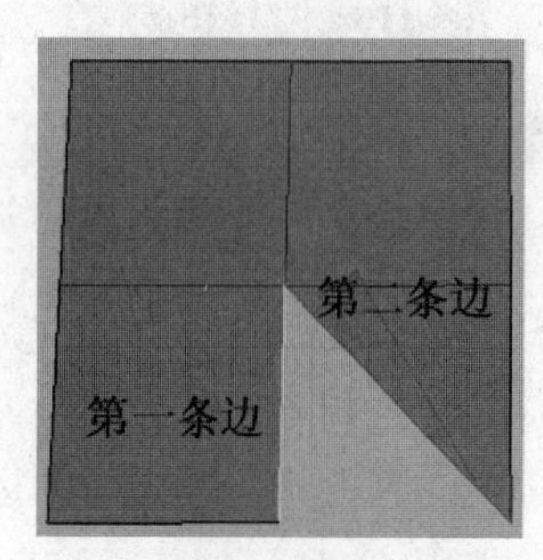

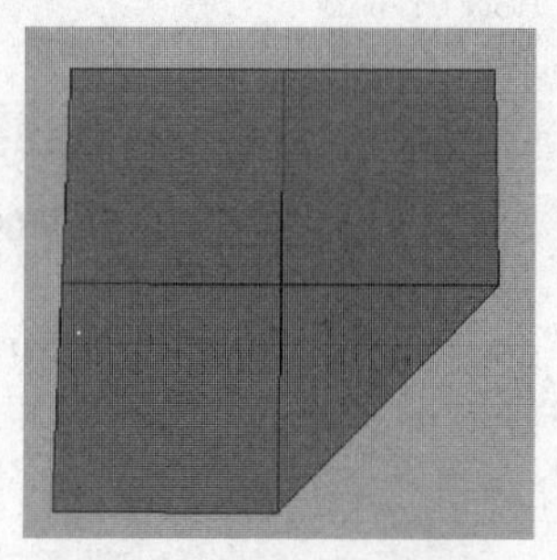

选择 First 选项

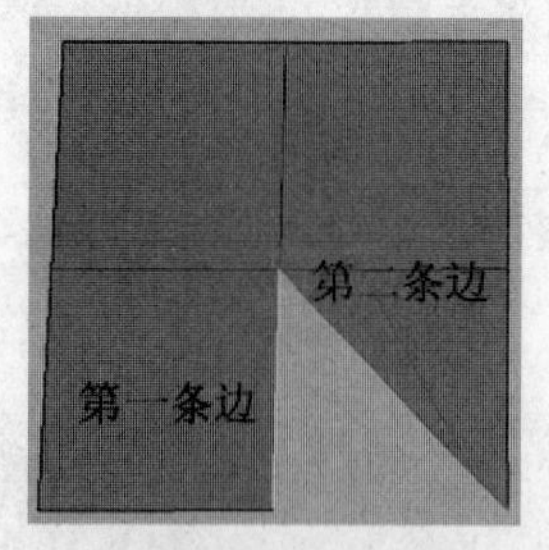

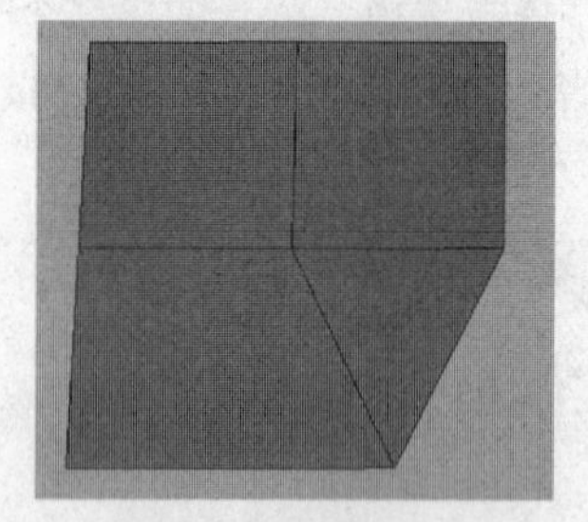

选择 Middle 项

选择 Second 项

图5-66 不同选项设置的融合结果

融合两个多边形物体之间的边界边：

如果要融合两个单独物体或者外壳之间的边界边，那么必须在实施融合操作之前来Unit 或Combine 两个多边形物体。在进行融合操作时，我们需要选择边界边。

融合多边形物体来融合边：

（1）圈选要融合边的物体。

（2）选择Polygons > Combine 命令来融合两个物体（操作者可以从通道盒的INPUT 部分读取polyUnite 、在Hypergraph 或Outliner 视窗中看出两个物体已成为一个物体）。

（3）选择Merge Edge Tool 工具，然后按提示单击操作者要融合的边界边（不用按住Shift键选择第二个边），如图5-67所示。

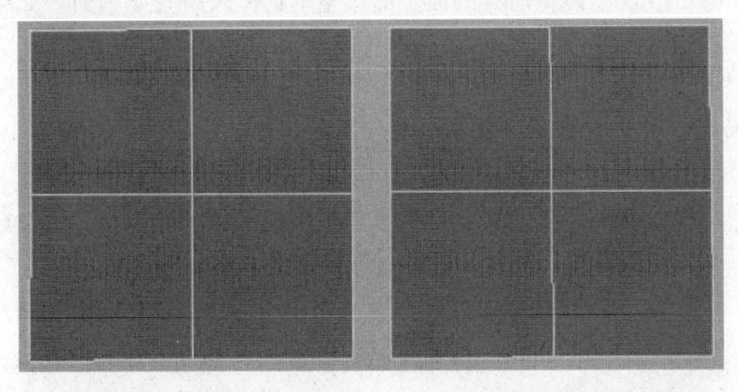

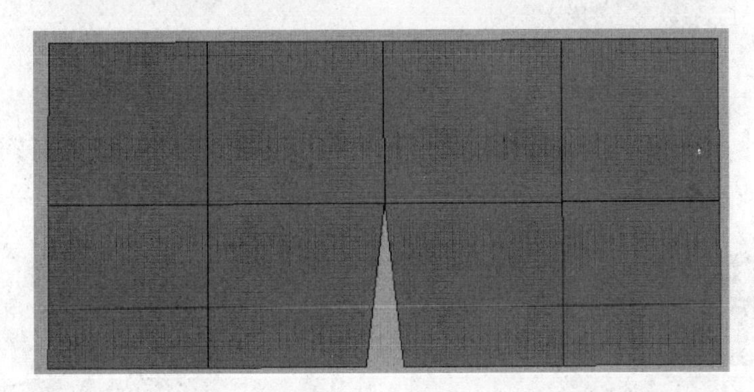

图5-67　合并边界

（4）按Enter 键来融合边。

（5）如果操作者要闭合这个形状，可继续选择边。

技巧：

如果操作者要连续融合边，那么不用每次都重新选择工具。只要单击mini bar （常用工具架）上的Merge Edge Tool 图标即可；或者按y 键而不是回车健来结束上一次操作并保留工具的激活状态直到操作完成之后。

5.5.8 多边形复制面

在游戏制作中我们经常会需要对游戏模型上的面进行一些复制以方便我们在后面的制作，所以复制面的命令也属于比较频繁被运用到的一个命令。操作者可以交互地或直接地使用选项设置视窗来复制和转换面。在下面的例子中，首先在选项设置视窗中进行选项设置，然后按Duplicate 按钮来复制面。

（1）选择物体中要复制的面。按鼠标右键并从标记菜单中选择Face 项。

如果操作者想要复制物体中所有的面，圈选整个物体来高亮显示面：如果操作者想要复制部分面，那么单击选择这些面。

（2）选择Edit Polygons>Duplicate Face 命令。根据操作者在选项设置视窗中的设置，选择面被复制并被转换。默认状况下，复制也会分离突起面（在选项设置视窗中Separate Extracted Faces是选中的）。

操作者也可以使用操纵器手柄交互地转换复制面，就像标准的移动操纵器，可以移动、旋转和缩放物体，也可以改变它的枢轴点，并可在全局模式和局部模式之间进行切换，如图5-68所示。

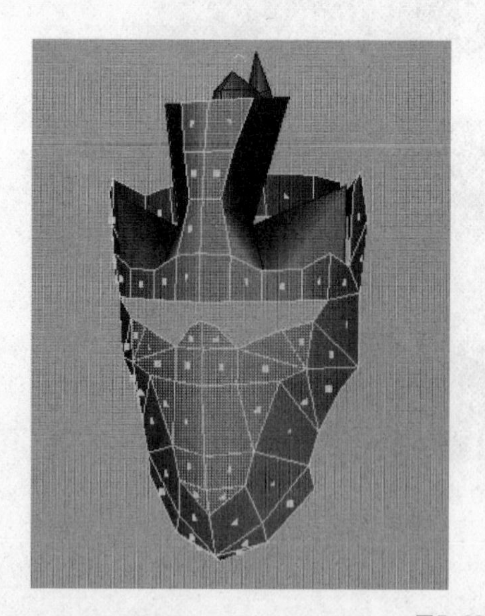
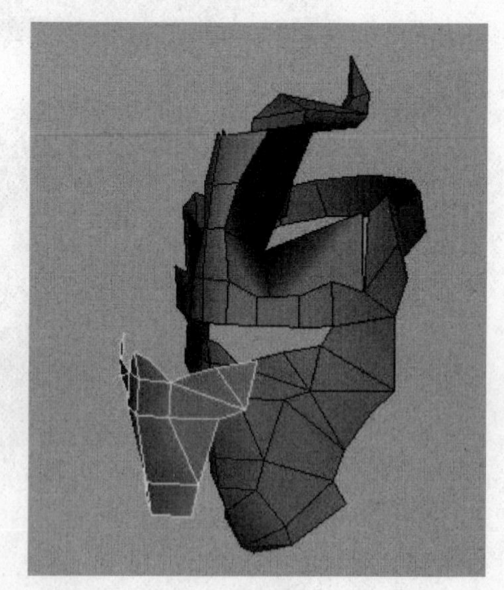

图5-68 复制面

5.5.9 提取面

Edit Polygons > Extract 提取面。

当提取面时，Maya 通过复制合适的边和顶点，把选择面从原始的形状中分离出来。提取面将会成为独立的shell，这也是另外一种在物体上创建洞并保持原面的捷径。

在面元素级别编辑模式下选取要提取的面，并点击Edit Polygons> Extract命令将所选取的面提取出来。

默认状况下，提取操作使提取面分离（在选项视窗中Separate Extracted Faces 项是打开的），并且能够创建出不同于原面和物体的多边形，如图5-69所示。

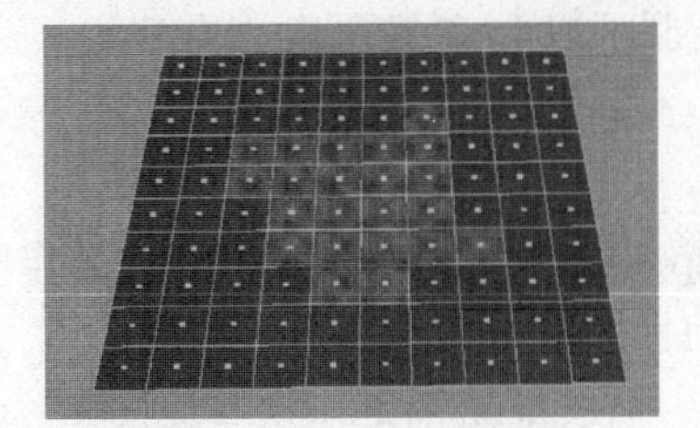

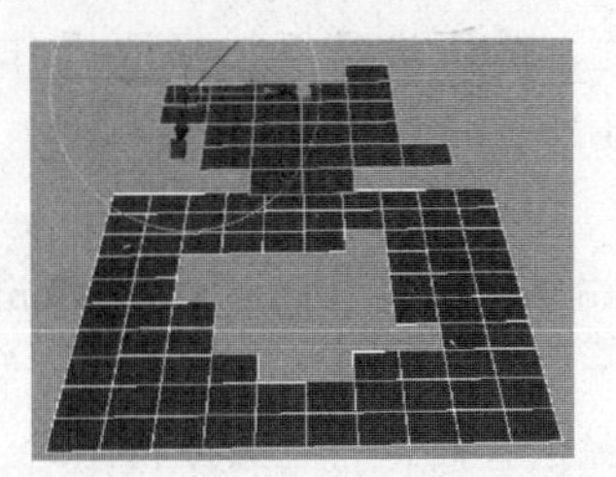

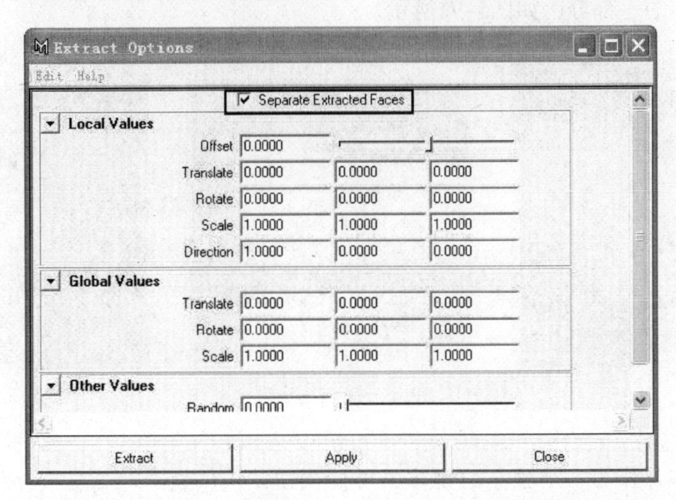

图5-69　提取面

1. 分离多边形

使用分离操作可以把物体中不连接的多边形面分离为单独的物体。分离操作只对不共享边界边的物体有效。

分离多边形外壳：

一个多边形shell 是一个多边形片中所有连接面的集合，例如，一个几何体平面就是一个多边形外壳，如图5-70所示。

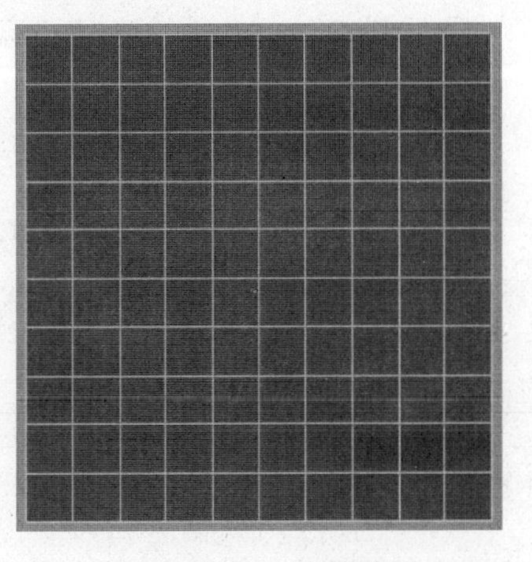

图5-70　几何体外壳

因为平面中没有边界边（在一个封闭形状中），因此操作者不能分离它。如果操作者要分离它，那么会出现下面的错误信息：

Error: polySurface has only one piece.Ignored.

如果要分离一个shell，提取或删除一些面，从而在物体中创建分离的边界边，然后选择Edit Polygons > Separate 命令进行分离。

分离一个shell：

（1）选择在shell 中要分离的面。

（2）操作者可以使用Backspace 命令来删除不需要的面，或使用Edit Polygons > Extract 命令来提取这些面。默认状况下，提取操作也可以分离提取面（在Extract Options 视窗中，Separate Extracted Faces 项是打开的）。

注意：

当操作者使用Extract 操作时，Move Component 操纵器会显示出来，操作者可使用它来重新定位提取的面。但操作者没有必要使用任何操纵器手柄。

当操作者删除这些面，然后选择物体时，即使Shells 看起来没有连接在一起，但它们仍然是一个多边形物体的一部分，如图5-71所示。

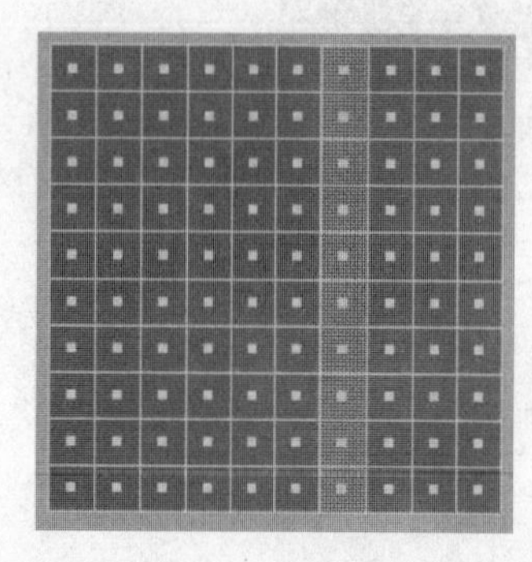 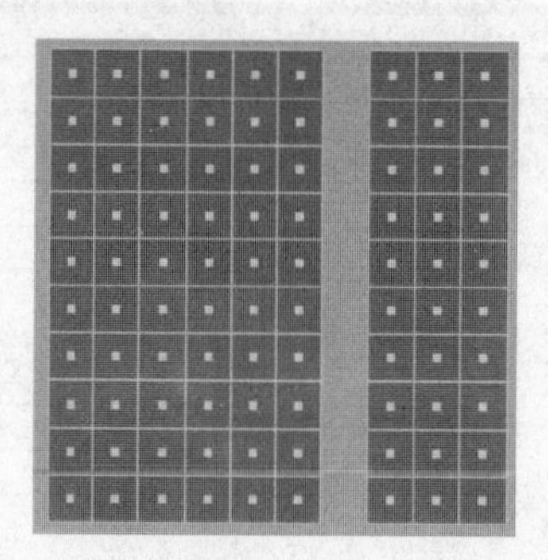 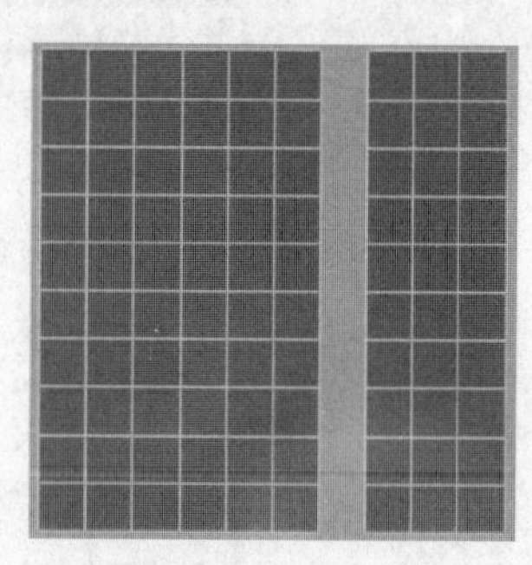

图5-71　分离面

如果要使每一片作为一个独立的物体，可使用Edit Polygons > Separate 命令分离带有合并边的物体，操作者不能直接分离带有合并边的物体，例如把两个多边形物体进行了合并，最后要进行分离操作，那么会出现下面的提示信息：

Error: polySurface has only one piece.Ignored.

2. 多边形楔面

Wedge Faces 楔面。

这个命令适合做一些拱门、管道的弯曲部分。

先选择一个面，不要取消选择，然后切换到边的选择模式，按Shift加选一条边，这条边主要用来定住这个楔面方向，如图5-72所示。

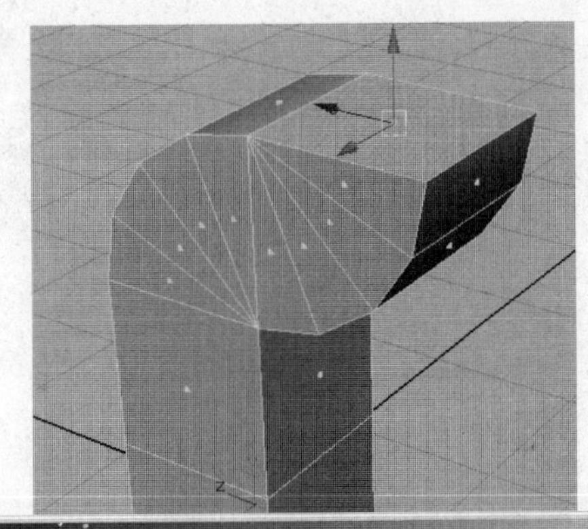

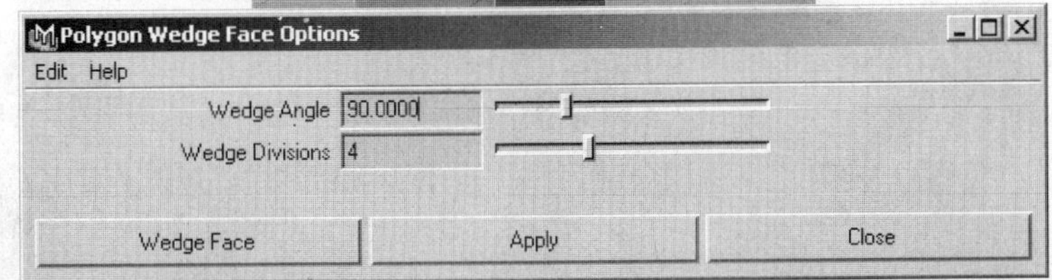

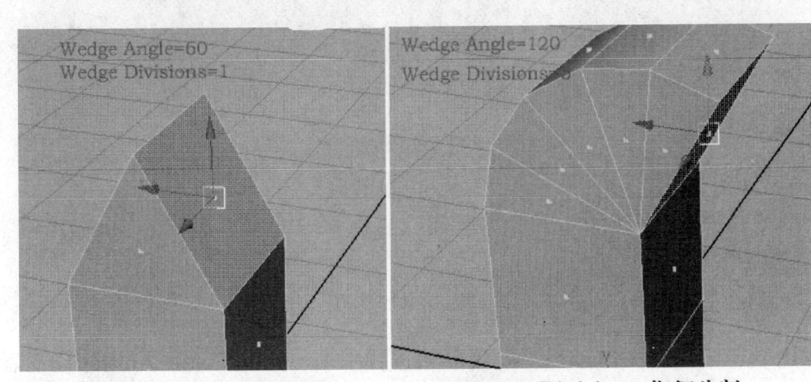

Wedge Angle **楔面角度**　　　Wedge Divisions **楔细分割**

图5-72　楔面

5.5.10 删除元素

Delete Components　删除元素。

（1）Delete Vertex 删除点。它与键盘上的Delete的区别在于，前者可以删除围绕顶点的边，而后者只能删除线上的空点。

（2）Delete Edge 删除边。它与键盘上的Delet的区别在于它可以删除点这条边与其他边相交的顶点，而Delete只能删除边，如图5-73所示。

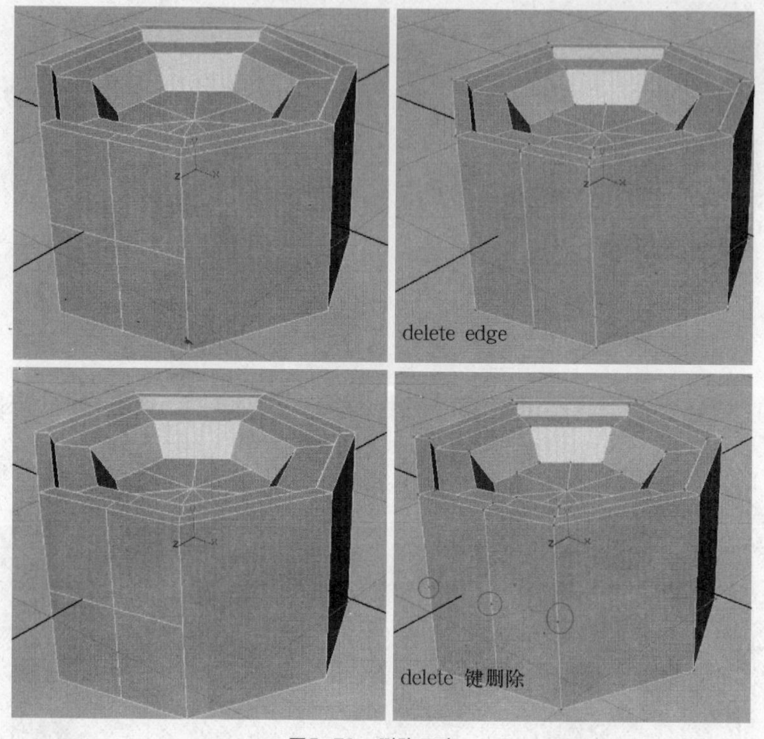

图5-73 删除元素

5.5.11 塌陷

Collapse 塌陷。

它只对边或者面进行操作。选择要塌陷的边或者面，用此命令，与删除边或者面命令有所不同。删除边后，与之相邻的边不会受到影响，而塌陷会将相邻边做融合。删除面是把一个面去掉，形成一个空洞，而塌陷面不会，它会把相邻的边融合起来，如图5-74所示。

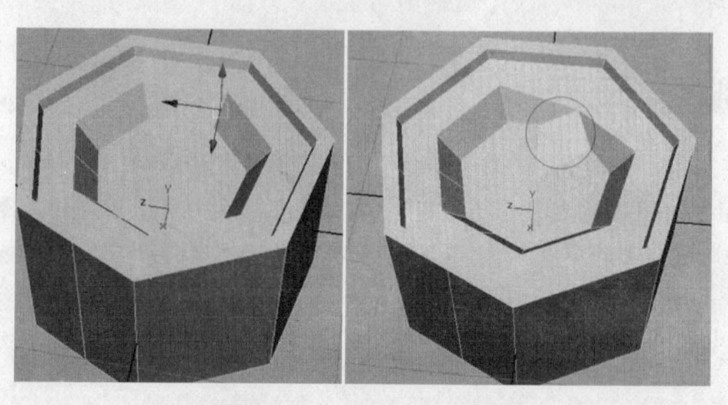

图5-74 塌陷所选择的面

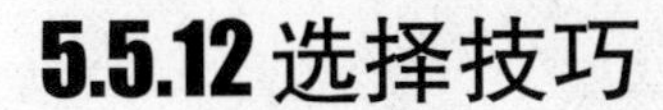

5.5.12 选择技巧

多边形拥有多种此级别编辑模式，因此也对应地有多种选择方式，如图5-75所示。

（1）Grow Selection Region：增大选择区域，当操作者选择了物体上的一个面，选择Grow Selection Region命令，会以当前所选择的面为中心向外扩散一圈选择的范围，如图5-76所示。

（2）Shrink Selection Region：减小选择区域，有了增加选择的面，就对应地有缩小选择范围的命令，如图5-77所示。

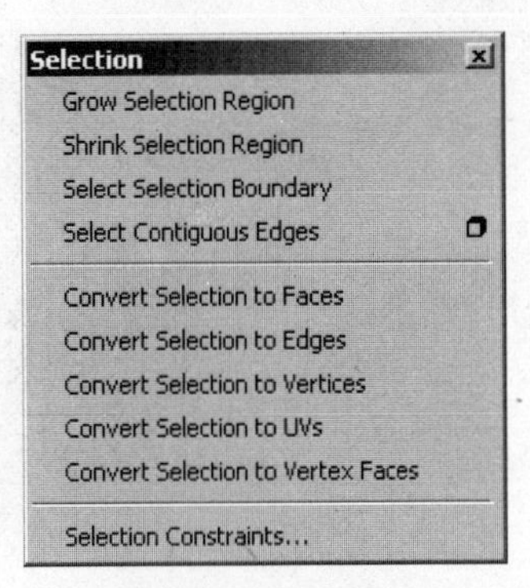

图5-75　多边形选择

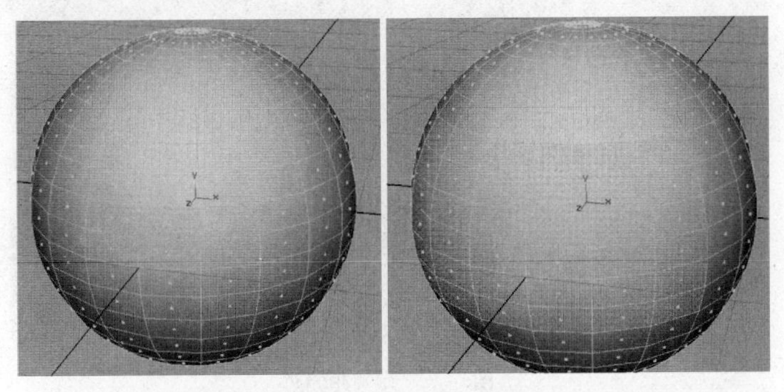

图5-76　增加选择范围

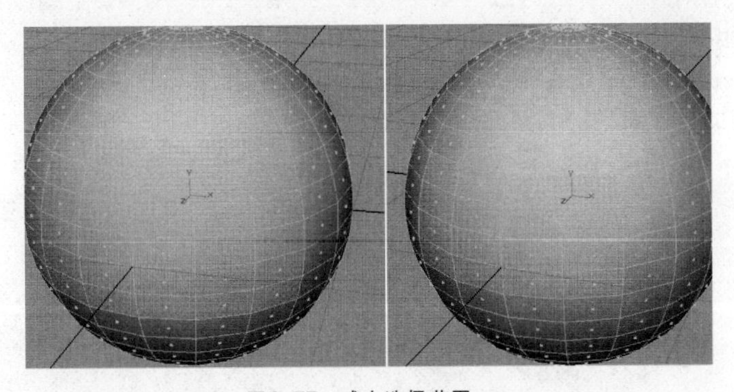

图5-77　减小选择范围

（3）Select Selection Boundary：选择选区边界，选择了一片面以后，使用该命令可以得到选择面的边界元素选择，如图5-78所示。

（4）Select Contiguous Edges：选择相邻边，如图5-79所示。

（5）Convert Selection To Faces：当前元素选择状态转换到面的选择。

（6）Convert Selection To Edege：当前元素选择状态转换到边的选择。

（7）Convert Selection To Vertices：当前元素选择状态转换到顶点的选择。

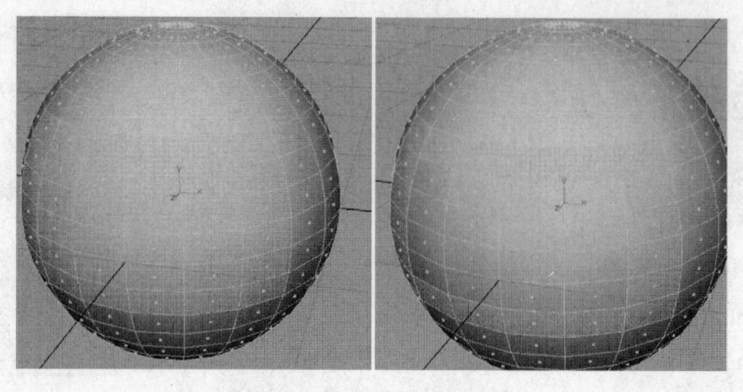

图5-78　选择选区边界

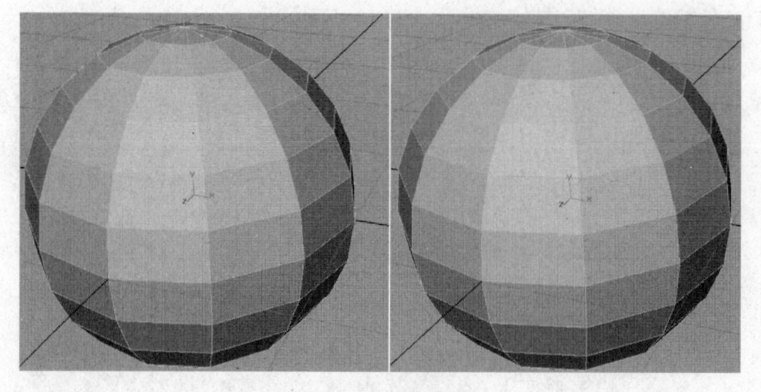

图5-79　选择相邻边

（8）Convert Selection To UVs：当前元素选择状态转换到UV点的选择。

（9）Convert Selection To Vertex Faces：当前元素选择状态转换到表面点的选择（注意:这个表面点是不可以编辑的，这个面有几个边就有几个表面点），如图5-80所示。

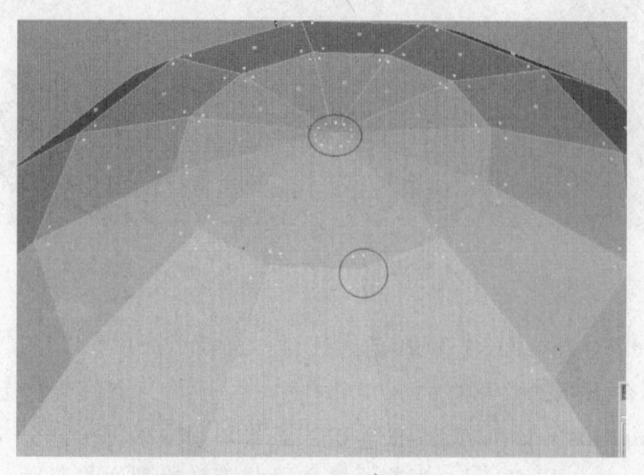

图5-80　转换选择到点面

（10）Selection Constraints：集合了前面关于选择的命令。

本章小结

本章对Maya多边形建模作了详细的讲述。介绍了Polygons菜单栏的操作命令。本章主要目的是让同学们了解多边形和它们的元素，以及基本的多边形术语。作为游戏模型制作的基础，如何理解和运用多边形来制作我们游戏中的场景、道具、角色等。

思考与练习

1. 使用Create Polygon Tool 创建具有一个面的多边形。

2. 显示多边形的边界边Highlight Border Edges 对于缝合两个多边形及查找没有缝合的边界等非常方便。在建模中会遇到多边形无法转细分表面，边没有合并上是其中原因之一，用什么工具进行检查？

3. 一个多边形物体存在有UVs是非常重要的，否则操作者不能在建模视图中看到纹理贴图。如果操作者在创建几何体时，不小心关闭Texture选项或设置为None，会发生什么情况。

4. 如果操作者要连续融合边，那么不用每次都重新选择工具，只要单击哪些图标即可？

第6章

游戏道具制作实例——剑

本章以Maya游戏道具——剑为制作实例，详细讲解了Maya游戏道具制作的方法技巧。

- 掌握Maya游戏道具制作的方法技巧。

- 能够独立完成Maya游戏道具的制作。

通过前面的学习，我们基本上掌握了多边形建模中大多数命令，那么如何把这些命令给综合运用起来，把一个多边形基础几何体变成我们最后所需要的模型，将是本章的主要内容。

我们从比较简单的基础部分开始，在前面学习的时候我们学习了如何绘制一把主要角色使用的武器道具，这里我们也将从这把武器开始，尝试用Maya制作我们所期望的游戏模型。

在我们动手开始制作之前养成良好的分析习惯是必要的，因为游戏道具制作与CG动画制作的模型是不同的。由于其受到很多限制，所以很多时候我们在制作之前都需要对原画作一个理性的分析，其内容包括：

(1) 当前的道具需要拆解为几部分来进行制作。

(2) 道具的每一个部分需要用什么几何体变形制作最快。

(3) 道具模型上的线要如何去布才合理。

还有一些部分的内容比如模型是否需要完全三边，模型是否需要合并成为一体等因素，则根据不同公司的不同需要，不是我们这里需要讲解的内容。

6.1形体结构分析

1. 我们首先打开原画，如图6–1所示。

2. 我们需要思考第一个问题是当前的道具可以分解成为哪几个独立的部分，这个问题并不是有什么公式定律的，很多情况下是要靠制作者自身的经验来进行分析的，这里需要同学们能够独立思考后再看后面的步骤，这样或许能够对大家的独立分析能力有所帮助。

3. 这里我们将道具分解成为4个部分。

(1) 剑柄和剑身作为一体进行制作。

(2) 剑的护手部分作为一体。

(3) 剑柄上的圆环作为一个部分制作。

(4) 圆环上的小坠子单独制作。

同学们可以看看是否和自己所思考的结果一样，如图6–2所示。

为什么这样分，可能是很多同学目前心里的疑惑，为什么剑身和护手部分要分开建模？ 剑身和剑柄看起来非常复杂但是却作为一个物体来做，剑尾的小圆环那么小的物体为什么还要单独地作为一个物体来做？

原因很简单，在游戏制作中，我们受到了一个很大的制约，这个制约来

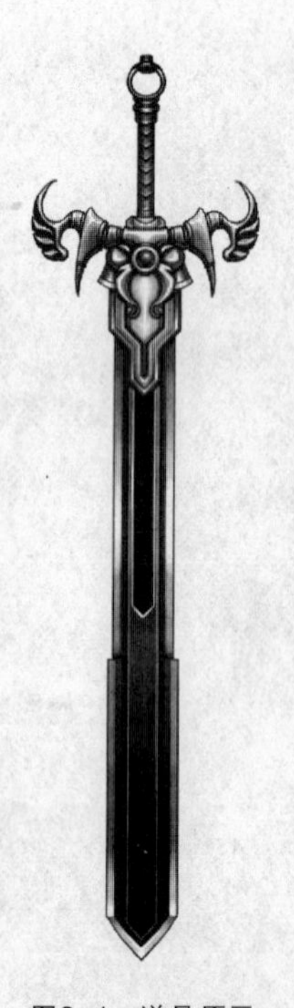

图6–1　道具原画

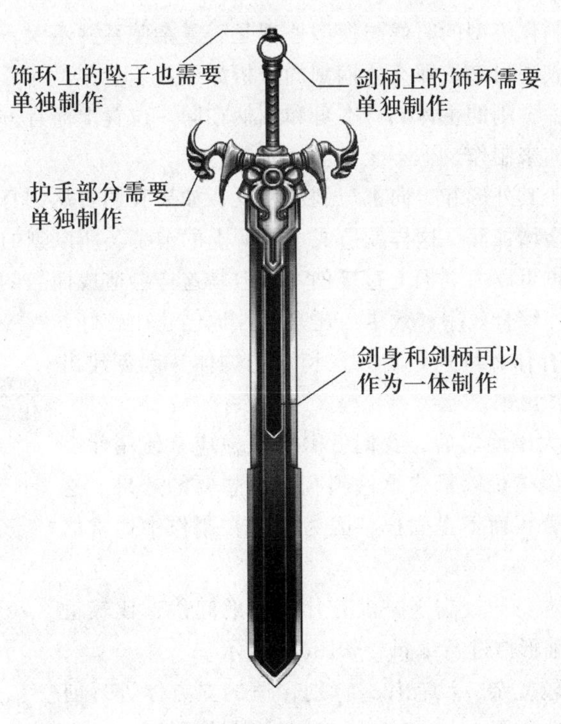
饰环上的坠子也需要
单独制作
剑柄上的饰环需要
单独制作
护手部分需要
单独制作
剑身和剑柄可以
作为一体制作

图6-2　道具的分解

自游戏的程序。引擎的能力直接影响着我们在三维中所能够进行表现的细节程度。虽然目前来说引擎已经很强了，但是在很多情况下，游戏中的三维模型其精细度还是不能够和CG中的模型进行比较，所以我们游戏的三维制作中需要秉承的一个原则是在保持模型外貌符合原画要求的情况下，尽可能地节约面数。看看魔兽世界中的模型，大家就能够有所了解了，如图6-3所示。

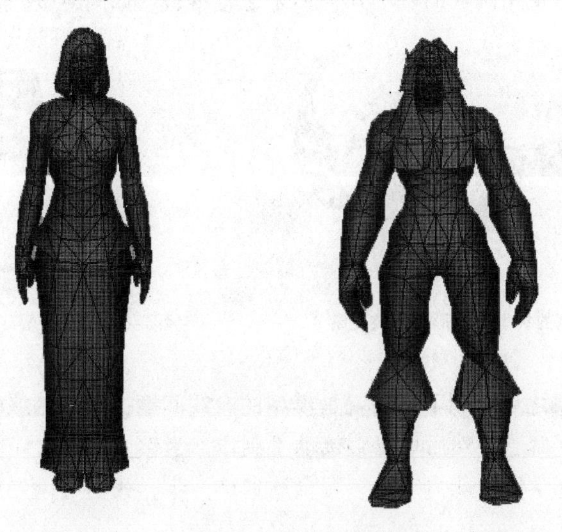

图6-3　魔兽世界中的图片

这就说明我们在制作模型的时候与模型外观是否复杂关系并不大，主要要看是否能够以最少的面正确地将模型表现出来。那么这柄剑的分析如下：

在我们这个道具中，剑的主体剑身本身和剑柄在同一位置上而且方向也一致，我们就应该将这两部分合并为一体来制作。

剑的护手部分由于其外形和走向都与剑身相反，如果我们要从剑身上直接制作护手本身并非不可以，但是势必会增加面，这样就造成了资源上的浪费，所以剑的护手一般也单独来做。

剑尾的圆环本身也可以由剑柄上直接创建，但是这样会造成面数的增加，而且手动拉伸的面很难保证比较规则、综合效率和效果，还是单独地创建比较好。

圆环上坠子也没有什么特别好的方式和别的物体一起创建出来，所以也单独地制作出来。

4. 把剑分解为几大模块之后，我们就需要考虑应该使用什么样的基本几何体进行编辑可以最快地达到我们所想要的效果。这一步需要的是理性的分析而不是固执，因为我们在制作中追求的是效率。

剑身和剑柄部分本身比较扁平，没有什么大的起伏，比较适合使用立方体作为基础形体进行编辑，如图6-4所示。

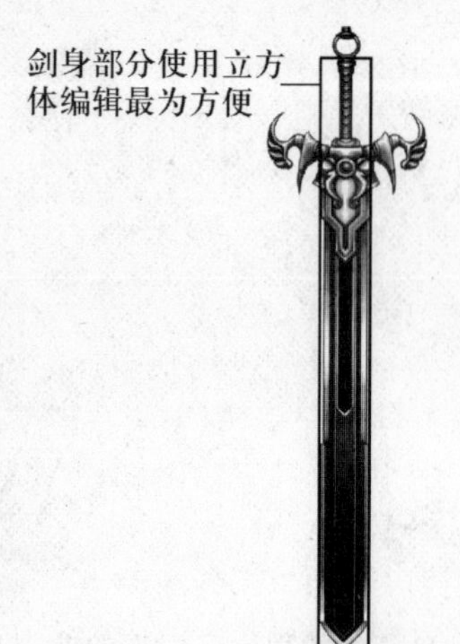

图6-4　剑身的基本几何体

剑的护手部分比较复杂，没有什么特别合适的立方体进行创建。这时候我们可以选择用Create Polygon 工具来制作平面，然后积压，也可以直接用基本几何体编辑变形，相比较而言，很多制作者更喜欢使用几何体变形这种方法，因为这样可以比较好地观察和处理布线问题，如图6-5所示。

剑尾的圆环就非常简单了，我们使用基本几何体中的圆环就可以。圆环上的坠子是一个圆柱形的变形体，我们可以使用圆柱的基本几何体来进行编辑，如图6-6所示。

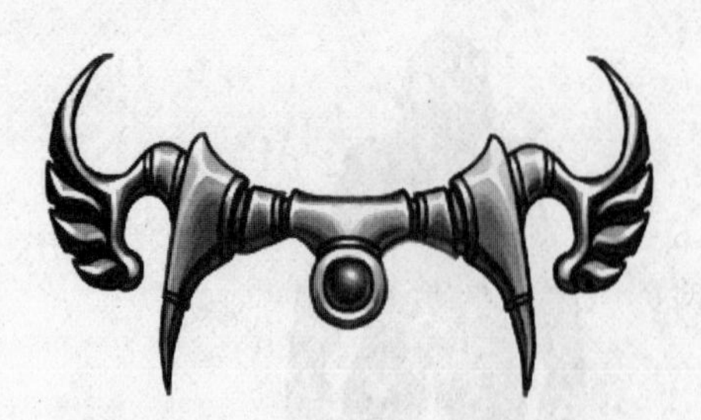

图6-5　剑的护手部分形状比较复杂

图6-6　剑尾的圆环部分比较简单

5. 在完成前两个步骤之后，剩下来的就是模型的布线问题，很多熟练的制作者在制作之前就已经对模型的布线很了解了，然后可以直接动手制作。当然，做到这一步是建立在大量制作经验基础之上的，目前同学们的能力还没有完全达到这一步，我们可以先思考分析，然后再开始制作，如图6-7所示。

通过上面的分割，大家可以看出，需要画出横线的位置基本上都是剑身上出现了转折的位置，所以在初始创建的时候就可以根据线段的分割来进行模型的线段数设置。同样的道理对剑的护手部分也进行划分，这样我们可以得到一个比较理性的分析，如图6-8所示。

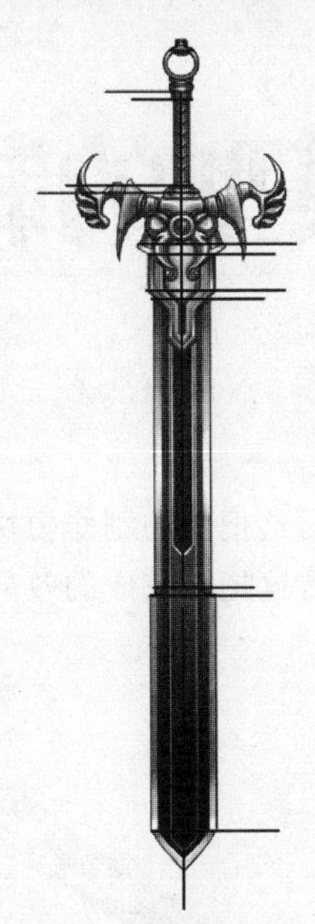

图6-7　按照结构分为剑结构和布线

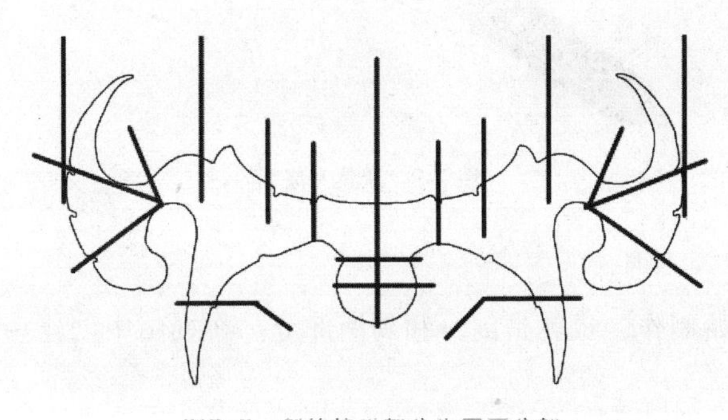

图6-8　剑的护手部分也需要分解

6.2 道具模型的制作流程

通过上面的分析，我们基本上应该对这把剑的制作模块有一定的概念了，下面就正式开始进行这把剑的三维制作。我们首先来看看这把剑完成的效果，如图6-9所示。

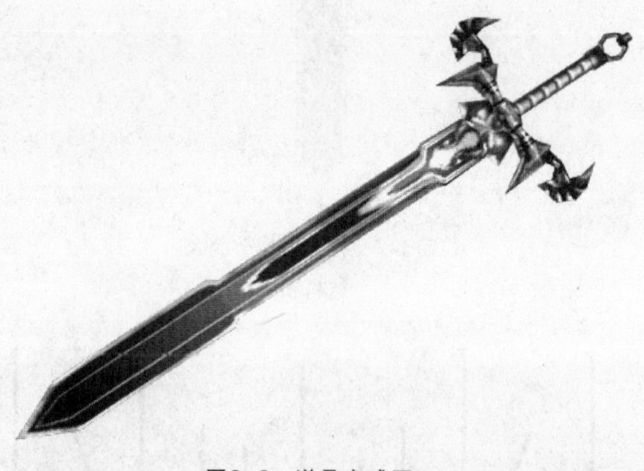

图6-9　道具完成图

1. 首先打开Maya。

2. 从最大部件开始制作，也就是剑身和剑柄部分。在视图中创建一个多边形的基本几何体，如图6-10所示。

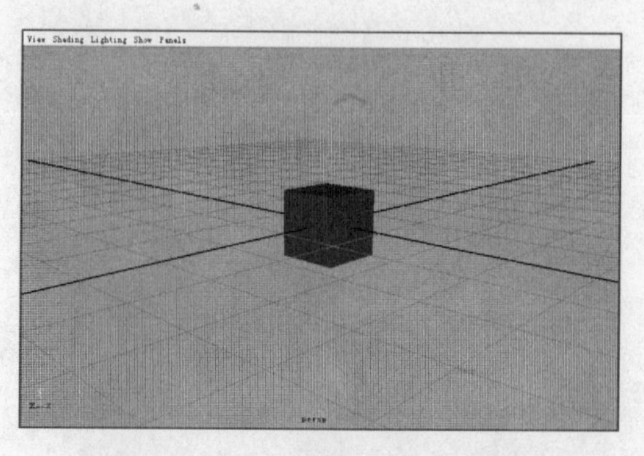

图6-10　在视图中创建一个基本几何体

注意：

这里我们可以在Maya中倒入原画作为参考图，但是并不建议大家这样做。因为在正规的公司制作中，很少会有正好符合要求的原画提供给我们作为参考图，所以我们要从一开始就锻炼自己的观察能力。

3. 我们在前面已经把剑身的外形作了分析，根据分析的结果，我们可以判断出当前我们的剑身模型上的线段数大约为10段，所以我们在通道盒里修改刚才创建的基本几何体的属性，如图6–11所示。

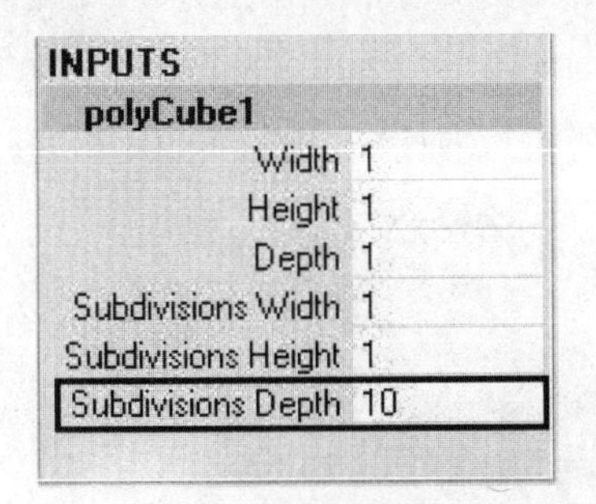

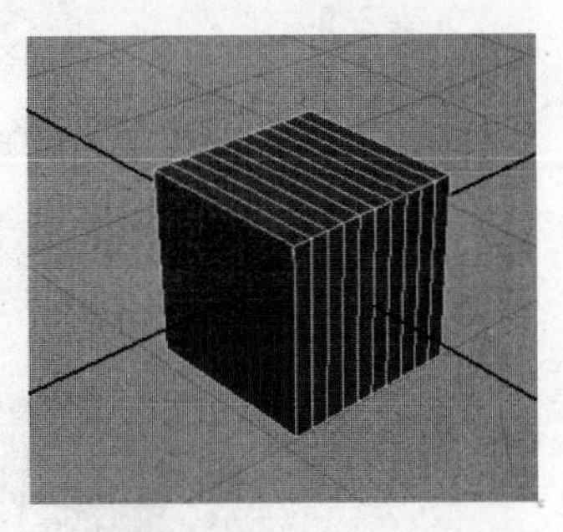

图6–11　物体的属性通道是我们修改参数最常用的地方

4. 使用缩放工具将基本几何体沿Z轴方向进行缩放，将这个基本几何体拉伸至和原画中剑身和剑柄长度，这一步是一个目测的过程，我们只需要感觉模型的长度和原画的长度差不多接近就可以，因为如果有偏差我们在后面还可以调整，如图6–12所示。

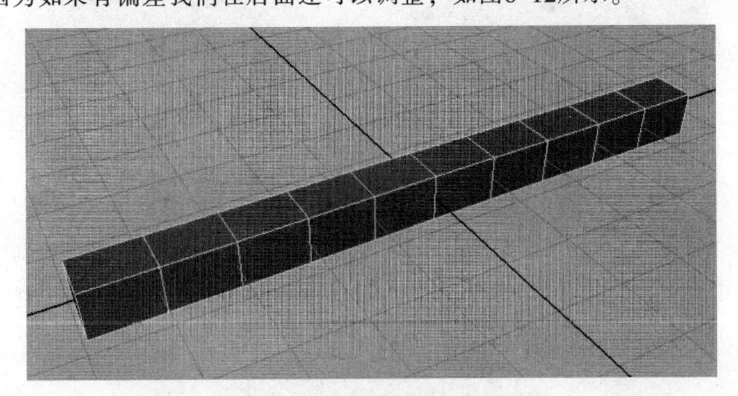

图6–12　将基本几何体拉长

5. 做到这一步的时候很多同学可能会想到在模型中间开始加线，然后合并两边的点这种方法。这种方法本身没有任何错误，但是违背了我们一个原则，那就是效率。这种方法的效率比较低，我们完全可以用另外一种方法代替。选择模型，在通道盒中将模型的Z轴的旋转参数调整为45°，如图6–13所示。

6. 选择Edit Polygons>Split Ploygon Tool，在基本几何体的两端分别切割。箭头方向的面切割成4个三角面，剑尾方向的面切割为2个三角面，如图6–14所示。

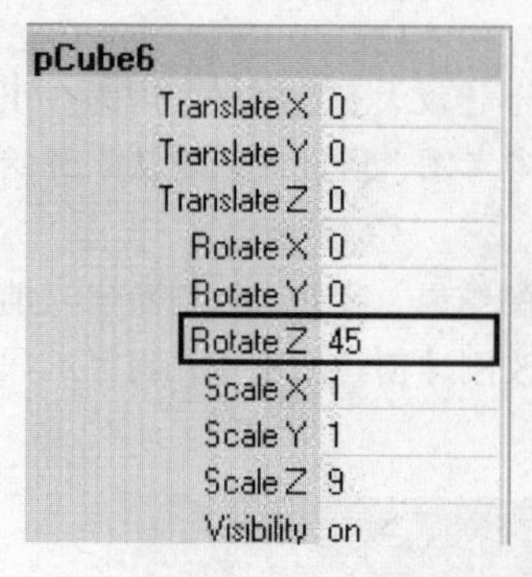

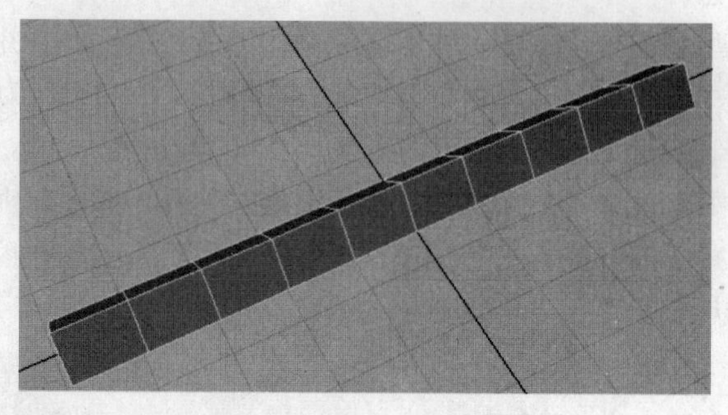

图6-13 将基本几何体旋转一定角度

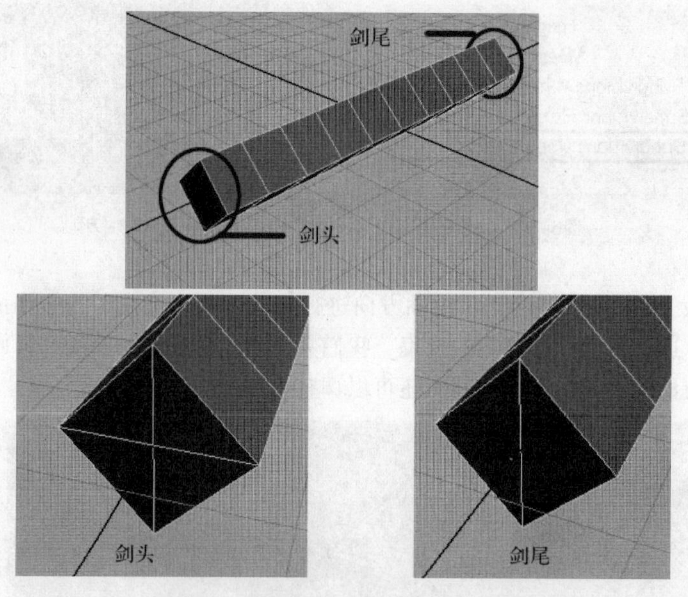

图6-14 将基本几何体的两端进行切割

7. 进入基本几何体的点元素应选择模式，对模型进行修改，调整出剑尖和剑尾的形状，如图6-15所示。

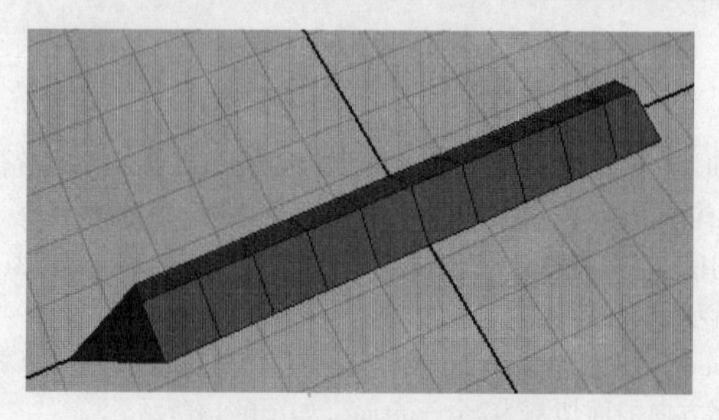

图6-15 调整基本几何体的外形

8. 当前我们的这个剑身由于是立方体变化来的，所以其X轴向的界面还是一个正方形，不符合我们的剑的外形，需要对其作一个Y轴向上的挤压。但是当我们选择了几何体之后会发现几何体由于被旋转后自身轴向也跟着作了旋转，在这种情况下进行挤压的话达不到我们所想要的理想效果，所以我们需要将坐标轴重新调整。选择Modify> Free Transformations，将几何体的基本坐标轴向回归为原始状态，如图6-16所示。这时我们可以看到几何体的轴向正确了。

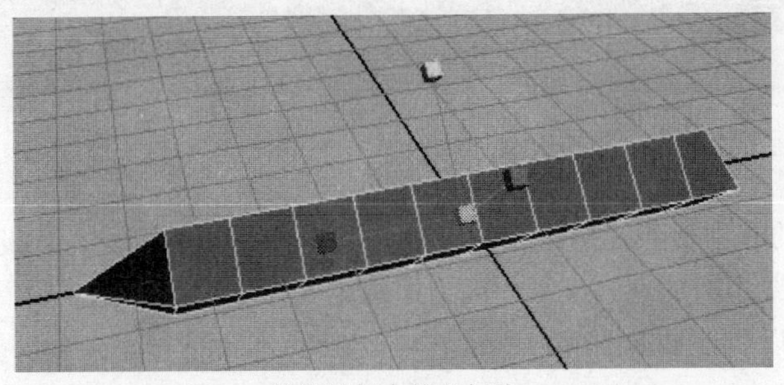

被旋转轴向的几何体

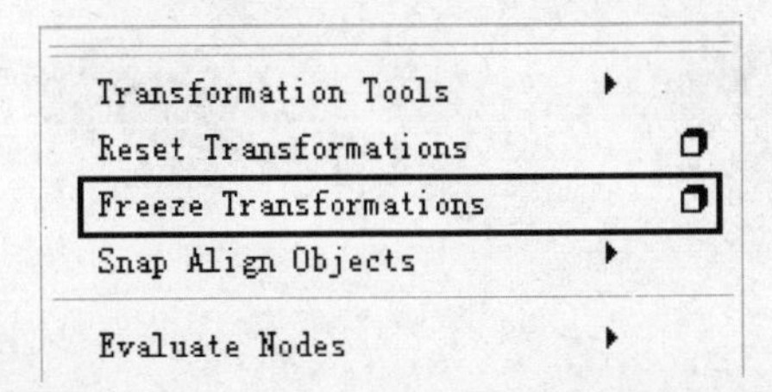

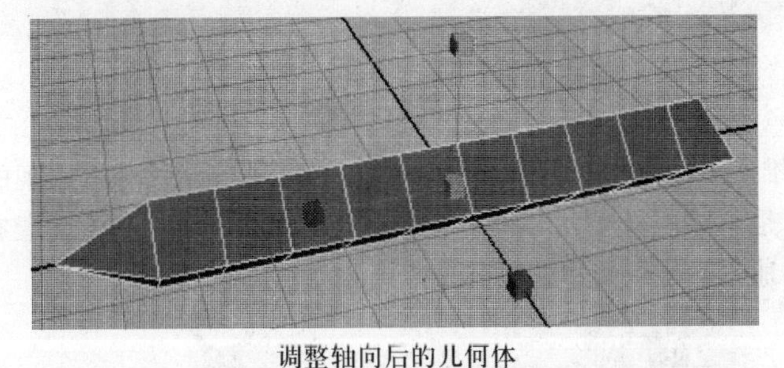

调整轴向后的几何体

图6-16　调整几何体的轴向

9. 沿Y轴向将剑身挤压得比较扁平，如图6-17所示。

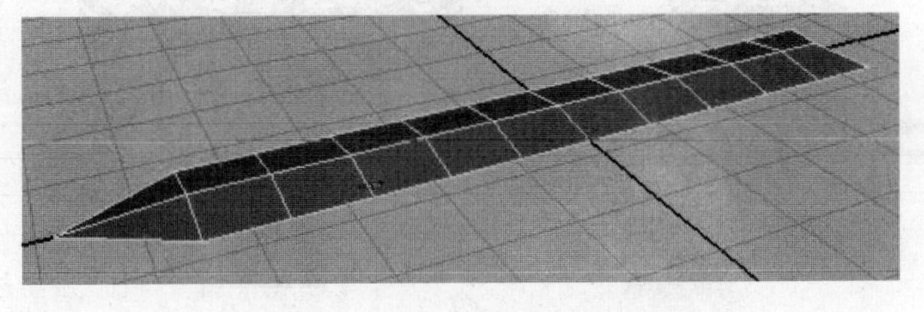

图6-17　立方体缩放后比较接近剑身形状

10. 在有了基本形状之后，我们进入物体的点元素，将剑身上的线段按照前面所分析的结果进行调整，如图6-18所示。

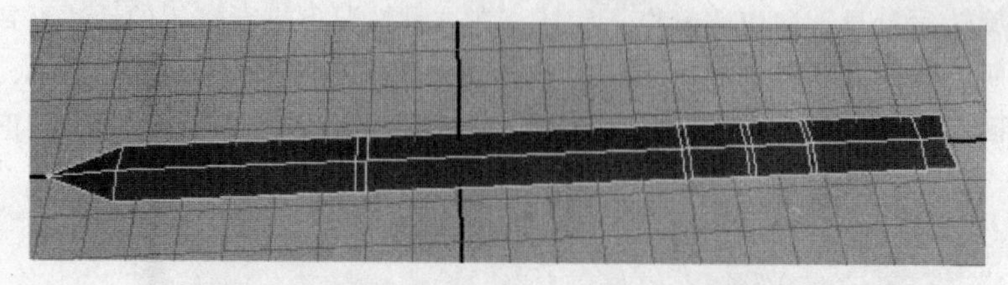

图6-18　调整线段的位置以方便我们后面编辑制作

11. 在有了剑身的基本形状之后，我们应该对其作进一步的调整，在此开始进入点元素级别调整，在此过程中要不断地观察原画，因为原画是我们制作的依据，我们的制作不能脱离原画而随意发挥。调整以后外形如图6-19所示。

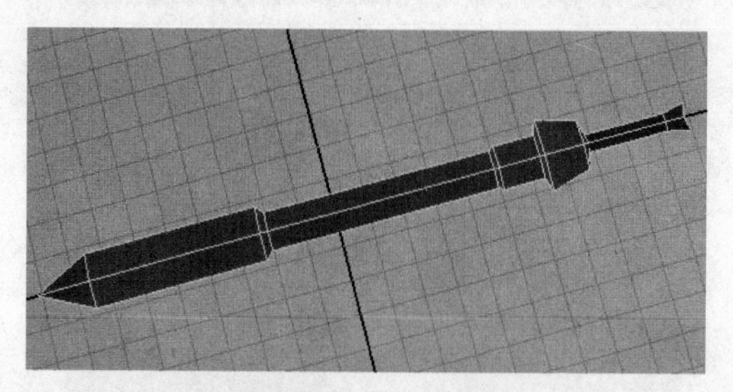

图6-19　调整好的剑身及剑柄模型

12. 在游戏的三维模型制作中，有很多部分的细节是要依靠材质来表现的，所以需要我们学会去分析哪些细节是可以用材质表现的，哪些是不可以的。在这个道具上有些地方就可以依靠材质来表现，有些地方只能以模型的方式来表现，如图6-20所示。

在游戏制作
中，很多细节
是依靠材质贴
图来实现的，
所以并不是每
一个部分在模
型上都要表现
出来

图6-20　原画重点很多细节用材质解决是行业惯例

13. 做到这一步的时候我们可以对模型和原画再作一个对比，看看是否有需要修改的地方，然后开始下一步的制作——剑的护手制作。

14. 剑的护手形状比较复杂，所以没有什么特别好的方法，一般会从最基本的立方体开始进行变形编辑。

15. 在视图中创建一个新的立方体，并将之移动到剑的护手所在的位置，如图6–21所示。

16. 按照前面所分析的结果，在通道盒里对当前的立方体的属性进行调整，如图6–22所示。

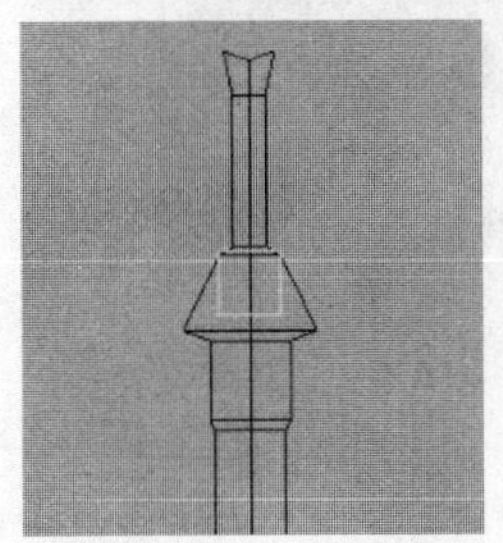

图6–21 新建的立方体将用来作为护手

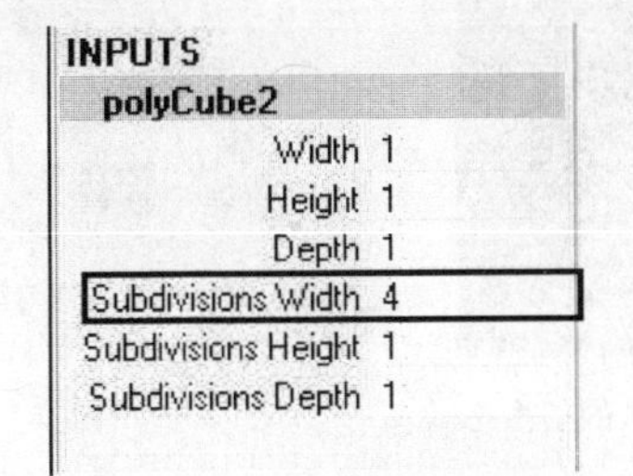

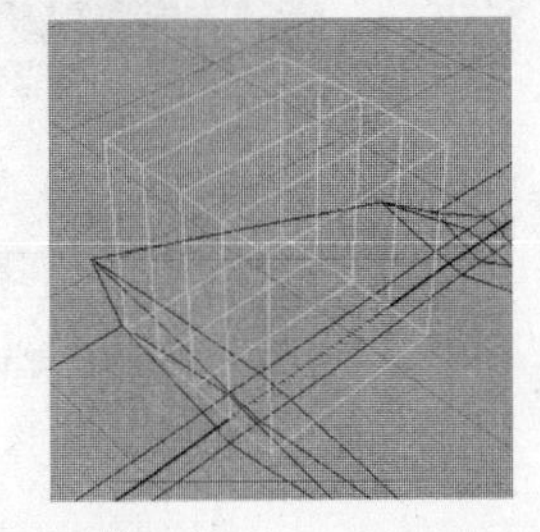

图6–22 调整立方体的线段数

17. 进入点元素级别，根据原画拉伸作为护手的立方体，使其在外形上比较接近原画中的形状，如图6–23所示。

18. 护手部分的难点主要有两部分：一是靠近中心有圆珠的地方；二是靠近外侧比较像镰刀的部分，这里我们首先来制作中心有圆珠的部分。选择靠近中心部分底边的一个面，如图6–24所示。

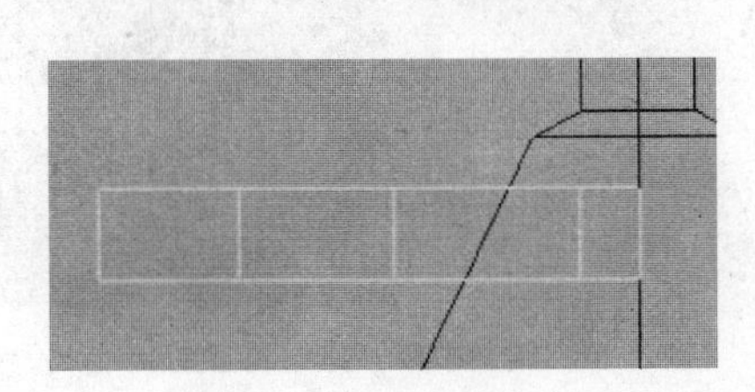

图6–23 立方体属于比较基本的形体，变形比较方便

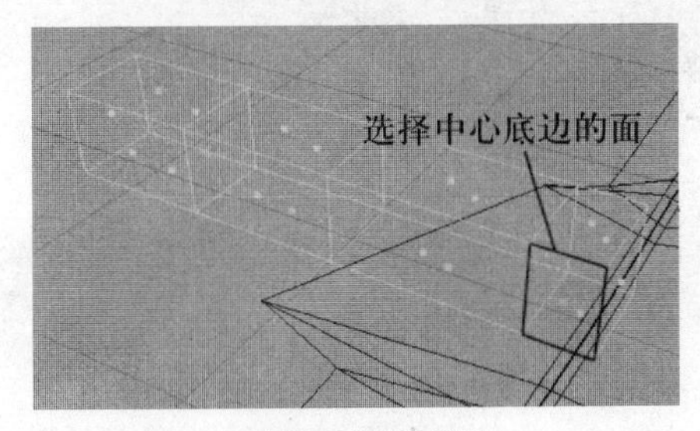

图6–24 选择面

19. 使用Edit Polygons>Extrude Face命令，沿Z轴挤压当前所选择的面，挤压两次并拉出一段距离，新挤压出来的部分将作为护手上的圆形装饰，如图6–25所示。

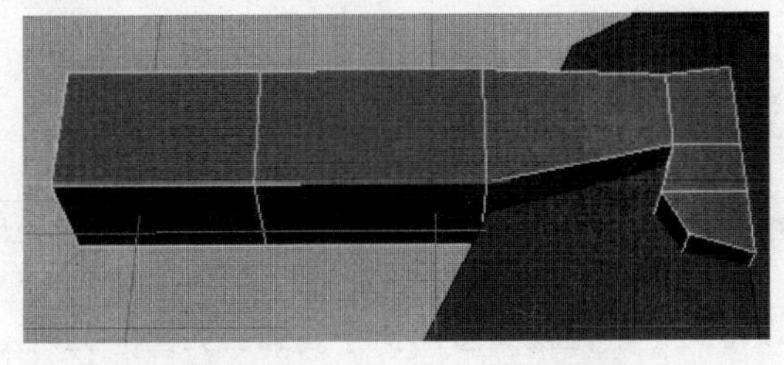

图6–25 制作护手上的圆形装饰

20. 进入点元素级别，调整外形以接近原画中的形象，如图6-26所示。

21. 虽然比较接近了，但是这样的外形肯定还是不能满足要求的，所以我们需要进一步对护手的模型进行修改。使用Edit Polygons> Split Ploygons Tool，在护手上增加新的线段，使外部形状修改符有一定的转折，如图6-27所示。

图6-26 调整了外形的护手

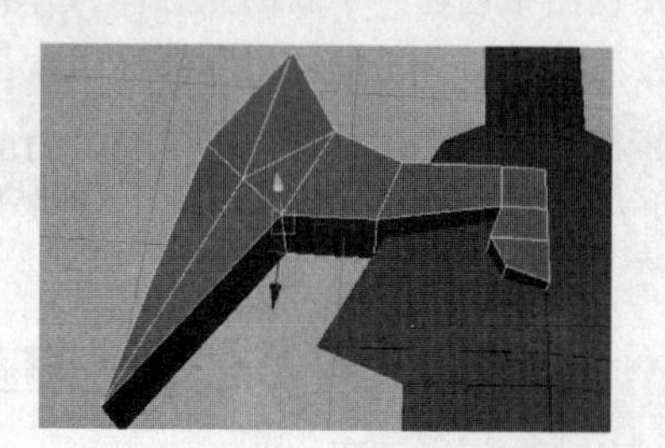

图6-27 护手形状的进一步调整

22. 这时候我们护手的模型还是一个厚度一致的模型，本身并不符合正常的剑的要求，虽然原画本身没有标示出来，但是我们在制作的时候应该发挥自己的能动性，对这一部分作出修改。选择外沿的点，使用缩放工具沿Y轴方向将点向中间挤压，如图6-28所示。

23. 最后我们得到护手的一半的形状如图6-29所示。

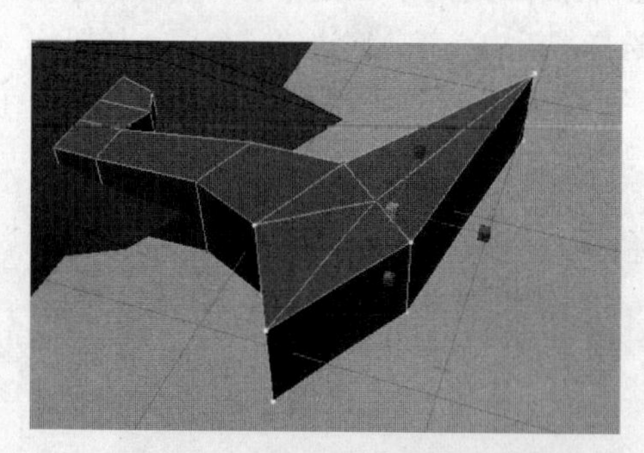

图6-28 外沿的点需要被结合在一起

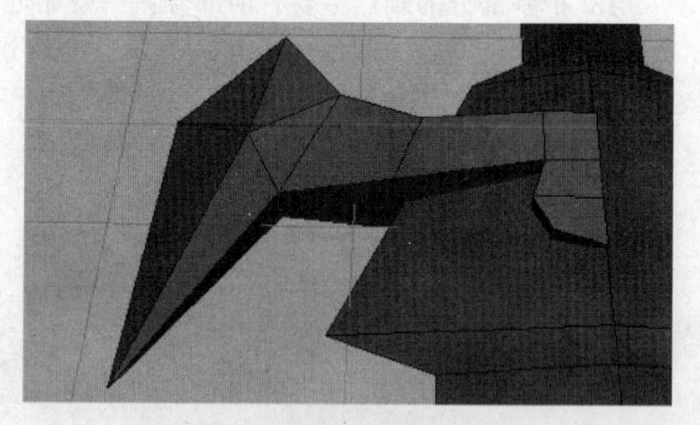

图6-29 剑的护手一部分调整完成

24. 剑的护手外还有另外一个部分就是像翅膀一样的装饰物，我们可以从护手上直接挤压出来，也可以单独创建，这里我们为了提高效率采用单独创建的方式来进行制作。

25. 在视图中创建一个新的立方体并移动到护手外延旁边，同时根据前面的分析，修改立方体的属性，如图6-30所示。

26. 进入点元素级别，调整外形使之能够比较匹配原画中的外形，并且这一部分外形也比较扁平，所以也需要进行缩放，如图6-31所示。

27. 选择两边的面将之挤压出来，在点元素编辑模式下将尾部结束部分的点合并，如图6-32所示。

28. 进一步修改后可以得到一个比较满意的护手装饰，如图6-33所示。

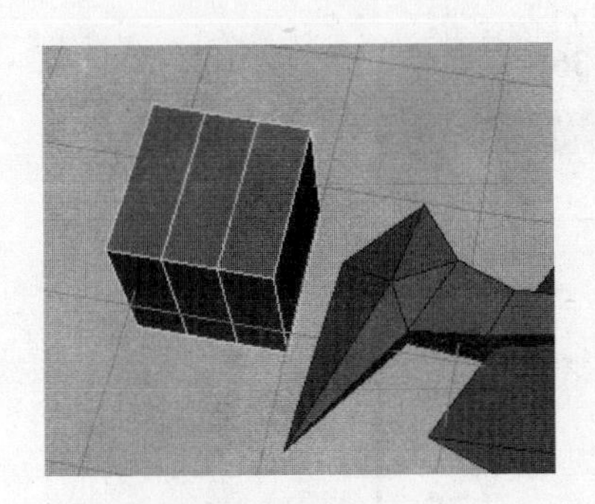

图6-30　新建的立方体

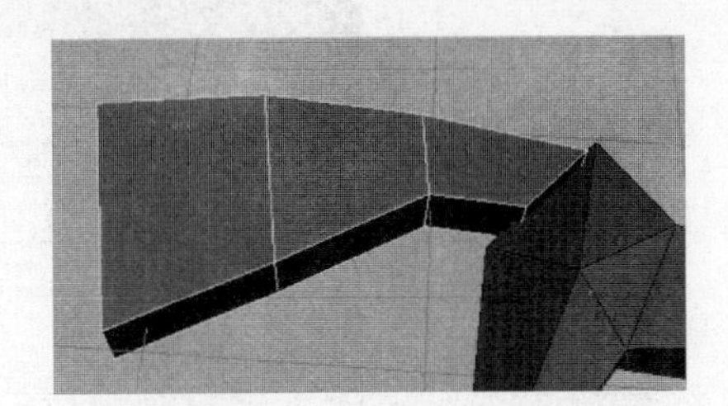

图6-31　变换的多边形护手

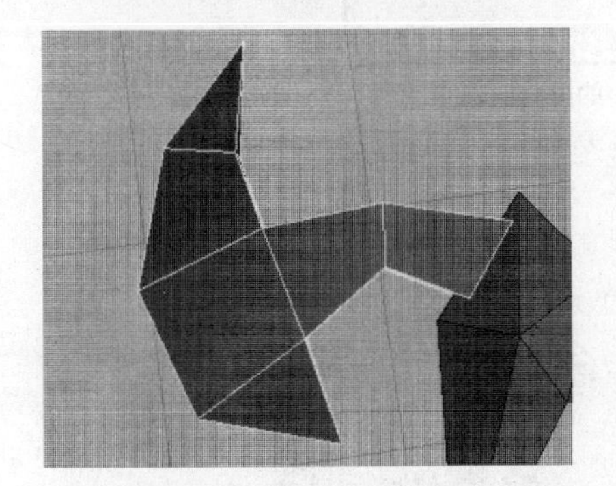

图6-32　修改后护手的装饰

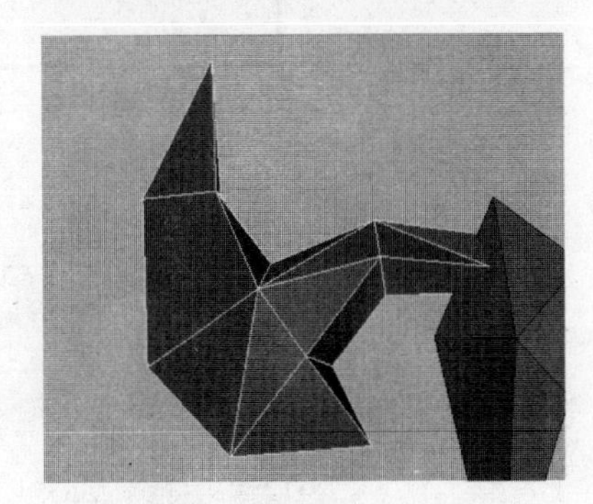

图6-33　最终完成的护手装饰

29. 将剑的护手装饰和护手的部件合并，选择护手的装饰和护手两个模型，使用Polygons>Combine命令，将两个模型合并为一。合并以后模型的枢轴点会被回复到坐标原点，所以我们应该再将模型的枢轴点移动到中心位置。

30. 选择护手部分进入面元素级别编辑模式，将中间的面选择并删除，这是为了后面我们复制另外一半的时候做准备，如图6-34所示。

31. 返回物体元素级别，这里我们既可以使用镜像来复制另外一半，也可以调整复制参数后直接复制出来，这里我们使用调整复制参数的方式来制作。点击Edit>Duplicate后面的小方块，弹出复制参数设置菜单，如图6-35所示。

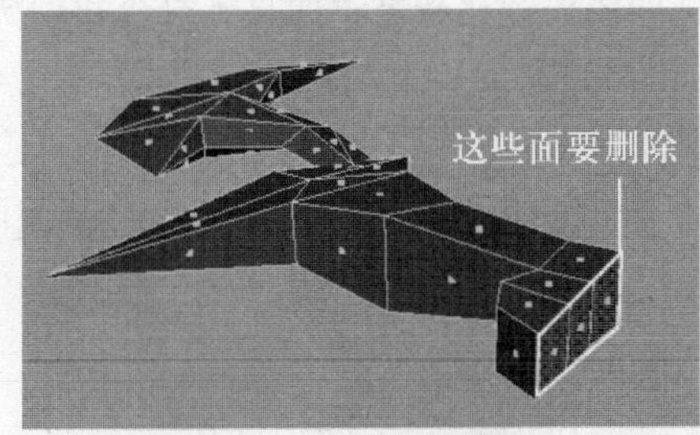

图6-34　中间的面要删除

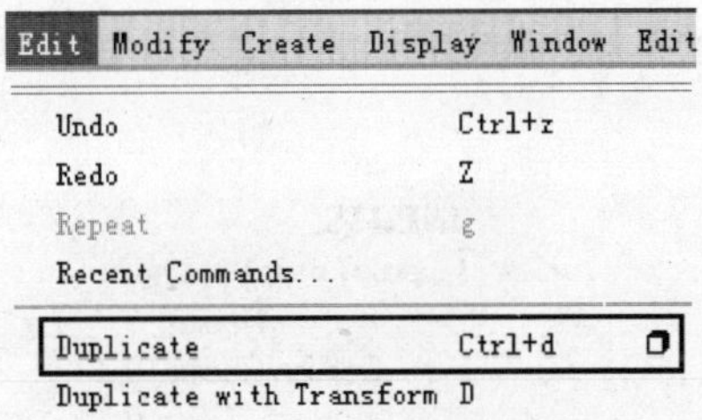

Edit　Modify　Create　Display　Window　Edit
Undo　Ctrl+z
Redo　Z
Repeat　g
Recent Commands...
Duplicate　Ctrl+d
Duplicate with Transform　D

图6-35　复制面板参数

32. 在弹出的设置面板中，剑的护手方向是X轴向，所以我们在设置面板中将X轴向的参

数由1调整为-1，复制类型选择instance（关联），如图6-36所示。

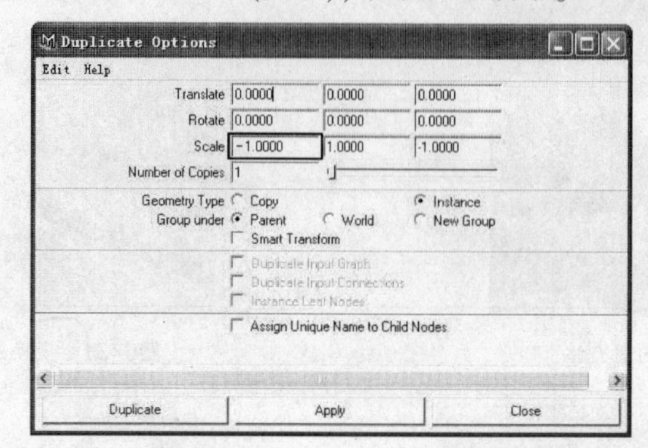

复制面板类似于 Max 中的阵列面板

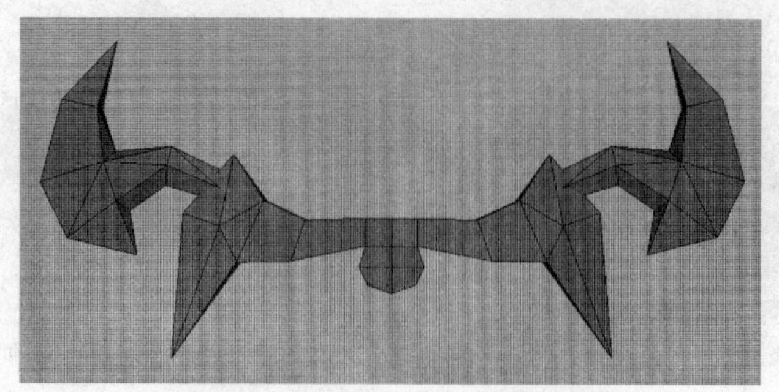

图6-36　剑的护手在复制后基本上完成了

33. 这时候我们不用急着将剑的两边都合并为一体，我们在制作时，需要考虑到是否会给后面的工作带来困难，怎么样才能为后面的工作提高效率。当前我们的模型基本上是左右对称的，所以按照常理我们在后面为模型分UV线和绘制材质的时候，只需要做其中一半的工作，可能很多同学都想到这一点了，但是这时候我们再观察一下原画，会发现这把剑的左右颜色不一样，也就是说我们不能使用左右对称的方式来制作我们当前的剑，我们必须单独为每一部分绘制材质。

34. 下面我们要继续完成剑的其余组件，剑尾的圆环显然适合用多边形的圆环几何体来制作。在视图中创建一个多边形圆环。由于新创建的圆环的线段数比较高，明显不符合我们游戏制作的要求，所以我们要在其属性面板中进行调整，如图6-37所示。

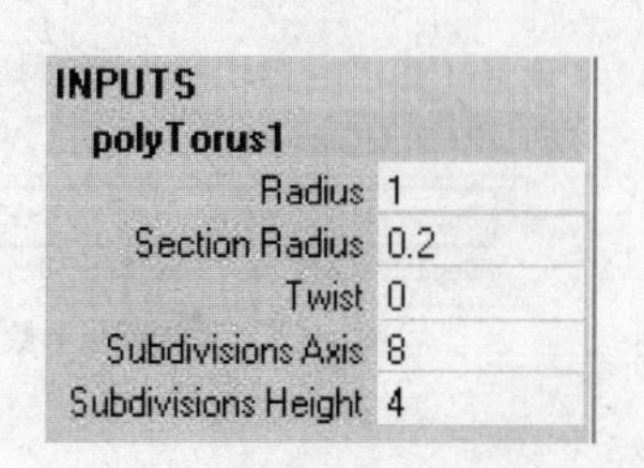

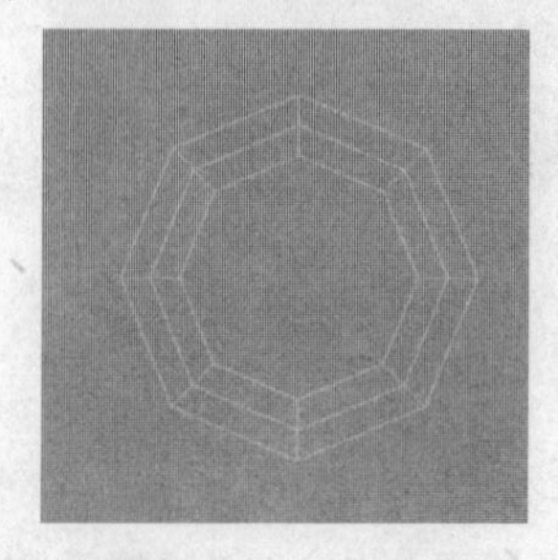

图6-37　圆环的属性设置

35. 将修改过属性的圆环移动到剑尾部，直接和剑柄尾部放置在一起就可以，有一点小的穿插不用在意。这样我们就完成了剑的大部分制作，如图6-38所示。还剩下最后的圆环上的装饰就完成了所有的制作。

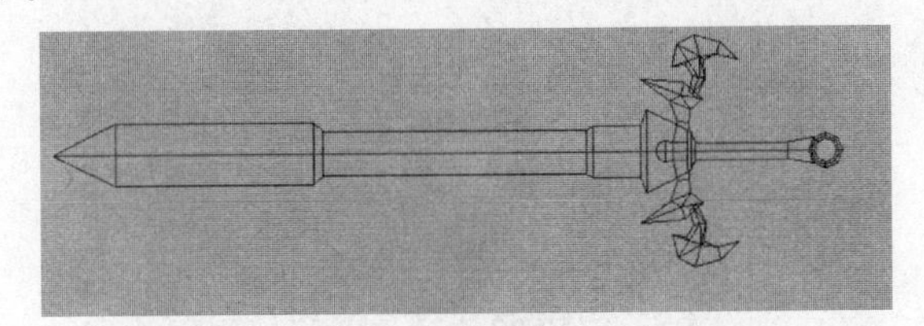

图6-38　剑的模型大部分已经完成

36. 对于剑尾的装饰我们可以比较好地利用圆柱几何体来变形制作，在视图中创建一个圆柱几何体，新创建的圆柱体其轴向不是我们所需要的轴向，而且面数也超出我们的要求。所以需要我们在通道盒中调整它的旋转参数和属性参数，如图6-39所示。

pCylinder1	
Translate X	0
Translate Y	0
Translate Z	0
Rotate X	90
Rotate Y	0
Rotate Z	90
Scale X	1
Scale Y	1
Scale Z	1
Visibility	on

INPUTS	
polyCylinder1	
Radius	1
Height	2
Subdivisions Axis	6
bdivisions Height	2
ubdivisions Caps	1

图6-39　几何体旋转参数

37. 将圆柱几何体移动至圆环上，转换为点元素级别修改圆柱体的外形，使圆柱体能够和原画中的要求比较符合，如图6-40所示。

38. 这个装饰的坠子虽然大形体完成了，但是还有一些问题，所以我们需要对其线段的分布再做些调整，将底面的线段分布重新排列，如图6-41所示。

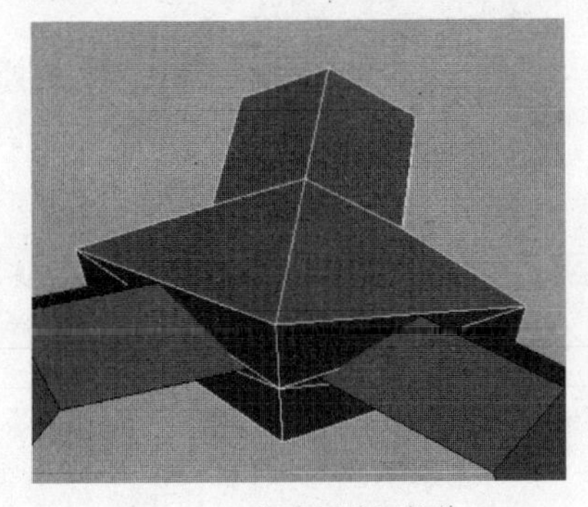

图6-40　修改后的圆柱体

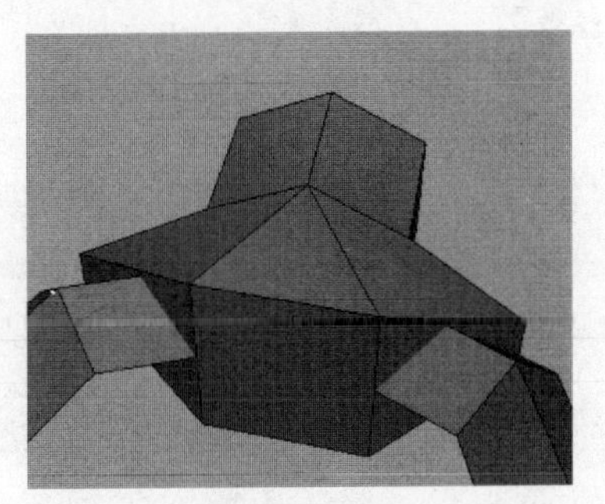

图6-41　修改完成后的装饰坠子

39. 对当前已经完成的剑的模型进行观察调整，最后完成的模型如图6-42所示。

图6-42　完成了的剑的模型

6.3 模型UV展开

1. 在完成了模型之后，我们下一步就是为模型附上材质，这里面则包含了两个步骤。

第一，我们需要为模型将UV线进行合理分布并导出。

第二，在Photoshop中根据导出的UV线绘制材质然后赋予模型。

2. 选择剑身，在分UV之前，我们应该同样地分析一下，由于剑身和剑柄加起来非常长，所以如果我们直接采用平面映射方法的话，那么剑身UV线在方形的UV贴图框里就会被压缩得非常厉害，这样不利于我们后面的材质绘制，所以应该将剑身和剑柄的UV线分开来布，这样比较好。进入面元素级别，选择剑身的面，如图6-43所示。

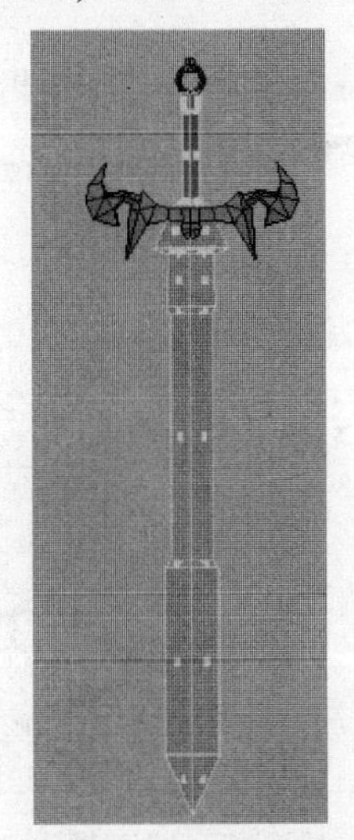

图6-43　选择剑身的面

3. 使用Edit Polygons>Texture>Planar Mapping 命令对所选择的剑身部分进行UV映射，如图6-44所示。

4. 在Maya中默认的UV线方向是Z轴向，并不符合当前我们所期望的映射方向，所以需要修改映射方向，点击Planar Mapping左边的小方块，弹出平面映射设置面板。将UV映射方向设置为Y轴向，点击Apply命令，如图6-45所示。

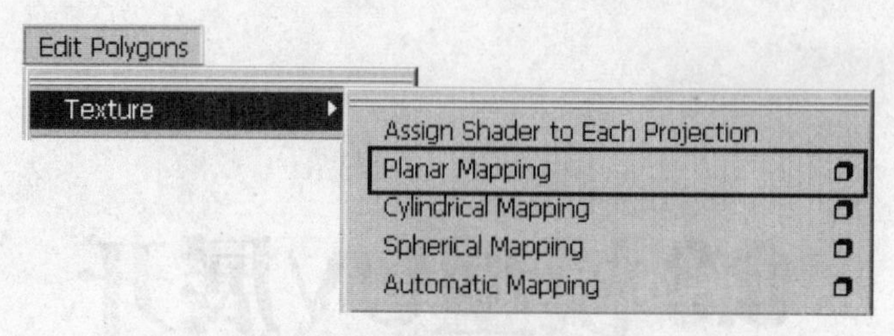

图6-44　UV映射命令

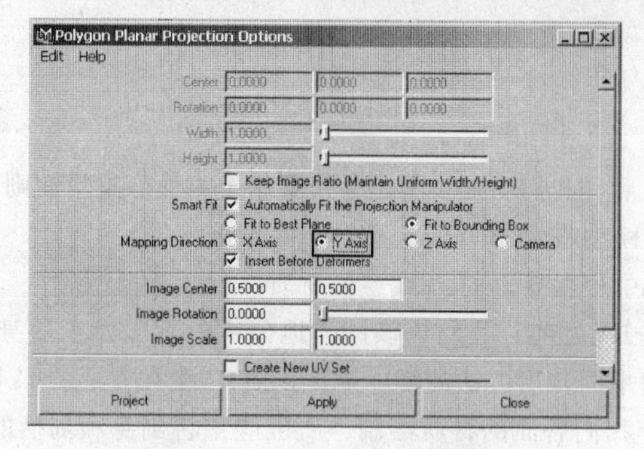

图6-45　设置映射方向

5. 打开Windows>UV Texture Editor命令，打开UV编辑器，如图6-46所示。

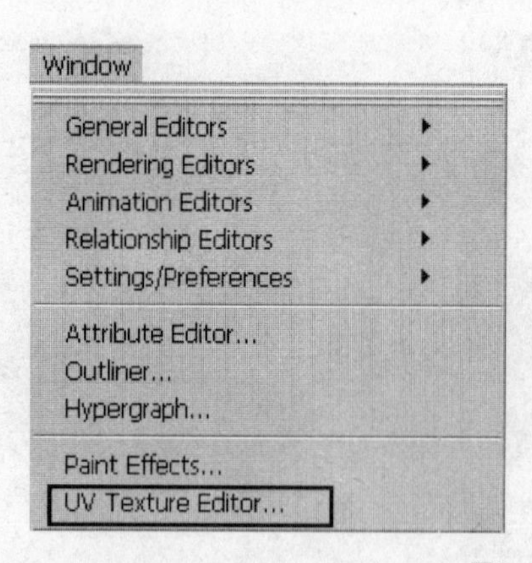

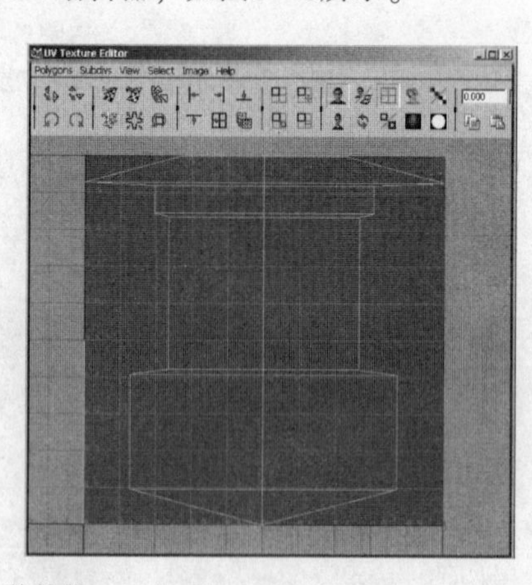

图6-46　UV编辑器

6. 点击右键进入UV元素级别，对当前UV线进行编辑，将剑身的所有UV点选择并进行缩放。因为剑身的外形比较扁平，侧面没有什么变化，我们需要将UV线的外形分布得尽量接近原画，由于剑身上的画面比较复杂，所以稍微宽一些是可以的，如图6-47所示。

7. 在面元素级别下，选择剑柄部分的面，同样使用平面映射命令，可以得到剑柄部分的UV平面展开。在UV元素级别下选中所有的UV点进行缩放，并将之放在剑身UV线的旁边，如图6-48所示。

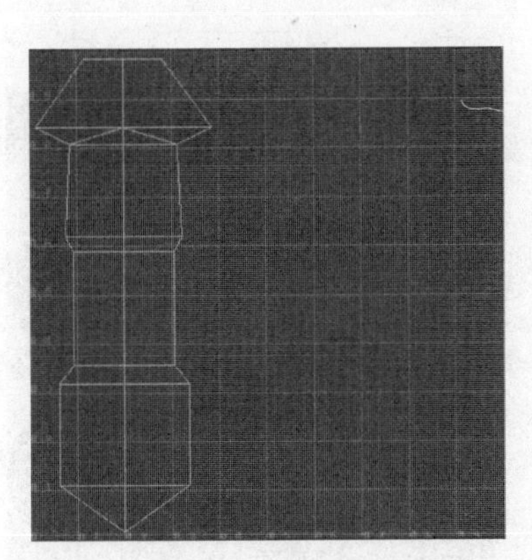
图6-47 剑身的UV需要占的面积比较大

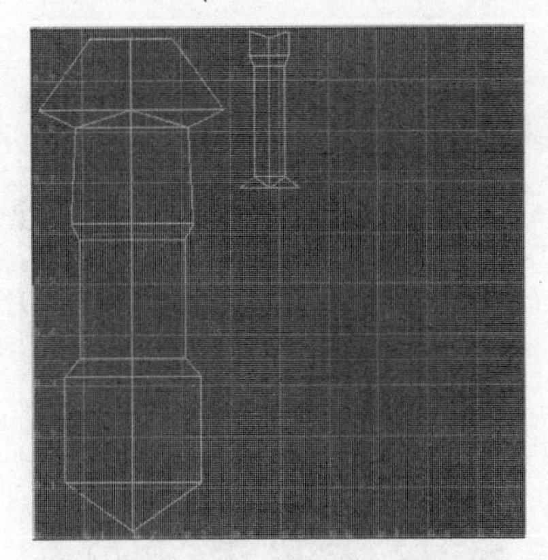
图6-48 剑柄UV线不用占太多地方

8. 剑身和剑柄分完以后，继续对剑的护手的UV进行映射，选择剑的护手的模型进行UV映射，可以得到护手的UV映射。由于我们当前剑身和剑的护手部分没有合并，所以当我们映射护手UV的时候，看不到其他部分的UV线，如图6-49所示。

9. 现在的护手UV线比较拥挤，而且所占用的面积也比较大，不是很合理，所以我们将它们给分拆开来，在UV元素级别下将护手两侧的装饰部分的UV从护手的UV中分离出来，在UV框中重新给排放位置，这样才能比较合理地利用我们的贴图区域，如图6-50所示。

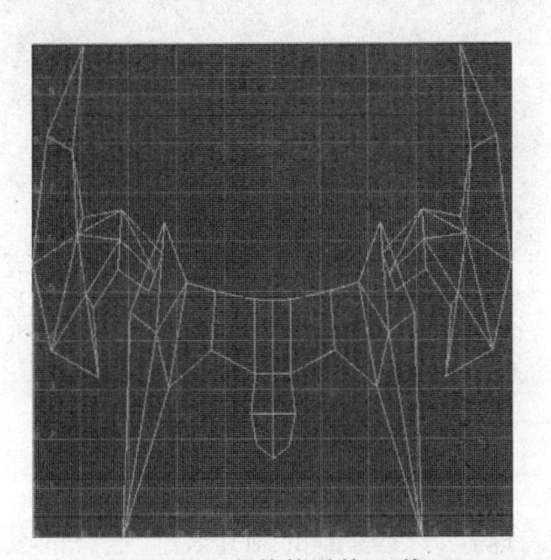
图6-49 剑的护手的UV线

图6-50 护手的UV分布

10. 圆环的UV分布也比较容易，直接使用Y轴向的映射就可以，然后将之放置在UV图中，如图6-51所示。

11. 剑尾的小坠子也是同样的方法，但需要更多操作。因为小坠子上的侧面部分的材质也需要我们绘制出来，分别选择面对三个轴向上的面，进行UV映射，如图6-52所示。

12. 但是小坠子上的UV过于分散，这样做会在后面绘制贴图的时候留下比较大的接缝问题，所以我们手动把它们排列在一起，这样比较节省空间，也不容易出现接缝问题，如图6-53所示。

图6-51　圆环的UV分布

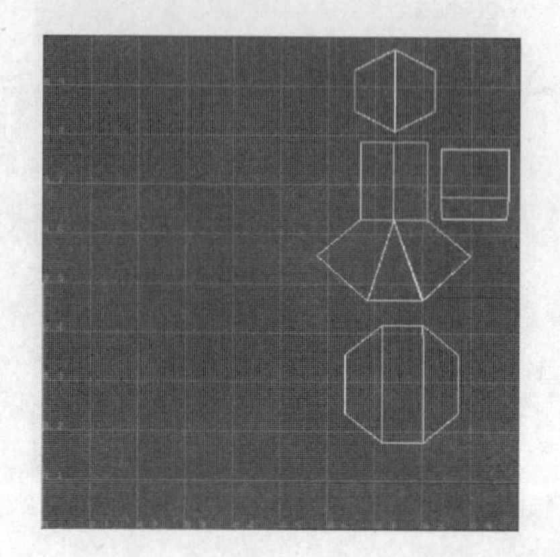

图6-52　剑尾的小坠子的UV

13. 这样我们就完成了整个剑的UV的分布，如图6-54所示。

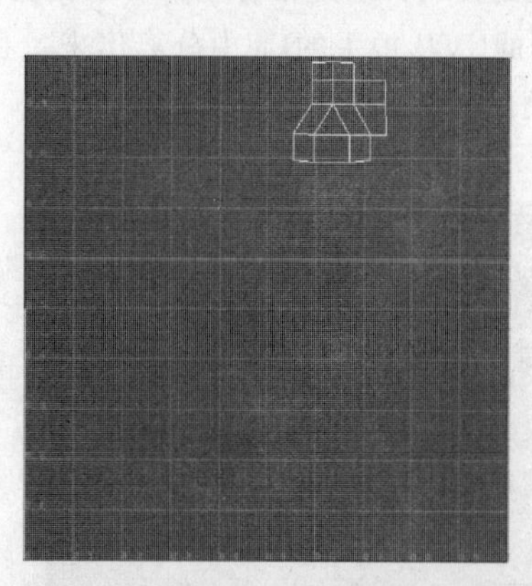

图6-53　结合好以后的小坠子的UV

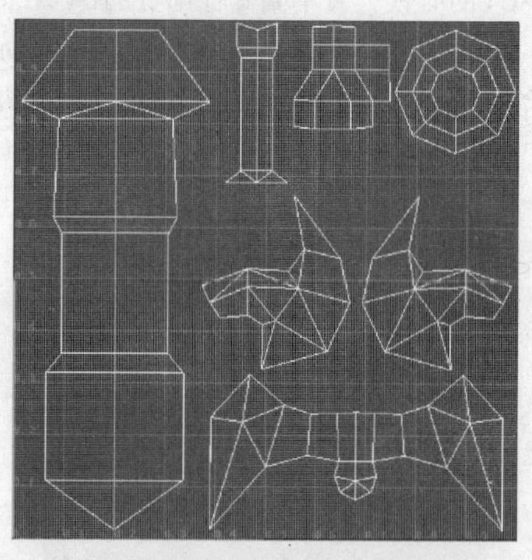

图6-54　分布好的UV

14. 这时候我们应该先将整个模型都合并为一体，这样方便后面的制作，但是有的公司在制作的时候为了方便在游戏中道具的换装，需要分开来做。这种情况我们这里不作考虑。选择所有模型组件执行Polygons>Combine 命令，将模型合并。

15. 这样我们有了模型，也将UV分布好了，下面一步就是将UV导出到平面绘图软件中进行材质绘制。选择模型，在UV编辑面板中选择Polygon>Uvsnapshot，将所选择的模型的UV线导出，如图6-55所示。

16. 在面板中我们可以设置导出图像的保存路径、尺寸大小、图像颜色和格式等设置参数，一般情况下像小型道具，我们使用的图像尺寸一般为64×64或者128×128。如图6-56所示。

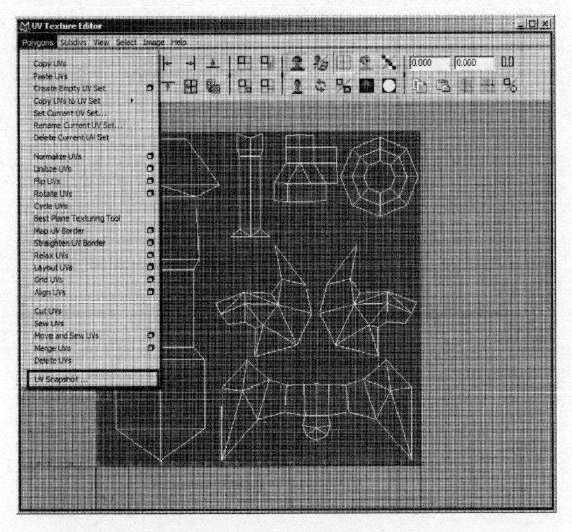

图6-55 UV线导出

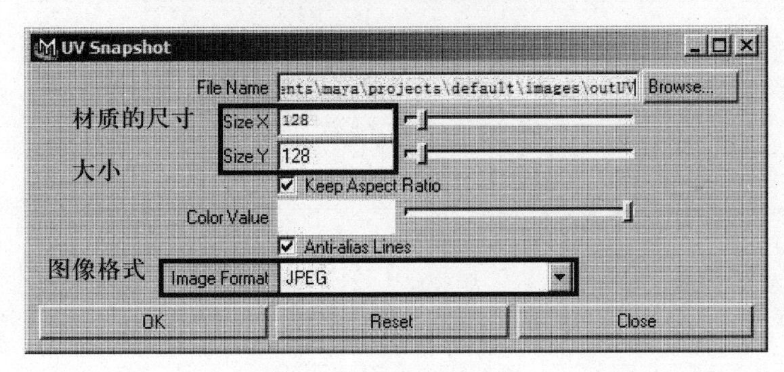

图6-56 UV导出设置面板

本章小结

本章以Maya游戏道具——“剑”为实例，详细讲解了Maya游戏道具制作的方法与技巧。Maya游戏道具制作的特点是本章学习的重点。

思考与练习

1. 以本章实例为参考，制作完成一件Maya游戏道具——剑。
2. 理解Maya游戏道具制作技巧，独立完成一件其他游戏道具的制作。

第7章 游戏道具制作实例——弩

本章通过Maya游戏道具——弩为制作实例，详细讲解了掌握多边形的次级别编辑元素，多边形基本几何体的类型和基本参数和Polygons面板里面的常用命令等。

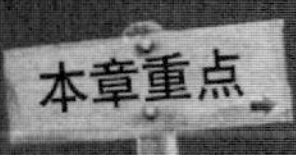

- 使用多边形编辑工具制作游戏道具的模型。
- 掌握多边形UV切分命令。
- 掌握多边形UV编辑器的简单操作和使用。

- 能够使用多边形编辑工具制作几个游戏道具的模型。
- 掌握多边形UV切分命令。
- 掌握多边形UV编辑器的简单操作和使用。

在本章中，我们要制作游戏道具——弩。

7.1 道具形体分析

1. 打开原画，如图7–1所示。

2. 从原画中我们可以看出这把弩分为三个部分：弩身是一部分，弩臂是一部分，弩前部的装饰物作为一部分，如图7–2所示。

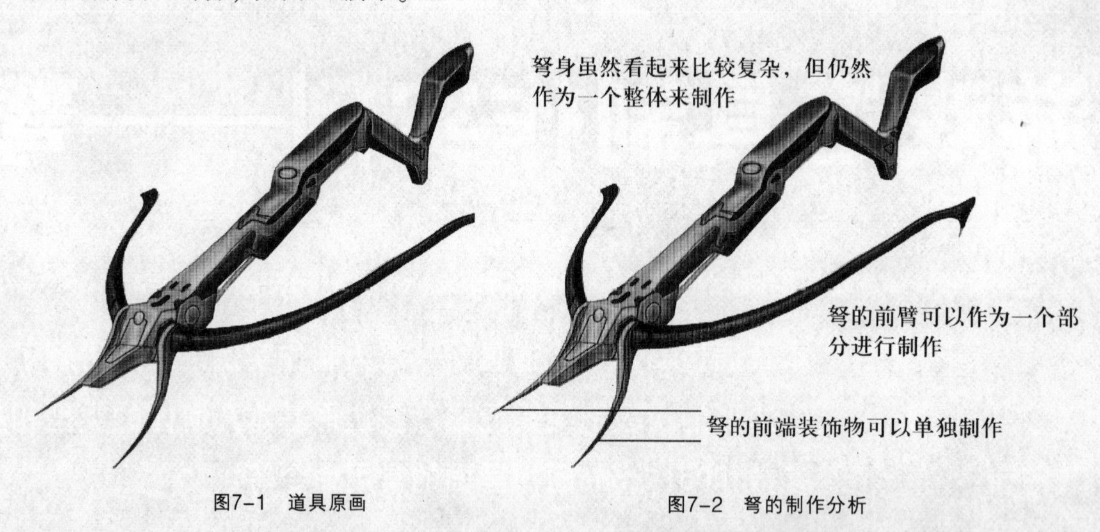
弩身虽然看起来比较复杂，但仍然
作为一个整体来制作
弩的前臂可以作为一个部
分进行制作
弩的前端装饰物可以单独制作

图7–1 道具原画　　图7–2 弩的制作分析

3. 弩身虽然感觉上比较复杂，但是稍微简化一下我们还是能够看出弩身基本上是一个有一定弯曲的长方形，所以我们由立方体来变形制作比较方便。弩身上明显的转折可以分为13部分，也就是说我们在创建基本几何体的时候应该设置的段数为13，如图7–3所示。

4. 弩的前臂部分虽然看起来比较圆滑，但是我们只需要将之归纳一下就可以，因为在游戏中对于游戏资源的节省是非常重要的，所以一般情况下圆滑的物品会被制作为有一定棱角的多边形，我们这里将弩的前臂部分划分为5段，如图7–4所示。

5. 弩的前端装饰物的结构比较简单，很容易分解出来。在对弩有了一个比较细致的分析之后，我们可以开始动手制作当前的这个道具。

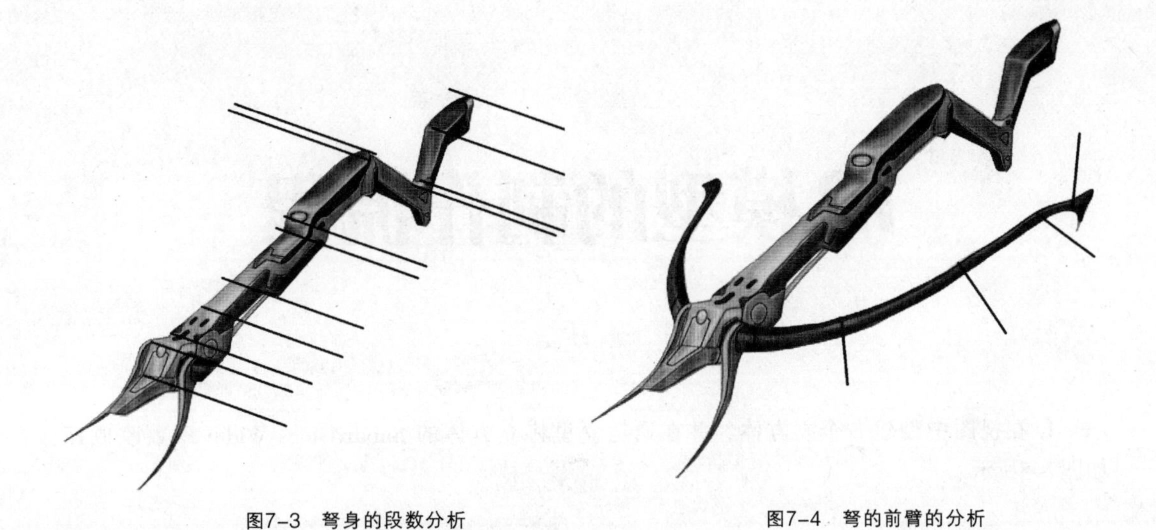

图7-3 弩身的段数分析

图7-4 弩的前臂的分析

7.2 模型的制作流程

1. 在视图中创建一个立方体，并在通道盒里将立方体的 Subdivisions Width 参数改成13，如图7–5所示。

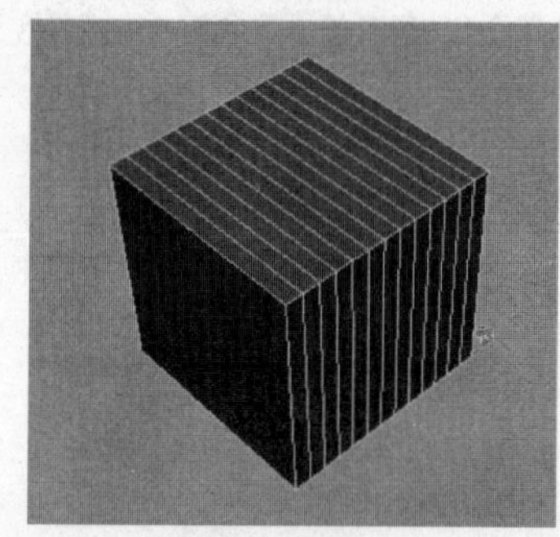

图7–5　立方体的参数设置

2. 将新创建的立方体使用缩放工具将之拉长，其长度通过目测应当与原画中的弩身的长度接近。进入点次级编辑模式，线段的位置根据我们前面对弩身的分析进行排列，如图7–6所示。

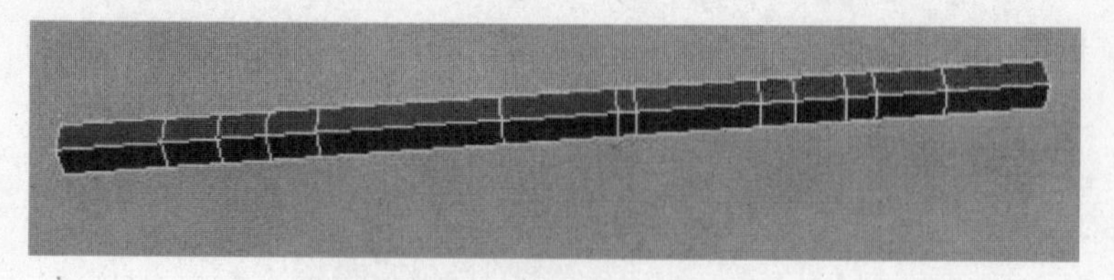

图7–6　变化后的立方体

3. 再次进入点次级编辑模式，开始对创建的立方体进行编辑，使其基本具备原画中弩身的外形，如图7–7所示。

4. 当前弩身的后半段缺少一些细节的部分，需要我们进行修改和添加，如图7–8所示。

5. 选择模型使用Cut Face Tool命令在弩身上切割一条线段，准备使用突起面命令，制作弩身下面突起的部分，如图7–9所示。

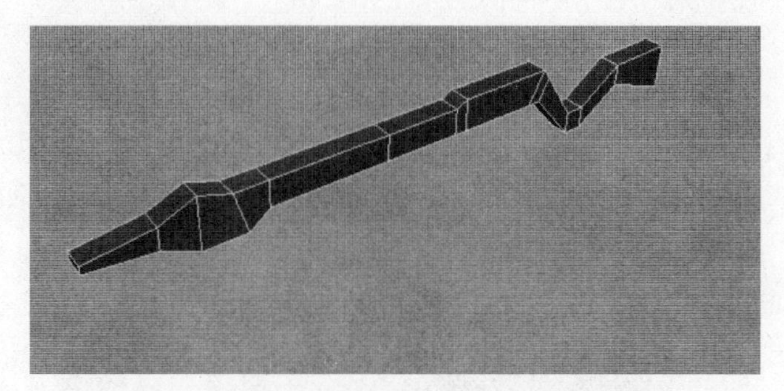

图7-7　变形后立方体具备了弩身的基本外形特征

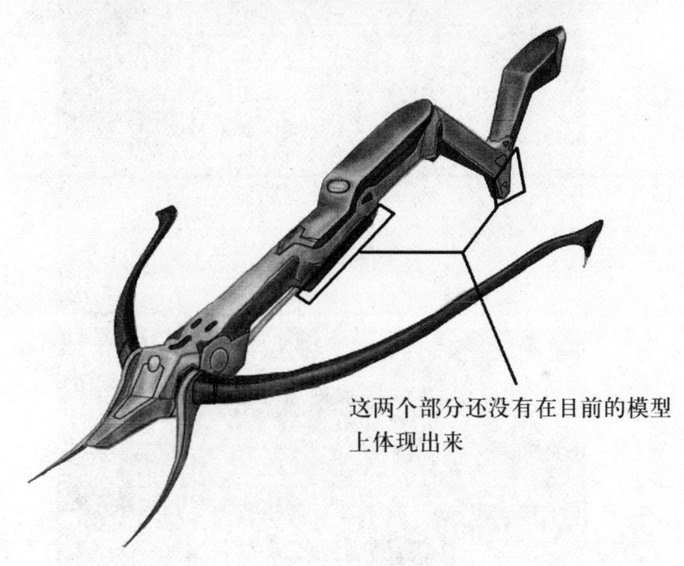

图7-8　弩身还有几个部分没有完成

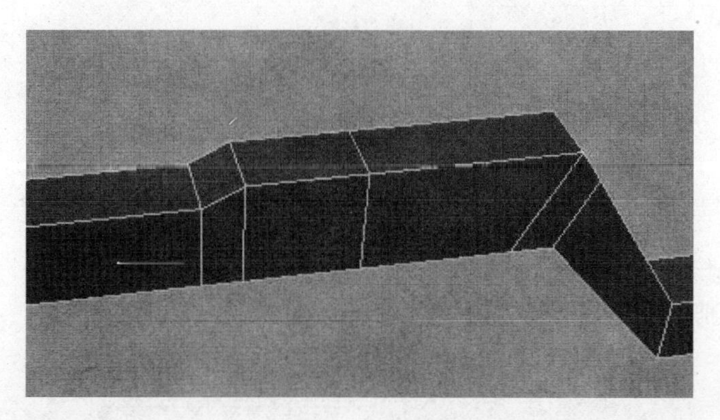

图7-9　在弩身上切割一条线段

6. 选择模型上准备使用突起面命令的几个面，并使用突起面命令。使用操纵器对新突起的面沿世界坐标的Y轴（局部坐标的Z轴）向下拉伸，如图7-10所示。

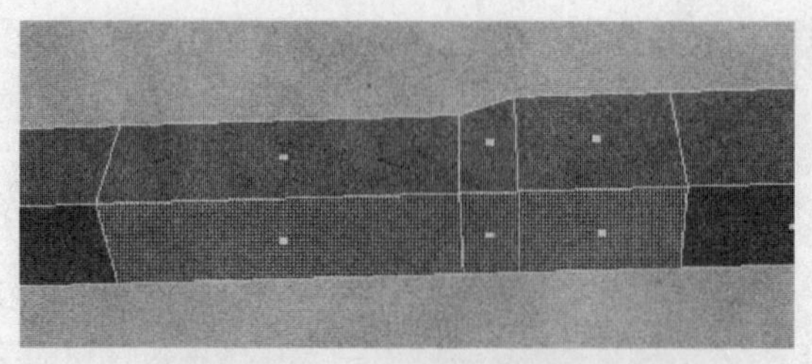

选择弩身模型下面的面

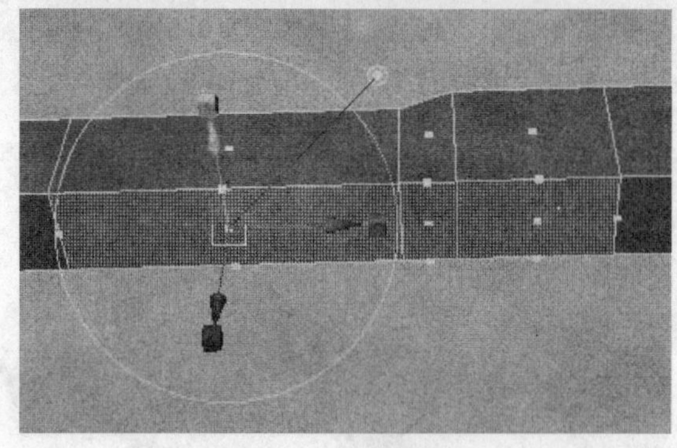

使用突起面命令

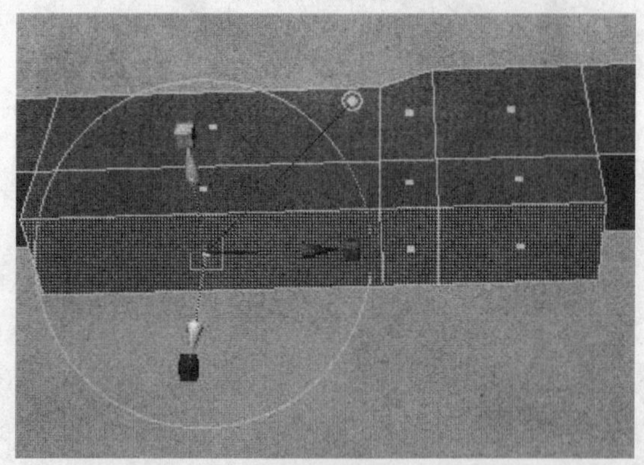

突起面被拉伸

图7-10 弩身下部的面被拉伸出来

7. 同样地操作，选择模型上另外两个需要突起的面，执行突起面命令，这样我们从Z轴方向观察会发现当前的外形已经比较接近我们原画中的外形，如图7-11所示。

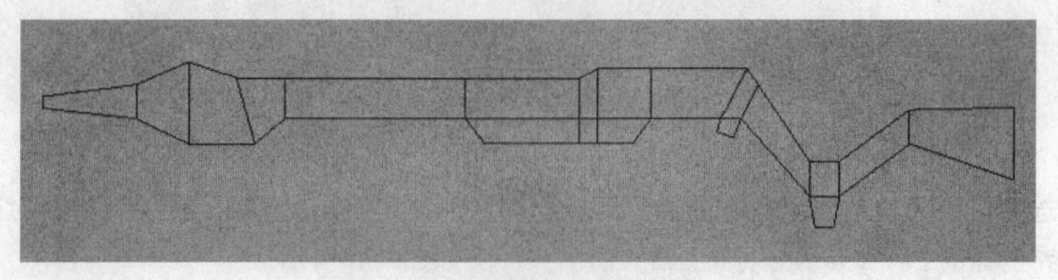

图7-11 从侧面看的弩身的外形

8. 我们在观察了原画后应该发现在原画中模型在中间部位是有一定转折的，而且其上下粗细也不一致，所以我们还需要对其再作进一步的调整，如图7-12所示。

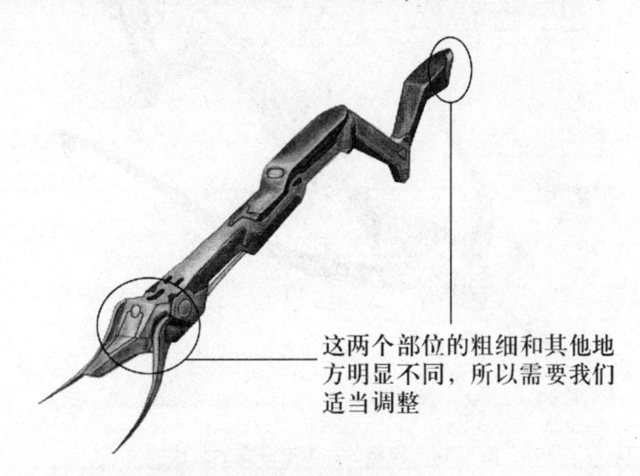

这两个部位的粗细和其他地
方明显不同，所以需要我们
适当调整

图7-12　对原画的分析

9. 进入点编辑模式，选择弩身头部和尾部两部分模型，进行横向拉伸，如图7-13所示。

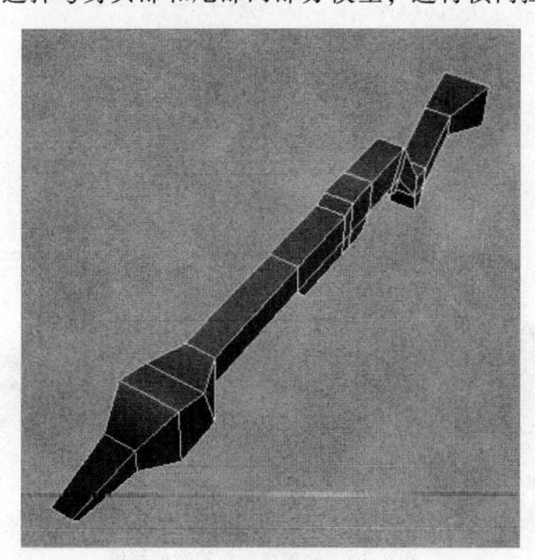

图7-13　经过局部调整后的弩身

10. 原画中弩的上部的瞄准部分和后面的手柄部分有一定的隆起弧度，但是制作这个弧度如果耗费太多的面则是不合适的，所以我们只需要在其中增加一定的细节使之看起来有体积感就可以，如图7-14所示。

11. 打开Edit Polygons>Split Polygon命令的属性面板，将细分段数设置为2。在模型需要出现转折的部位上添加线段，以制作模型上的形体转折，如图7-15所示。

12. 进入点次级编辑模式，调整模型的外形，使之转折的部位能够比较接近原画中的形状，如图7-16所示。

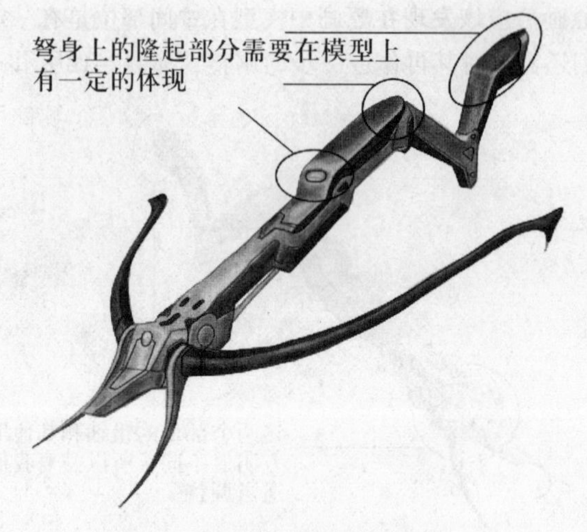

图7-14 原画的外形有一定的起伏

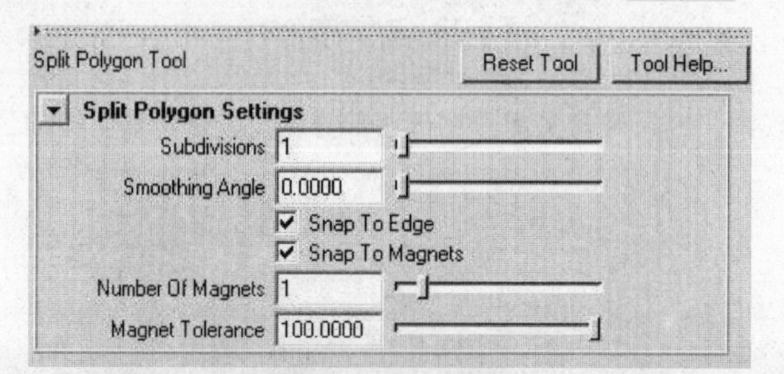

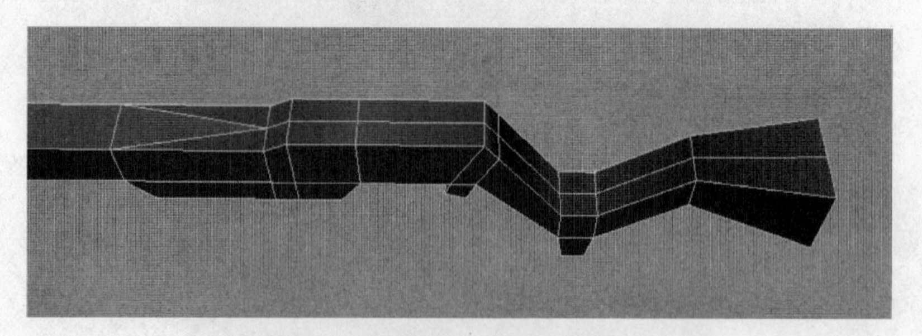

图7-15 添加线段后的弩的线段

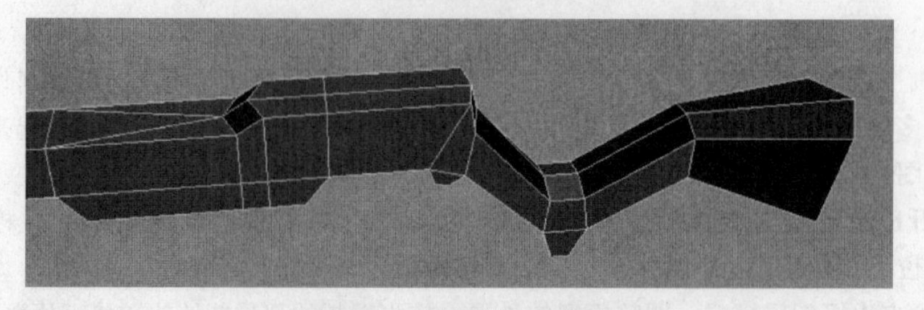

图7-16 调整后的弩身模型

13. 这样整个弩身的大形基本上完成了，但是里面有些面属于浪费的面，有的面的法线也有点问题，需要我们修改。进入边编辑模式，选择不需要的边将之删除，得到结果如图7-17所示。

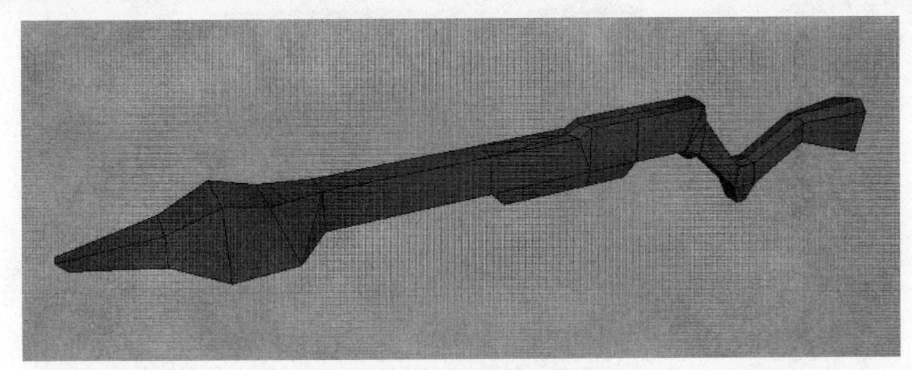

图7-17　基本完成的弩身部分

14. 这一步我们来制作弩的前臂部分，同样创建一个立方体，在其通道盒中设置其Subdivisions Depth为5，如图7-18所示。

INPUTS	
polyCube4	
Width	1
Height	1
Depth	1
ubdivisions Width	1
bdivisions Height	1
bdivisions Depth	5

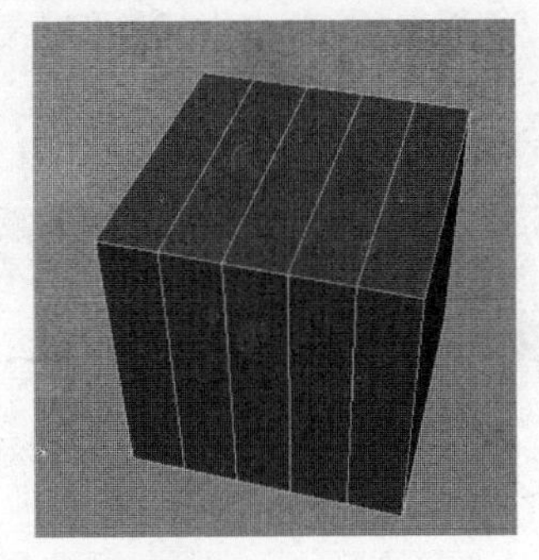

图7-18　新创建立方体参数

15. 使用拉伸工具，将立方体拉长，放置于弩身前段准备制作弩的前臂部分，如图7-19所示。

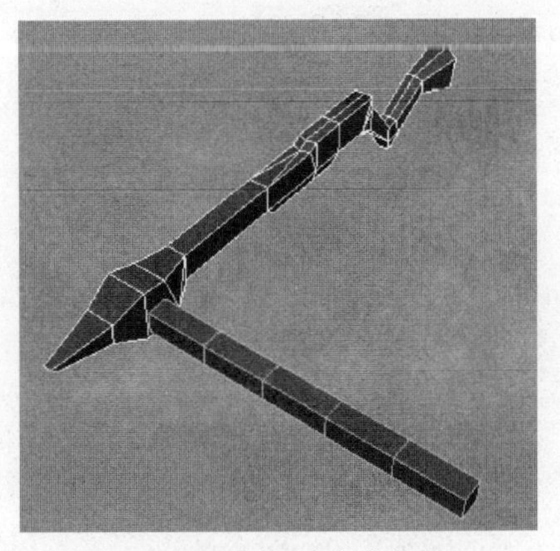

图7-19　准备为弩制作前臂

16. 进入点次级编辑模式，调整立方体的形状比较接近于原画中弩的前臂部分的形状，如图7-20所示。

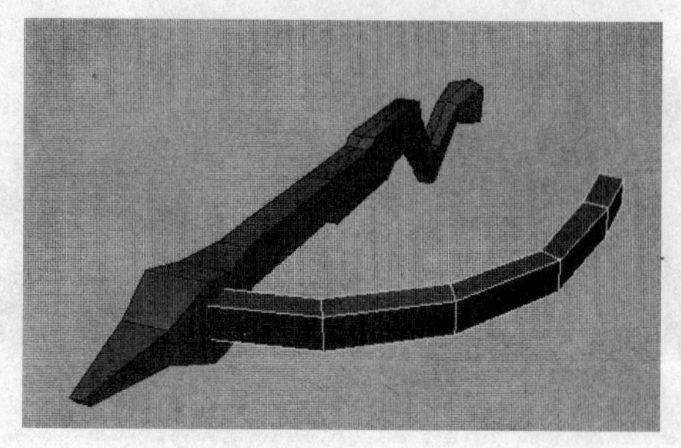

图7-20 制作出前臂的基本外形

17. 由于弩的前臂部分是一个由粗变细的过程，所以我们在点次级编辑模式下，对不同段上的点进行缩放，得到一个比较接近的弩的前臂外形，如图7-21所示。

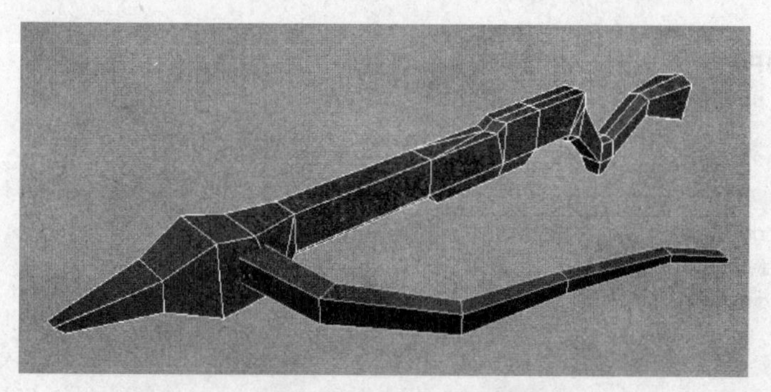

图7-21 挤压后的弩的前臂

18. 在原画中弩的前臂末端有一个倒钩的形状，在制作中我们应该把这个细节制作出来，因为这个部分是材质代替不了的，如图7-22所示。

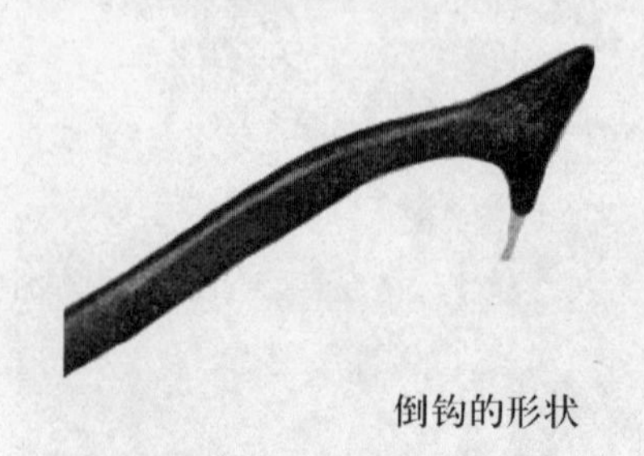

图7-22 原画中的形状

19. 选取弩前臂末端的面，使用Edit Polygons>Extrude Face 命令，拉伸突起面，如图7-23所示。

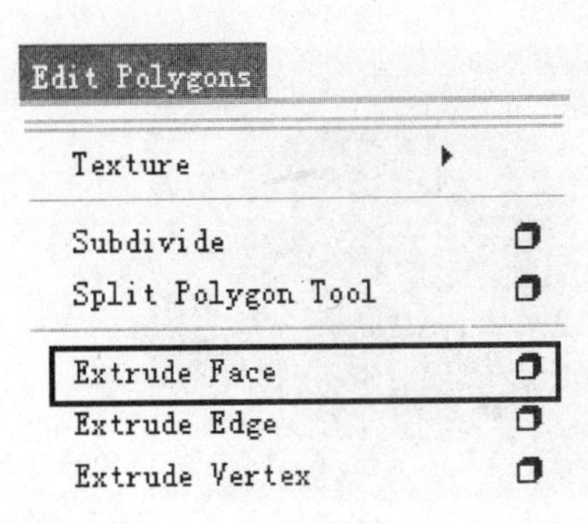

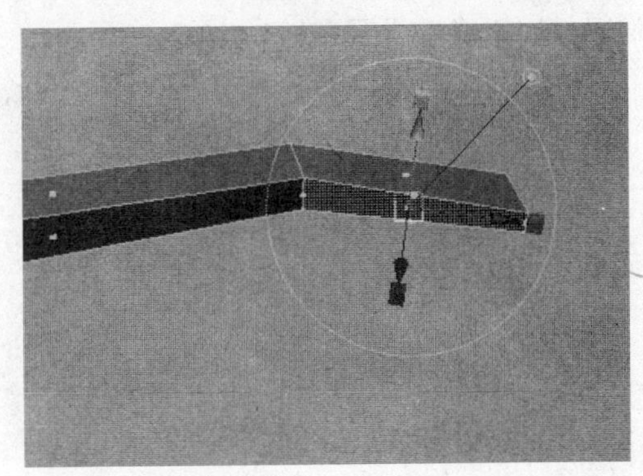

图7-23 执行突起面命令

20. 经过修改后的前臂末端，将点选中使用融合点命令，这样前臂末端的外沿就合并为一条边了，如图7-24所示。

21. 为了保持面的稳定性，我们使用Edit Polygons>Split Polygons Tool工具来分割当前的面，如图7-25所示。

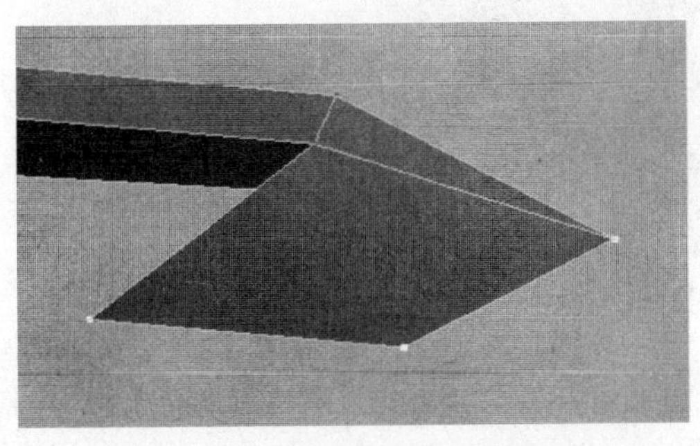

图7-24 融合点

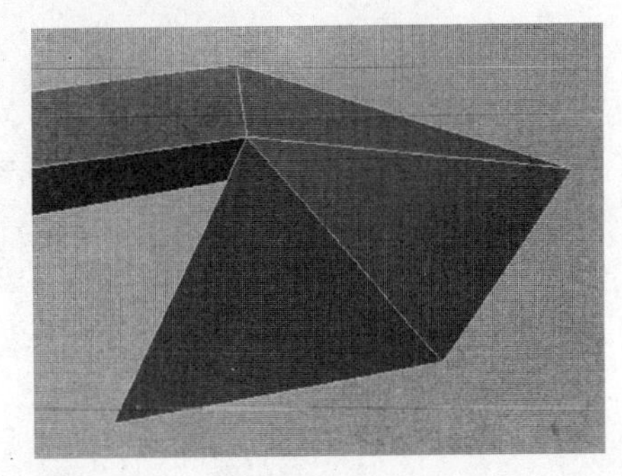

图7-25 分割后的面

22. 在面次级编辑模式下，选择插入弩身那一面的面，将之删除，如图7-26所示。

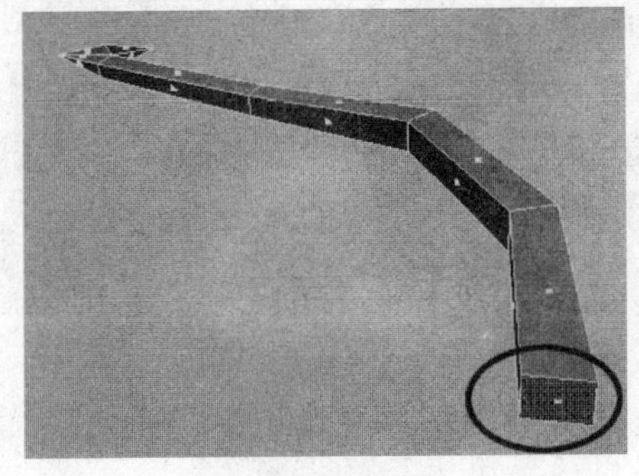

图7-26 删除的面

23. 由于弩的前臂是左右对称的，所以我们这里可以直接复制另外一半出来就可以。

24. 弩的前部的装饰物结构比较简单，在示图中创建一个立方体，在通道盒中将Subdivisions Height参数设置为3，如图7-27所示。

INPUTS	
polyCube5	
Width	1
Height	1
Depth	1
ubdivisions Width	1
bdivisions Height	3
bdivisions Depth	1

图7-27　创建新的立方体

25. 进入点次级编辑模式下，对新创建的多边形进行变形，使之外形能够比较接近原画中的形状，如图7-28所示。

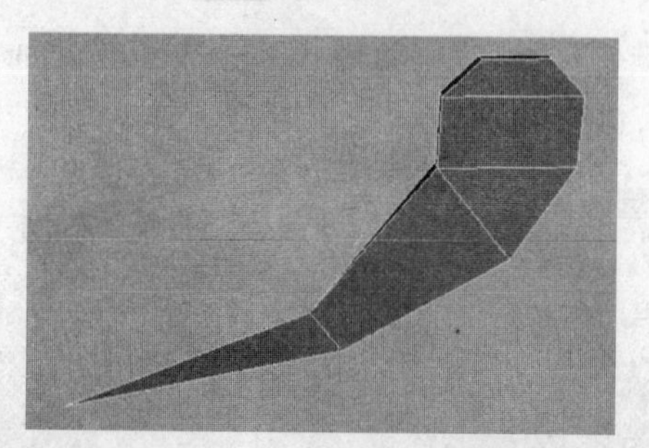

图7-28　修改后的多边形

再复制一份，这样我们就可以得到两个完全一样的弩的前端装饰物。

26. 我们观察原画时会发现在弩身下面还有一根管状物体。我们下一步就来制作这根管子，创建一个圆柱体在通道盒里设置其属性Subdivisions Axis为6，如图7-29所示。

INPUTS	
polyCylinder2	
Radius	1
Height	2
Subdivisions Axis	6
bdivisions Height	1
ubdivisions Caps	1

图7-29　创建新的圆柱体

27. 进入面次级编辑模式，选择圆柱体上下两边的面，将之删除，因为这根圆柱体在后面两端将插入弩身的模型里面，所以把看不见的面删除掉可以为我们的模型节约面数，如图7-30所示。

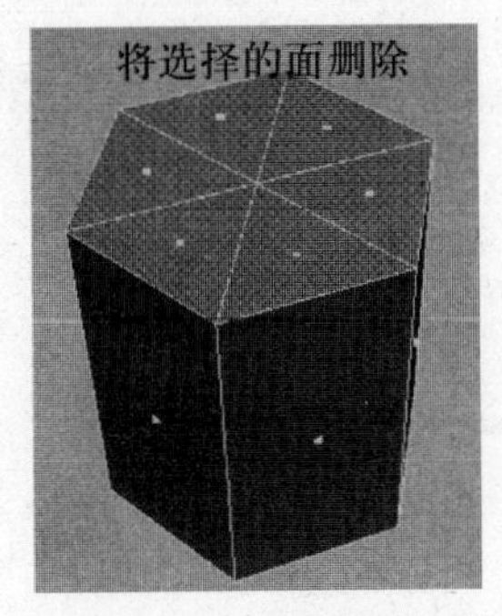

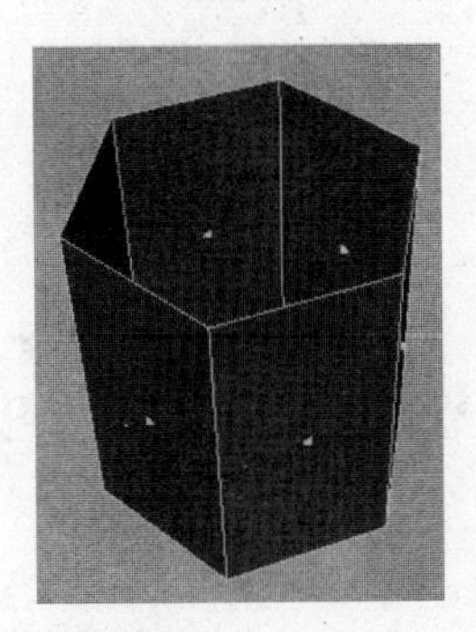

图7-30 将不需要的面删除

28. 然后沿Z轴旋转圆柱体90°，并使用缩放工具将圆柱体变细拉长。最后放置到弩身下方的位置，如图7-31所示。

pCylinder1	
Translate X	0
Translate Y	0
Translate Z	0
Rotate X	0
Rotate Y	0
Rotate Z	90
Scale X	0.1
Scale Y	3
Scale Z	0.1
Visibility	on

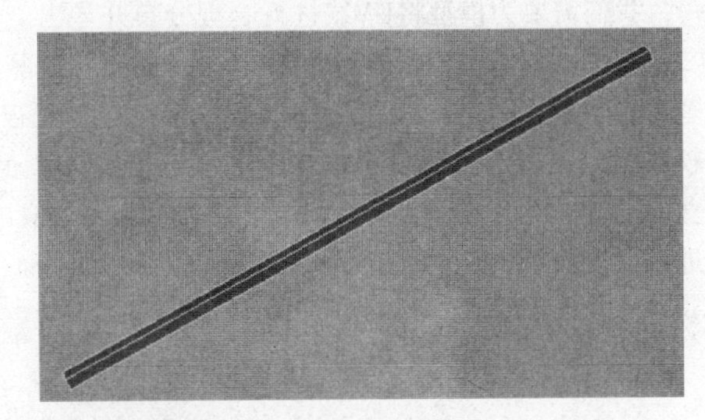

图7-31 圆柱变化后的形状

29. 这样我们就完成了这个弩的模型的全部制作，如图7-32所示。

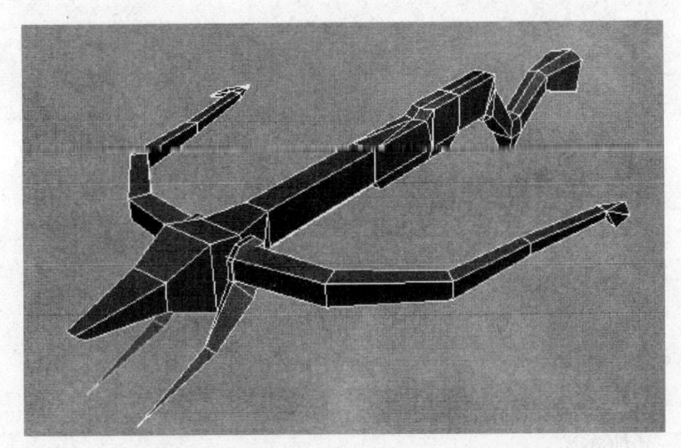

图7-32 弩的完成模型

7.3 弩的UV分布

1. 弩的模型完成之后为了能够正确地绘制材质，同样需要对弩的模型进行UV分布。步骤基本上为两步：

第一，我们需要为模型将UV线进行合理分布并导出。

第二，在Photoshop中根据导出的UV线绘制材质然后赋予模型。

2. 弩身作为整个模型中间最大的部分，自然是首先被选择出来进行UV分展，而且弩身的造型比较工整，比较适合使用平面展开的方式进行UV，但是由于弩身自身的长度比较长，并不适合直接进行平面展开，所以我们这里需要将整个弩身的UV分为两个部分来进行分展。

3. 进入面次级编辑模式，选择弩身前半段和中部的面，如图7-33所示。

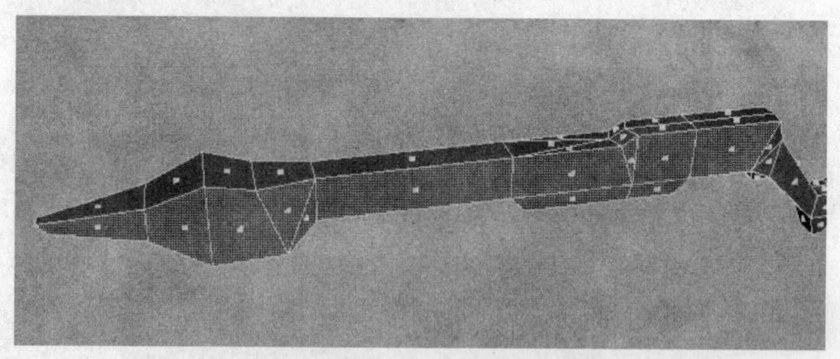

图7-33　弩身的前半部分被选择出来

4. 使用Edit Polygons>Texture>Planar Mapping命令对选择的面进行平面映射，由于我们当前的模型是沿着X轴展开的，所以我们进行侧面的平面映射时就应当选择Z轴向的映射了，如图7-34所示。

5. 打开Windows>UV Texture Editor命令打开UV编辑器，如图7-35所示。

6. 进入UV次级编辑模式，选择分展出来的UV点，使用缩放工具进行缩放，以适合整个模型的UV排布，如图7-36所示。

7. 同样的方法，我们可以得到弩身后半部分UV线使用的缩放工具，将之排布在前半部分UV线的下面。由于后半部分手柄处弯曲比较大，直接投影的UV线占用的空间太大，所以我们将UV线拉直排布，如图7-37所示。

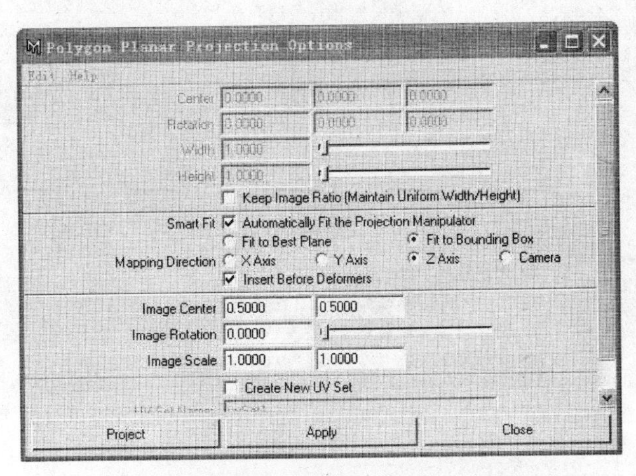

图7-34　映射轴向的选择

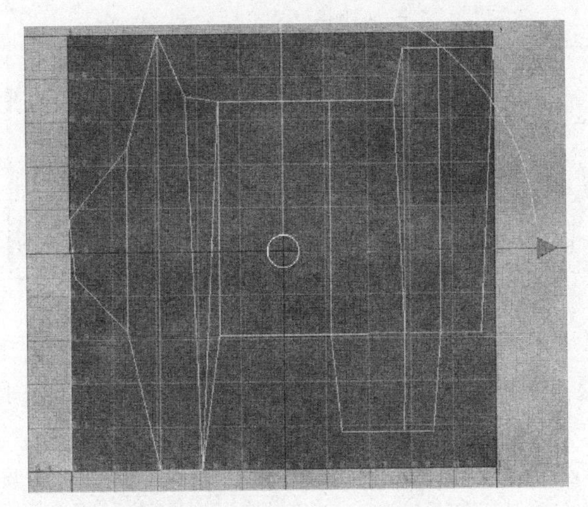

图7-35　被映射的弩身前半部分

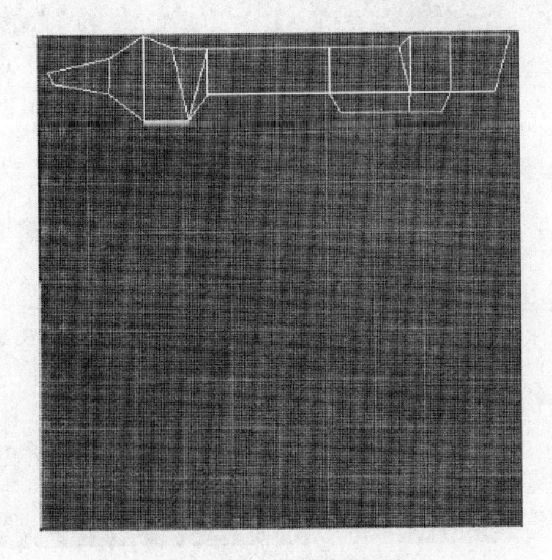

图7-36　缩放后的UV线

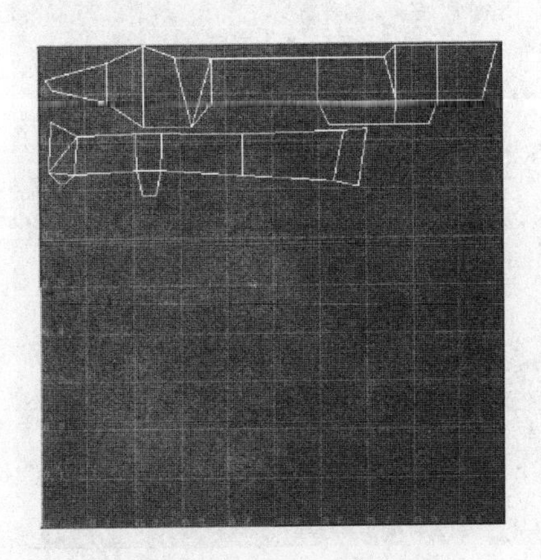

图7-37　弩身后半部分的UV线

8. 选择弩身前半部分顶面的面使用平面映射，轴向选择为Y轴，如图7-38所示。

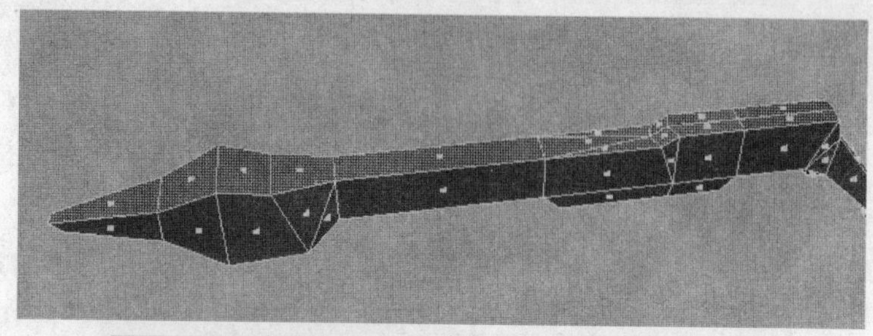

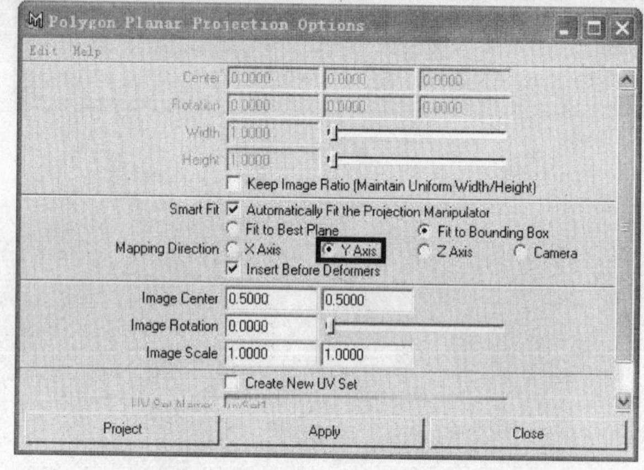

图7-38 选择顶部的面

9. 在UV次级编辑模式下将映射的UV线缩放摆放在UV编辑窗口里。同样的操作弩身前半部下面的面进行映射和缩放，如图7-39所示。

10. 分别选择弩身后半部分顶面和底面的面，然后进行平面映射并调整，如图7-40所示。

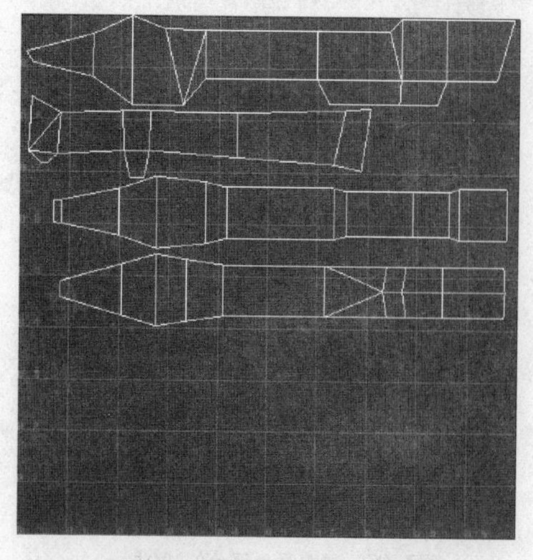

图7-39 调整好的顶底面的UV线

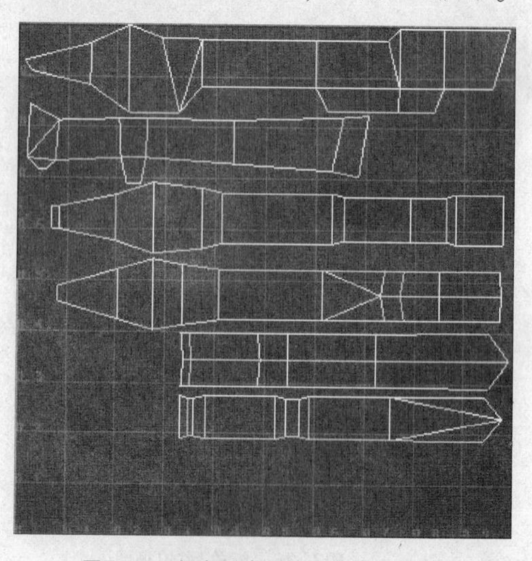

图7-40 弩身后半部分顶面和底面的面

11. 在完成了弩身的UV分布之后，下面就要分解弩的前臂部分，这里我们观察原画中前臂部分的颜色基本上为黑色，没有什么变化，所以我们可以给一个比较简单的黑色材质就可以，那么我们在进行UV分展的时候，就不需要分展得过细。选择前臂部分，进行Y轴的平面映射，如图7-41所示。

12. 同样需要调整前臂的UV线部分，使之能够配合整个UV线的排布，如图7-42所示。

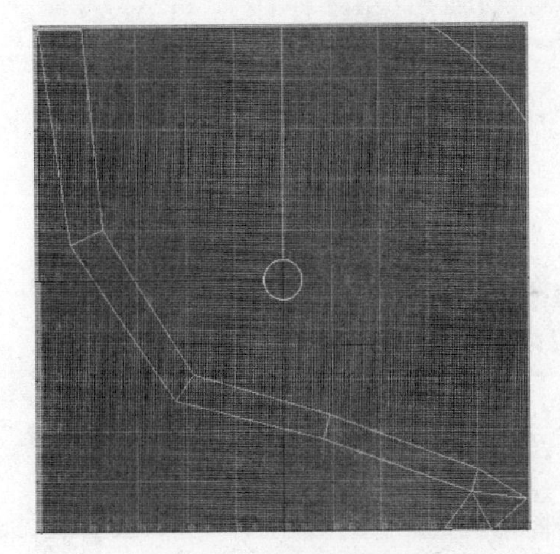

图7-41　映射的前臂部分

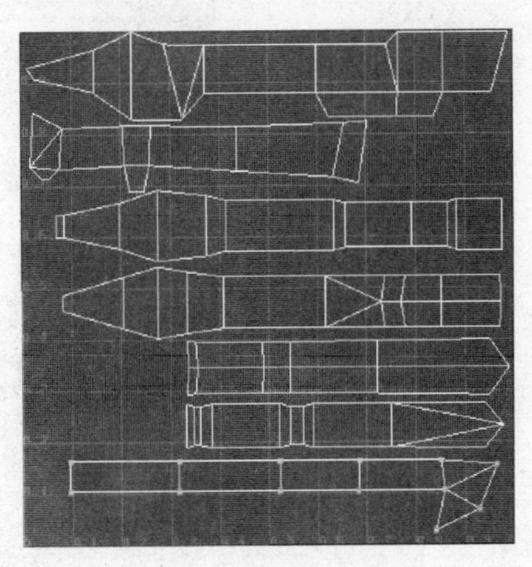

图7-42　前臂部分的UV线

13. 选择弩的前端装饰物，进行平面映射，选择轴向为Z轴，缩放后放置在UV 框中间地方，如图7-43所示。

14. 最后还有弩身下面的管状的模型UV没有分，选择管状的模型，使用Edit Polygons>Texture>Cylindrical Mapping命令，如图7-44所示。

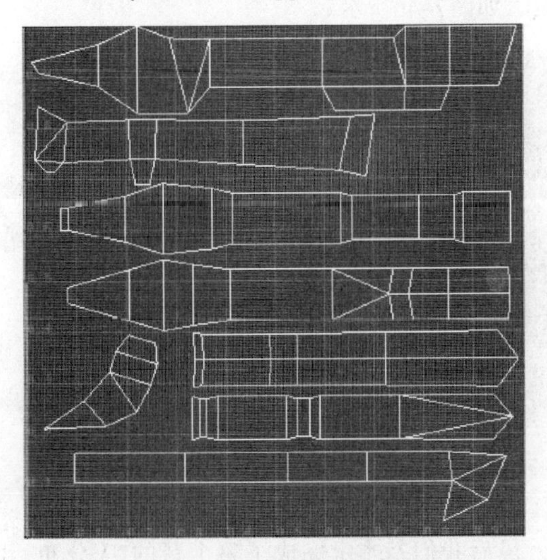

图7-43　弩身前端装饰物的UV线

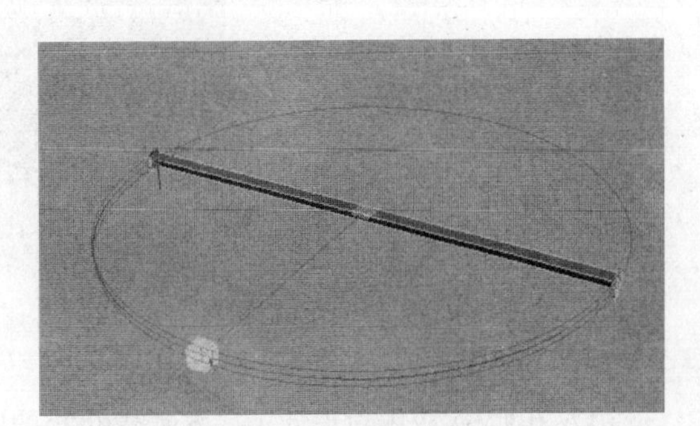

图7-44　对管状物体采用柱状映射

15. 点击蓝色手柄，将整个映射的圆环闭合。但是当前的圆环包裹的方向是不对的，我们还需要点击包裹圆环上的黄色小十字手柄，然后旋转90°，这样才能得到正确UV包裹方向，如图7-45所示。

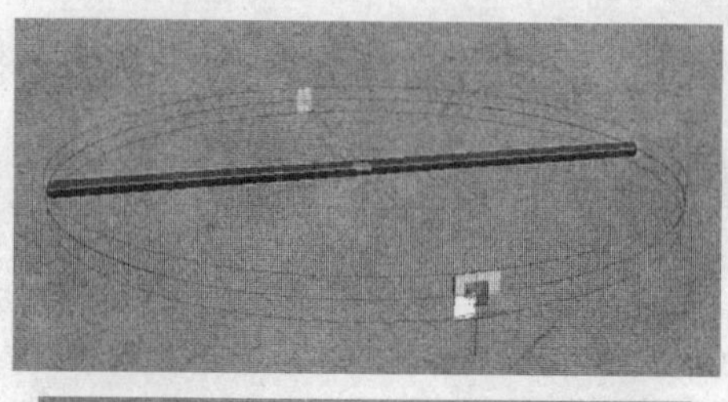

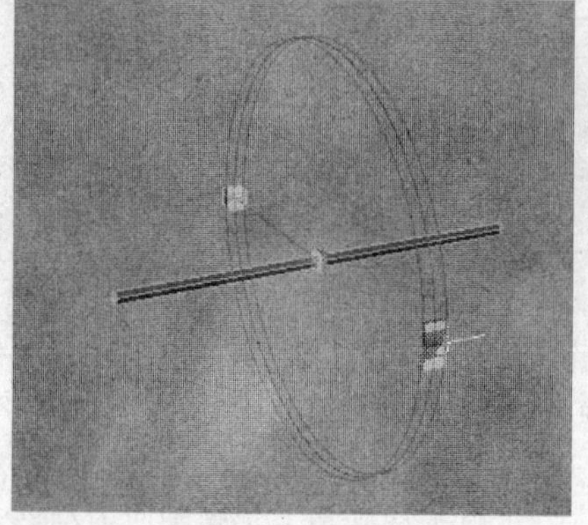

图7-45　圆柱包裹

16. 点击中心处的蓝色方块拖动鼠标缩小圆柱包裹环的半径，点击绿色方块拉长UV包裹框。这样我们就能得到比较完整的圆柱体UV线分展，如图7-46所示。

图7-46　分展后的圆柱UV线

17. 在UV次级编辑模式下，缩放管状物的UV，最后我们基本上完成了整个弩的UV分布，如图7-47所示。

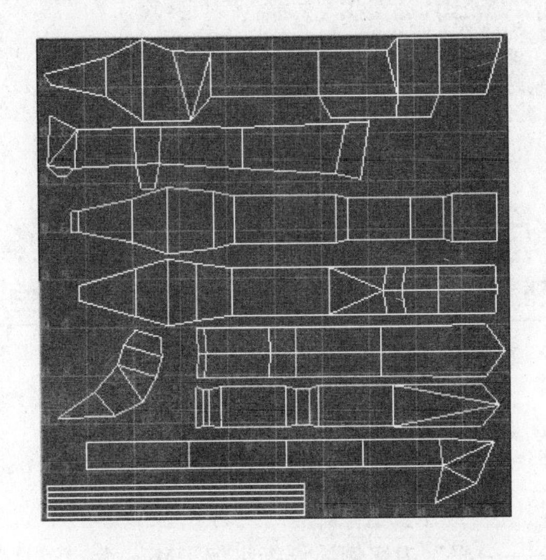

图7-47　UV分展的最后形状

18. 在UV编辑面板中选择Polygon>Uvsnapshot，将所选择的模型的UV线导出，如图7-48所示。

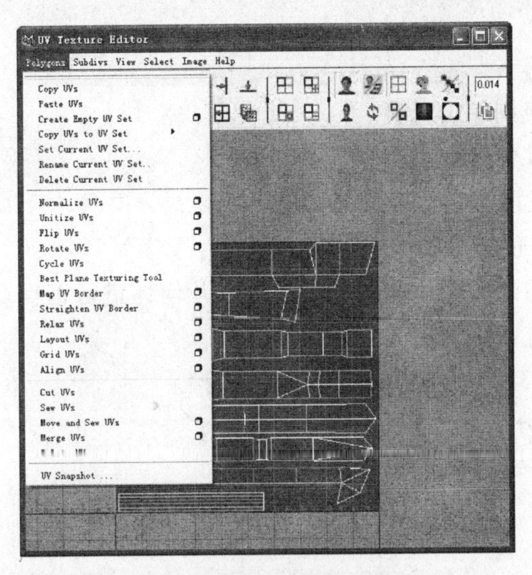

图7-48　导出UV

19. 在面板中我们可以设置导出图像的保存路径、尺寸大小、图像颜色和格式等设置参数，这里我们设置尺寸为128×128，如图7-49所示。

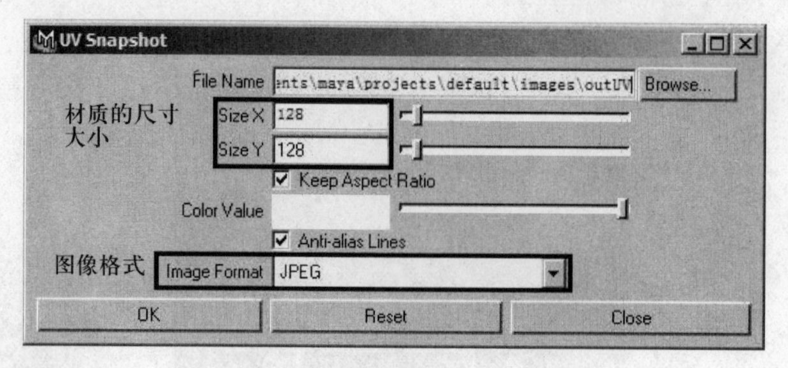

图7-49　导出菜单

本章小结

本章以Maya游戏道具——“弩”为实例，详细讲解了Maya游戏道具制作的方法和技巧。对于Maya游戏道具制作的特点是本章学习的重点。

思考与练习

1. 了解什么是多边形。
2. 掌握多边形的次级别编辑元素。
3. 掌握多边形基本几何体的类型和基本参数。
4. 掌握Polygons 面板里面的常用命令。
5. 分类掌握Edit Polygons 面板中的主要命令。
6. 结合所学习的多边形命令对一些多边形基本几何体进行编辑。
7. 对一张道具原画进行分析。
8. 使用多边形编辑工具制作几个游戏道具的模型。
9. 掌握多边形UV切分命令。
10. 掌握多边形UV编辑器的简单操作和使用。